东方利剑

（七）

《东方利剑》编委会 编

群众出版社

图书在版编目（CIP）数据
东方利剑．七/《东方利剑》编委会编．—北京：群众出版社，2021.9
ISBN 978-7-5014-6161-5
Ⅰ．①东… Ⅱ．①东… Ⅲ．①中篇小说－小说集－中国－当代
②短篇小说－小说集－中国－当代 Ⅳ．①I247.7
中国版本图书馆 CIP 数据核字（2021）第 143744 号

东方利剑（七）

《东方利剑》编委会 编

出　版：群众出版社
地　址：北京市丰台区方庄芳星园三区 15 号楼
邮　编：100078
经　销：新华书店
印　刷：北京市泰锐印刷有限责任公司

版　次：2021 年 9 月第 1 版
印　次：2021 年 9 月第 1 次
印　张：13
开　本：787 毫米 ×1092 毫米　1/16
字　数：298 千字

书　号：ISBN 978-7-5014-6161-5
定　价：30.00 元

网　址：www.cppsup.com.cn　www.porclub.com.cn
电子邮箱：zbs@cppsup.com　zbs@cppsu.edu.cn

营销中心电话：010-83903991
读者服务部电话：（门市）010-83903257
警官读者俱乐部电话：（网购、邮购）010-83901775
文艺分社电话：010-8390130　010-83903973

编委会邮箱：dflj@126.com

《东方利剑》编委会

目录

时代警魂

大案追踪

警察手记

剑胆琴心

剑

时代警魂

作为一名有着近70年党龄的老党员，公安刑侦专家崔道植在中国共产党百年华诞的盛世时刻，获得“七一勋章”这份崇高荣誉，得到习近平总书记的亲自颁授，这是他一生的荣耀，也是全国公安民警的荣耀。

“功勋党员”的刑侦传奇

■ 冯 锐

▷ 崔道植近影

崔道植走进人民大会堂接过习近平总书记颁授的“七一勋章”后，动情地对记者说：“我深知，我所取得的成绩是党培养教育的结果，这枚勋章不只是我个人的荣誉，它属于所有在危急时刻挺身而出、冲锋在前的人民警察。”

2021年7月1日，崔道植登上天安门城楼参加庆祝中国共产党成立100周年大会，亲身见证伟大的历史时刻。看到振翅长空的 71 架战鹰，听到新时代青少年“请党放心、强国有我”的铮铮誓言，崔道植内心充满了激动和自豪。特别是现场聆听了习近平总书记的重要讲话，更让他倍感振奋、深受鼓舞。

崔道植感触颇深，往日的记忆涌上心头。他出生于战火连天的 20 世纪 30 年代，4 岁失去了父亲，6 岁又没了妈妈，经历过伪满洲国时期的黑暗统治，体会过什么是没有尊严的生活。直到新中国成立，才得以上中学和大学，才得以参军入伍，才得以成为一名人民警察。在他心中，党就是母亲，是党解放了他、养育了他、教育了他、培养了他，给予了他的一切，让他亲眼目睹了中国从站起来、富起来到强起来的伟大历史飞跃。

当年，崔道植在入党申请书中写道:“我热爱自己的工作岗位，上级交给我的一切工作，我都是热爱的，都要无条件地完成好，因为这是党和人民给我的。”60 多年来，崔道植从未忘记过年轻时许下的承诺，也从没有改变过忠诚于党、为党工作的初心，永远听党话、跟党走是他一生的精神支柱和工作动力。

△ 崔道植讲授牙齿痕迹检验

他用生命恪守、践行着信仰的初心

今年 87 岁的崔道植系全国著名痕迹检验专家，被誉为黑龙江公安战线的“瑰宝”、中国“刑警之魂”；1992 年荣获国务院颁发的国家有突出贡献的科技专家证书，享受政府特殊津贴。1994 年自黑龙江省公安厅退休以来，崔道植退而不休，始终工作在刑侦一线，并于 1999 年被公安部聘为首批特邀刑侦专家; 2006 年，他还荣获全国公安科技突出贡献奖。每年公安部五局、黑龙江省公安厅都要十几次甚至二十几次抽调崔老参与疑难案件侦破工作，近年来，他在甘肃白银案、张君特大系列抢劫杀人案、白宝山袭军袭警案件侦破工作中作出重要贡献。

什么是退休后返聘？一般情况下都是力所能及发挥余热。而崔道植却颠覆了这个问号背后的常规答案——他在退休之后对公安事业依然保持着炽热情怀，每时每刻都在为这个职业贡献自己的光和热。

既有一鼓作气的干劲，也有咬定青山的执着。自 1949 年申请参军始，崔道植一路走来初心不改，用共产党人持之以恒的坚韧信念书写了一名中国刑警的传奇。如今，黑龙江省公安厅刑侦总队依然有一间属于崔道植的办公室，办公室的大门每天早晚都会有规律地开闭，灯光也经常在一个个深夜陪伴着年过八旬的老刑侦专家亮至天明。

“崔老思维敏捷清晰，身体特别好，一百岁没问题……”这是崔老许多新朋故友的感觉。退休后的二十多年里，崔老参与侦破了诸多疑难案件，即使是 82 岁那年，还曾独自乘坐火车一路风尘仆仆赶赴甘肃白银，在认定元凶高承勇一个关键涉案证据上发挥了决定性作用。事实上，人们只是看到了崔老的“仙风道骨”与非凡的工作精力，却不知道他自退休那年开始，就因心律不齐始终怀揣救心丸。他当然常常也会疲惫，常常也会因心脏突然不舒服服下一颗救命药丸，而后继续工作……许多年来，崔老就是这样一路走来的。

工作、生活、信仰的层面里，崔老身上有太多值得我们深思，震撼我们心灵的故事。那一幕幕、一桩桩，如果你有机缘和足够的耐心，当你触碰的时候就会有足够的感动、足够的泪水。

长期加班熬夜不会有好的心脏，但若是一颗坚守“初心”的心脏就会与众不同地强大，这样的心脏会超越各种器质性病变体现出强大力量，这样的“心之道”会体现出超常的“心之力”。

“今日长缨在手，何时缚住苍龙？”1949 年，吉林梅河口有个叫“三八人”的村庄，16 岁的儿童团团长、朝鲜族少年崔道植手握红缨枪，英姿飒爽，他的执着坚定与恪尽职守远近闻名。他觉得自己长大了，爷爷也觉得他长大了。耐不住他的软磨硬泡，爷爷带着他来到附近的临江县政府，找到当地的民族科长——他要参军，参加共产党的军队；他要入党，加入中国共产党。

爷爷白衣白裤、黑色高帽，是传统的朝鲜族老人，与同为朝鲜族的民族科长沟通起来很交心。

爷爷说：“这孩子，没爸没妈，我的年纪也大了。就把他交给党吧，他自己也特别愿意，天天缠着我说这事儿。”

民族科长说：“打仗，是要受伤，是要死人的。就说这临江吧，我们打进来又打出去，再打进来，很惨烈的。他，太小了。”

爷爷说：“留下他吧，当个卫生员、通讯员，也行啊……”

民族科长摸摸崔道植的头：“孩子，你太小了，也太瘦了。你这么小，为什么要参军呢？”

崔道植说：“共产党来了，我才有了饭吃，爷爷、姐姐和我才不再挨饿了；共产党来了，送我进了学堂，发我助学金。爷爷告诉我，长大了就要进共产党的军队。现在，我长大了。”

民族科长听了笑着说："你还没有长大，你还太小。这样，咱们约定，过两年你再来，我一定同意你参军。你是特别优秀的儿童团团长，远近闻名，我会记着你的。"

1949年，新中国成立的开元之年，也是崔道植信仰的起点。接下来的两年时间里，崔道植一次次申请参军，最终于1951年如愿以偿，次年又入了党。瘦弱的男孩入伍后特别优秀，他没有辜负自己最初的信仰，随后的数十年里也没有。那一夜，改变了他的命运，也让未来中国警营中有了一个传奇的名字——崔道植。

事实上，在崔道植诸多如"福尔摩斯"般传奇侦探故事的背后，有鲜为人知的儿童团传奇经历，还有参加中国人民志愿军的经历。1955年，崔道植转业至黑龙江省公安厅工作。进入公安机关后，他很少提起自己的志愿军历险记，踏踏实实躬身于刑事技术工作。

信仰认定了就是一辈子，就要发自内心，坚定不移，任何时候任何情况下都要站得稳、靠得住。从1949年手握红缨枪那一刻开始，崔道植随后70年衷心向党，他的信仰与共和国同龄，他的一举一动也从来没有辜负这份信仰。坚定的理想信念背后，是崔道植看淡个人进退得失，心无旁骛努力工作。从少年时代的一名儿童团团长，到抗美援朝战士，再到86岁依然通宵加班的刑侦专家，崔道植躬身为党和人民工作，70年如一日，他用生命恪守、践行着信仰的初心。

透过崔道植健康高寿和依然饱满的精神状态，我们可以确定：一份坚定执着的信仰，可以温润心灵，收获宁静，也是最好的养心之道。

从17岁上战场到85岁重返现场

"我在养老院已经一年零43天……我争取重返勘查现场，很多案子不到现场是不行的。"

采访之初，可以看出养老院里的崔道植，是按天计算日子的。提起重返现场，老人神色焦急。

一年前，因老伴儿小脑萎缩患有老年痴呆症，崔道植为方便照顾老伴儿搬迁至一家养老院居住，并且一并带去了自己全部痕迹鉴定设备。一年来，崔道植一边照顾老伴儿，一边以养老院房间作为自己的办公室，不断接收公安部传来的痕迹鉴定样本和检材，鉴定完毕后再通过网络传至公安部。同时，85岁的崔道植每天都在整理资料，将以往工作中的成功案例做成PPT，留给年轻一代刑事技术人员做参考，并聚精会神推进非制式枪支建档课题攻关。

"老伴儿的病情逐渐稳定，我已和三个儿子商量好了，公安部再有案件现场勘查任务，由他们三个轮流照顾，我还是要重返一线勘查现场。"

采访期间，崔老反复提起要重返现场。事实上，崔道植在84岁时，还曾接受公安部指派，乘坐11小时飞机飞赴云南执行疑难枪弹痕迹鉴定任务，后因照顾病情日益严重的老伴儿不再奔赴现场。

但凡找崔道植鉴定的样本和检材，都是难点中的难点，都是众多专家难以定论的疑难鉴定任务。近日，公安部刑侦局给崔道植传来一份枪支信息样本，请求崔老判断枪支生产地。崔道植认真研究比对有关信息，曾经有一晚干了一个通宵。对于一位85岁的老警察来说，他似乎对此不以为然。他对记者说："没有感觉累，习惯了。"

回忆当年，自1951年2月入伍参加中国人民志愿军的四年时间里，崔道植也是一次次申请上战场，起初组织上坚持让他从事培养朝鲜语翻译的工作，最终拗不过他的坚持，批准了他的"请战书"……

崔道植，也许是全中国为数不多的依然保持良好工作状态的"志愿军老战士"。从17岁申请上战场到85岁申请重返现场，崔道植的工作历程，见证了什么才是"真正的战士"。甘肃白银案、张君特大系列抢劫杀人案、白宝山袭军袭警案、沈阳运钞车大劫案、郑州特大持枪抢劫杀人案等轰动全国的大案要案背后，都有崔道植的重要贡献。

纵观崔道植数十年从警生涯，累计鉴定痕迹物证7000余件无一差错，具体鉴定结果大多成为侦破疑难案件的点睛之笔。但是，除学术研究、课题攻关成果获得的奖项外，三等功、二等功及各种荣誉称号等少之又少。可以这样说，崔道植的从警生涯中"虚名"少，"实绩"多，胸前鲜有"功勋章"见证了他远离名利的崇高情怀。

进入组织大门那一天，便获取支撑一生的力量

童年遭遇日本侵华战乱，自幼跟随父母逃亡忍饥挨饿，地主家锅底一块焦煳锅巴也要和姐姐推来推去，谁也舍不得吃……直到新中国成立，不再挨饿又有书读，崔道植深深记得共产党的"好"。尤其是在17岁入伍加入中国人民志愿军那一天，他记得嘹亮的军歌军号响彻云霄，更加记得老班长送给他的方志敏的手抄本《可爱的中国》。

"进入组织大门第一天，获取了支撑 生的力量。"提起初心的起点，崔道植记忆犹新。

怀着一份真挚的信仰，崔道植一路走来始终步履铿锵。

"尤其是进入公安机关后，我先后到中央民警干校（现中国刑警学院）、哈尔滨业余职工大学、哈尔滨医科大学学习，组织上为我花费了很多精力与经费，我觉得自己必须回报组织。"

如饥似渴地学习刑事科学技术，以及与之相关的医学、数学和逻辑等方面的知识，崔道植夯实了业务基础，增长了自己的才干。

1975年，在郑州召开的全国刑事技术工作会议上，他与其他四个省的同行承担了《人手各部位长宽度与身高、年龄、体态的关系》的科研课题。经过四年不懈的努力，共搜集了12500人的125000份指纹卡，崔老运用数理统计学对国人手掌各部位长宽度进行了系统的统计分析，首次测得了国人手掌各部位的正常值和它与人体身高、年龄、体态的关系，为利用现场手印分析犯罪分子某些生理特点提供了新的依据。

自1981年以来，崔老围绕枪弹痕迹采取弹痕验证先后撰写了《根据7.62mm手枪射击弹壳痕迹判断射击枪种的探讨》《64式手枪指示杆痕与59式手枪抛壳挺痕位移的研究》《枪弹底座痕迹拍照规范》《侦破涉枪案件最有效的方法——建立枪弹痕展档案》《根据

射击弹壳与射击物确定手枪射击位置范围》等论文，分别在公安部“枪弹痕迹档案管理教材”“枪弹痕迹检验技术教材”和国际刑警第十届年会上发表。同时，崔老还开创指甲同一认定、牙痕同一认定并侦破疑难案件的先河。

1994年年初，崔老在其长期从事的现场勘查和痕迹检验工作中发现，在有些犯罪现场上遗留的痕迹或者经过显现的痕迹，反差不强，无法确定其特征而只能舍掉。他觉得不解决这些问题就没尽到自己应有的责任，经请示公安部科技司批准，决定立项研究《痕迹图像处理系统》。研究这一系统，必须依靠当代高科技计算机技术。当时在计算机技术方面，崔道植还是门外汉，但是为了按时完成课题任务，他向课题组合作伙伴、专家、教授们请教，向书本请教。有时为了掌握一项图像处理技术，崔老好几天都不回家，操作在实验室里，睡在实验室里。经过课题组全员的齐心努力，对要达到的每一项技术指标进行了上千次的实验，终于在1996年10月圆满完成了该项课题任务，并顺利通过了部级专家鉴定。

该项成果实现了从痕迹整体形象至微小特征的计算机检验。当时，将数字图像处理系统开发应用于现场拍照和痕迹检验工作，在省内外起到了开创性的引导作用，该科研成果除了在黑龙江进行普及外，还推广到内蒙古、宁夏、甘肃等省和自治区，并收到了很好的社会效益，获得了黑龙江省公安厅科技进步一等奖。

退休后接连攻克痕迹检验疑难课题

1995年，全国涉枪案件仍处于上升态势，公安部在编制“十五攻关”规划中列入了《枪弹痕迹自动识别系统》的课题。当时，全国有九个省、市公安部门参加竞标要承担这一重大科研项目。崔老也代表黑龙江投标，但由于当时黑龙江拿不出30万元科研补助经费，在公安部初审阶段没有通过。最后，由公安部物证鉴定中心和北京市公安局中标承担了该项课题的研究。

此时，崔老已经62岁，虽然从正式工作岗位上退下来了，但心里还总挂念着国家弹头痕迹档案的现代化管理技术的研究进展。1997年，他参观了公安部举办的国际刑侦器材展，在展会上看到加拿大、美国的“枪弹痕迹自动识别系统”，心里很着急，想到自己干了一辈子枪弹痕迹检验工作，却拿不出我们国家自己的“系统”，心里深感内疚，暗暗下了决心，非要攻破这个堡垒不可。

搞科研就得花钱，可自己已从工作岗位上退下来，不可能再向单位要经费。于是他精打细算，从自己工资里留下生活费用，其余全部花在科研上。为了研究膛线痕迹的提取技术，他访问过国内七所高等学府和三所精密仪器研究所；为了研制一种高精度制模片他去过国内三大铝厂和铝箔片厂；为了研制理想的弹痕展平装置，他先后设计了四种模型图，与四个机械加工厂研制过。经过五年多的苦心研究，他终于发明了一种用特制铝箔胶片提取弹头膛线痕迹的技术，并获得发明专利证书。同时，他还设计制造了一种弹痕展平装置，并获得实用新型专利证书，用它复制出来的膛线痕迹，既清晰又稳定。他和公安部物证鉴定中心的王志强以这两项专利技术为基础研究出来的“弹头膛线痕迹自动识别系统”，于

2001 年 10 月 16 日通过了部级专家鉴定。评语说："该系统具有独创性，技术水平高，不需人工干预，技术成熟，性能稳定，实用性强，容易操作，在膛线痕迹的录入时间、查准率方面优于国外同类系统，总体技术达到国际先进水平。"

公安部将该科研成果列入 2002 年度"2002B001"重点项目推广。许多年来，该系统中的"制模片"及"弹痕展平装置"已被全国 13 个省、市、地 39 个单位采用，并由此破获了一批涉枪案件。

1994 年 10 月 21 日，山东省农村经济开发中心总经理王某夫妇在家被枪杀，现场留下两枚 7.65mm 手枪弹。七年后山东省公安机关发现了重大嫌疑犯张昌文，并缴获了一支比利时造"枪"牌手枪。经过山东省厅和公安部二所检验，均认为枪管磨损严重，无鉴定条件，后送至崔老处检验。崔老用自己发明的"铝箔胶片"与"弹痕展平器"将送检的弹头膛线痕迹全部展平后进行线痕接合检验，得出了"枪杀王家夫妇现场提取的弹头就是用张昌文处缴获的'枪'牌手枪射击的"结论，很快破了案。原来，因山东省农村经济开发中心总经理王某举报了山东省水利局局长张程震的经济问题，张即雇用张昌文并交其手枪和子弹枪杀了王家夫妇。

加班熬夜最伤害身体？崔道植颠覆了这个问号背后的常规答案。如今 87 岁的崔老，思路清晰，心态平和，面对公安部和黑龙江省公安厅指派的工作任务向来无怨无悔，每天的工作量和攻坚克难力度，堪比一名"80 后"的警察后生。

耄耋之年的老人应该什么样子？老态龙钟、疾病缠身、药丸一瓶又一瓶……然而，崔老却颠覆了常规答案。老人家生活状态良好，每天早晨第一件事就是把家里擦得窗明几净，跟着他坐公交、乘火车的时候，看不出他有一丝迟钝犹疑，分析判断疑难案件精准有力。

△ 耄耋之年的崔道植仍然没有停下自己的脚步

父子两代四名警察的“爱恨交织”

理想信念是共产党人安身立命的根本。始终不忘初心，是崔老参加工作 68 年来的力量源泉。7000 多起疑难案件鉴定无一差错的背后，更是一名老共产党员的精神信念。同时，崔老“对党忠诚”的信仰基因，也深深根植于家庭。虽然家人对他也曾有过诸多不理解，但最终还是理解他、支持他。崔老以他特殊的人格意志感染着、带动着自己的家庭，其身体力行的家教模式，也打造了与一般家庭不同的“警察家风”。崔老三个儿子都出生在公安厅大院，一家人 60 多年来的喜怒哀乐都与这个大院有关。三个孩子成年后均选择了从警之路。

“我小时候，是恨父亲的……”时至今日，儿子崔英滨说出了心里话，“我们兄弟三人小的时候，父亲经常不在家，家务重担都由母亲承担。”

20 世纪 70 年代之前，黑龙江百姓日常生活艰苦，存秋菜、渍酸菜及冬天的柴米油盐、缝缝补补对于任何一位母亲来说都是严峻考验。以棉袄棉裤为例，家庭成员每人都需要薄厚各一件棉袄，加之大棉鞋、二棉鞋、单鞋等，都是由母亲一针一线缝制的。

“母亲现在的双手关节不好，有严重的骨节病，这都是因为过去家里穷，买不起更多的煤，常年用凉水洗衣做饭造成的。”崔英滨说，“父亲在生活上对我们缺乏关心，也从不因为工作上的便利为自己和家人谋利。”

早年，出于对崔道植加班加点拿出精准鉴定结果的感谢，许多基层公安机关经常会给崔老送来米面油和山货，甚至整只狍子和整羊等，他全部送到单位食堂为大家改善伙食，从不用于改善自家生活，但却经常把住宿的年轻民警带到家里改善伙食。

1990 年至 1993 年，崔英滨在佳木斯当兵，其间崔老经常会因工作去那里办案，而崔英滨的部队与佳木斯市公安局只有几百米距离，崔老从来没有去看过他。一同去办案的同事和佳木斯的同行也希望在案件结束后让父子俩见一面，都被崔道植婉言谢绝了。崔英滨有时会真的恨父亲，其他战友有能力的都几乎调回了哈尔滨，而他们近在咫尺却连面都见不到。

崔老对下属和同事却是有求必应，曾经为下属晋升，亲自找领导，甚至写过辞职信；曾经为了下属有更好的发展空间，和南方的公安局领导沟通推荐人才。可是对于自己的孩子，他只有一句话：“我的荣誉，不是你们进步的台阶，路是要靠自己一步一个脚印走出来的。”

2006 年，崔老荣获全国公安科技突出贡献奖，获得 40 万元奖金，其中 10 万元归个人支配。对于这些奖金，崔老没有一分留给家人使用，全部用于黑龙江省公安厅、哈尔滨市公安局添置鉴定设备，同时相当一部分用于购买鉴定器材并捐助兄弟省、市公安机关。当时，崔道植二儿子正因为买房子购房款不足而发愁，但家人对于崔老的做法没有任何异议。

“常年点灯熬油进行课题攻关，崔老有很多专利，完全可以有机会从中获得巨大经济利益，但他把这些专利都无偿献给了单位。”深圳市公安局痕迹检验大队大队长梁传胜说。

“母亲和我们兄弟三人，都从内心里敬畏父亲，虽然对他老人家曾有很多误会和不理解，但我们始终知道父亲是在做特别有意义的事情，他身上有太多值得我们学习，却学也学不完的东西。”崔老长子崔成滨说，“可以说，这些年来我们家‘爱恨交织’，但在支持父亲工作这一点上，却没有过一丝犹豫。”

“只要是爸爸让我做的事情，从不后悔”

前几年，崔老接到公安部指派的一个鉴定任务，鉴定内容是深圳发生的一起疑难案件。这次鉴定，系崔老从警以来最具挑战的一次。因为就在接受任务的第一天，崔老笔记本电脑背包上的背带断裂，上面的一个铁卡子弹射至他的左眼，在白眼仁位置造成了一个“L”形伤口。为抓紧完成任务，当时 84 岁的崔老没有停止工作。虽然右眼患有轻度白内障，左眼的伤痛又给他的工作带来极大困难，但他依然专心致志工作着。崔老连续工作了三天三夜，累了就打个盹儿休息一下。三儿子崔英滨来看望父亲时，老人已经满眼充血。当崔英滨翻开父亲左眼皮看到那个伤口时，眼泪便止不住地流下来，他二话不说，强行带着父亲来到哈尔滨眼科医院。那一次，医生处理崔老伤口时缝了四针。

老伴儿患病后，崔老一方面要和小脑萎缩导致精神障碍的老伴儿周旋，一方面要抓紧时间进行手头的工作。由于退休后没有工作助手，崔老所有辅助性的琐碎工作都要自己完成，工作量因此远超一般在岗的刑事技术人员。有时，崔老正在专心致志工作，老伴儿会突然过来像小孩一样抢走电脑，这时他总会耐心劝慰并取回电脑。即使是在这样的条件下，崔老在高质量完成公安部交办的鉴定任务的同时，又把以往成功案例制作成了一个又一个精彩的 PPT 教材，并着力研究非制式枪支建档工作。

崔道植对待工作的勤勉作风，也催生了良好的家风。他严于律己，同样对三个儿子都有着严格要求。崔门父子四人，个个是所在单位的行家里手，大儿子崔成滨系省厅刑侦总队科技专家，二儿子系省厅总队业务骨干，三儿子崔英滨继承父业，在哈尔滨市公安局从事痕迹检验工作。崔英滨原系省警卫局现役，同期战友如今都已是团职干部，当年是父亲硬性要求他转业至公安机关传承“痕迹检验”事业，而且不让他留在省厅，提出“必须到最艰苦的一线积累工作经验”。2018 年春节，崔老第一次问小儿子：“爸爸让你从事这个工作，后悔吗？”崔英滨回答：“只要是爸爸让我做的事情，从不后悔。”

“当我投身公安工作，深深理解了父亲。这十几年，通过自己的努力和支队领导、同事对我的鼓励帮助，取得了一些成绩，也算是没有给老爸丢脸。”崔英滨说，“我们哥仨性格上还是像父亲，工作上也与他一样很拼。”

崔英滨先后荣立个人三等功二次、二等功一次，获得市局嘉奖七次；被授予“哈尔滨市公安局优秀民警”“十佳专业技术能手”等，四次被评为“哈尔滨市公安局优秀共产党员”，连续三年被评为“哈尔滨市公安局优秀科所队长”；2012 年被评为哈尔滨市第 34 届劳动模范，2015 年获得“哈尔滨市民喜爱的好警察”提名奖，2016 年荣获“全国优秀人民警察”荣誉称号。

崔老的工作作风几十年如一日，令人感佩，但有时家里也会因他的工作偶起“风波”。

如白银案攻坚的关键时刻，已经 82 岁的崔老一路坐火车赶赴甘肃。儿子们生气地说："爸，我们花钱给你买飞机票，不花国家钱，还不行吗？"

"只要时间允许，崔老执行公安部的出现场任务，从来不坐飞机，为的是给国家节约经费。"公安部刑侦局二处处长柳佳说，"崔老上下火车和飞机，从来都是自己乘地铁、坐公交，拒绝任何人接送。"

妻子等他回家一辈子，却在"最后一次等待"中迷路了

崔老在黑龙江乃至全国警坛威名远扬，有许多动人的故事和业绩，而他却说："如果说这些年我取得了一点成绩，那都是党培养教育的结果，并且给了我实现人生价值的平台，让我无时无刻都有一种'报恩'的思想。"作为一个从旧中国走过来的老党员，他有对事业至高无上的追求，有对党和人民终生无悔的赤诚。在他看来，要向党和人民"报恩"，就必须落实到全心全意为人民服务、对公安事业尽职尽责的具体行动上。

于是，将全部精力用在工作上的崔老，几十年从警生涯鲜有陪伴家人的时候。青年时代，崔老工作起来经常会通宵达旦，对家庭照顾甚少，洗洗涮涮、缝缝补补的家庭重任全部落在妻子一人肩头。崔道植要么常年出差在外，要么扎进实验室不出来，妻子一度对他不顾家的做法抱怨很深，曾私下不止一次地说起过要和崔老离婚。每当妈妈有这种想法时，孩子们都会陪在她身边并做她的工作，把爸爸在工作中取得的成绩讲给她听，劝慰她、开导她。每当崔老出差回来，都会亲自下厨为妻子做她喜欢吃的红烧肉和烧茄子，尽量抚慰她的情绪。

"妈妈吃烧茄子的时候，眼里会含着泪水的。"三儿子崔英滨说，"成年后，我理解了母亲的泪水，那里边其实有对父亲的理解，也有她的委屈和无奈。"

原本以为崔老退休后会回归家庭，但妻子与孩子们判断错了。返聘后的崔老，不断接受省公安厅指派任务的同时，公安部也会经常调派崔老赴外地开展疑难案件现场勘查。退休后的生活里，老伴儿一次次将他送到火车站和飞机场，同时也在送别后时刻期待着、等待着他回家。但是，2011 年那一次送别，却成了一次真正意义上的"送别"。因为，老伴儿在那"最后一次等待"中迷路了。

崔老 78 岁那年的一个早晨，老伴儿送他到机场大巴站。因崔老接到公安部刑侦局指令，要奔赴外省一个疑难案件现场实地勘查。可就在崔老刚登上飞机的时候，却接到电话得知老伴儿迷路了——老年痴呆症来临。随后的日子里，老伴儿经常会把新买的衣服当作旧衣服扔了，把新买的菜当垃圾扔了。医生确诊时叮嘱：她的身边，不能离开人了。

在老伴儿刚被确诊为老年痴呆症的几年，崔老依然"我行我素"，奔波在全国各地各种疑难案件现场。直到 2017 年夏天，老伴儿病情严重到离开他两天就不再认识他，他才和老伴儿搬迁至养老院，同时也搬去了自己的鉴定设备。

时光荏苒，青春岁月已经匆匆而过。目前，崔老妻子只要离开他三两天，就会不认识他。小脑萎缩令她出现了严重智障，但她时常会在养老院食堂用餐完毕时拒绝返回宿舍，且逢人就说："我要回家，我的家在省公安厅，我是干枪弹检验的……"

“技术＋境界”，是人们对崔老一生的总结

崔老常常挂在嘴边的一句话就是：“要实事求是，做什么，一定要实事求是。”

要真正做到这一点，很不容易！崔老如今每天都在整理枪弹检验教材课件，以留给后人做参考。有时，年轻勘查人员需要借鉴就会借来看看，而有的课件还没有最终制作完毕，正处于逐渐完善的阶段。每当这时崔老都会叮嘱：“这还不是最终版啊，这个东西我还需要斟酌修改。”

但凡崔老拿出的东西，一定要做到最好，而且只要启用，就容不得有瑕疵错误，大家在用的时候一定是踏实的。崔老始终是追求完美的人，不到最完美的时候，他永远在补充。故此，同行都坚信，崔老所有教材课件制作完毕后，一定全是精品，是崔老毕生的心血！

“技术＋境界”，是人们对崔老一生的总结。

一个人，如若没有宏大的格局，没有宽广的心胸，没有超凡的能力，就达不到崔老的技术水准，更达不到那种境界。所有接触过崔老的年轻刑警都感慨：向崔老学习，除了精湛的技术，还有那种崇高的境界。

搞刑事技术，第一需要勤奋认真，第二需要悟性。崔老兼具两种品质。全国公安搞痕迹的有七八百人，崔老是公认的全才和翘楚，手、足、弓、枪检验技术无所不能。

黑龙江省刑侦总队 1999 年增加了一套指纹识别系统。那年，崔老 65 岁。当时，虽然许多刑警都是学计算机的，但是对指纹识别一窍不通，他们都成了崔老的学生。

崔老给大家做课件，因他不能亲自讲课，他特别忙，全国各地跑，做好课件是让大家自学。崔老还亲手做了考试卷，考试卷上皆图文并茂。渐渐地，黑龙江省内市地县区刚刚从事指纹鉴定工作的民警都来向崔老请教。大家提的问题深浅不一，但崔老都一视同仁，耐心回答，直到对方听懂为止。崔老把他掌握的东西毫无保留地传授给每一个想学习的人。有时候，他怕人家学不会，还会留下电话，任何时候打他电话他都会耐心作答。

黑龙江省指纹信息库建库成功后，当年就发挥作用破了很多案件。崔老在其中起到了决定性的作用。

2016 年年底，黑龙江公安刑侦系统开展全省命案积案指纹比对专案行动。因为很多案子久侦不破，很多指纹证据都是疑难指纹。于是，70 多起疑难命案的现场指纹交给了崔老。当时，人们就是希望他能够在闲暇时间给看一看。结果崔老连续加班三天，不仅全部看完，而且每一枚指纹都详细地用图像处理软件标上小红点，具体位置在什么地方，应该怎么比对等标注得一清二楚，许多积案在他标注完毕后被成功破获。

荣获功勋党员奖章归来，崔老激情满怀地说：“我由衷地感激党的恩情，由衷地赞叹今天来之不易的幸福生活，由衷地祝愿伟大的党永葆青春，明天更加辉煌！我将努力传承好、发扬好坚持真理、坚守理想的精神，践行初心，担当使命，一如既往努力工作，把我全部的精力都投入到为之奋斗一生的公安事业中；把我毕生所学和积累的经验全部留给年轻一代，以一名共产党员的实际行动认真践行对党绝对忠诚的无悔誓言。”■

因少女时代二姐的意外遇害，让她的青春充满残酷记忆，也让她的人生走上了另一条道路。她是荣誉等身的英雄模范，也是人群中一个普通的女儿、妹妹和母亲。这个故事想要讲述的，不只是非凡的韧性和勇气，还有记忆，以及心灵如何在遭遇毁灭性的打击后，慢慢地自我修复。

生命的创口，长出了翅膀

■ 李 坚

△ 沈悦在 2019 年国庆观礼中

“20 世纪的最后一个冬天，广东某地一个地方电视台播出这么一条社会新闻：一名年轻女子在一间出租屋被人割喉，作案手段残忍。凶手留下遗书，看似欲自尽，其实已畏罪潜逃……此后，如人间蒸发。这条播报用时只有 30 秒。

“20 多年过去了，当年轰动街巷的新闻早已从城市的集体记忆中消失。但对于我来说，这则新闻是我心尖上永远翻滚的疼痛。因为被害的那位年轻女子，是我的姐姐。”

第一次听到沈悦这个名字，是春节前，在来自全国各地缉毒警察的聚会上。他们说，真水无香好像还没有写过缉毒警，我们有跟电影《湄公河行动》一样精彩的案件，还有更加精彩的缉毒女警沈悦……提起沈悦，在座的所有禁毒同行对她第一评价便是漂亮，第二个评价是人好。而且，她还是一位杭州姑娘，我的老乡。这样一位缉毒女警，引起了我极大的兴趣。那不就是作家海岩写过的女主人公吗？比如《玉观音》中的卧底女缉毒警安心，还有《永不瞑目》中的刑侦女队长欧庆春。

2021 年 1 月，北京大兴地区又出现聚集性疫情，所有进出北京的人员都受到了严格管控，我无法立即赴京采访。在等待的时间里，我在网上查阅了大量与沈悦有关的信息，也和她有了微信联系。网上信息显示：沈悦，履职于公安部禁毒局，任缉毒行动处副处长。2019 年 3 月，获全国三八红旗手荣誉称号；2019 年，记个人一等功；2012 年，记个人二等功，同年，她所在的缉毒行动处荣立公安部集体二等功；另外，还有个人三等功及嘉奖共 6 次。2019 年 10 月 1 日，沈悦作为全国 76 名公安英模观礼团中部机关的唯一代表，在天安门检阅台观看了国庆 70 周年大阅兵。

等疫情有所缓解，我立刻在杭州做了核酸检测，带上核酸证明第一时间去北京和沈悦见面。进京时，正是春花烂漫的 3 月，想着从小在杭州长大的沈悦，对家乡一定有着强烈的念想，便在出发前特意选了时令菜马兰头和江南的清明团子带上。第一次见到她，是在暮色四合的长安街旁，她驾着吉普车穿着红色风衣。我们第一句见面问候语，自然而然的就是杭州家乡话。果然，她对家乡的时鲜喜不自禁。果然她很漂亮，个子瘦高眼光有神，然而说起话来温温柔柔。此后，我们又在北京见了一次。沈悦总是在不停地出差。有一次她去云南出差，和我约好在云南见，至少有一个晚上可以完整聊一下。可就在准备启程时，云南瑞丽有疫情，不得不临时改期。

交谈最久的一次，是在北京的宾馆里，我们从早上 8 点一直聊到晚上，整整一天坐在沙发上几乎没有挪动，中饭只吃了汉堡。近十个小时的访谈中，讲述不停。沈悦只喝白开水，她有贫血，不能喝咖啡和茶。另外更多的时间，我们在网上交流，从春天聊到夏天，从工作聊到生活。和沈悦交流，有一种不断拉近的亲切，感觉她就像是我的一个妹妹，说着家乡话，说着同一片故土上似曾相识的流年往事。本来，我是奔着她所经历的那些缉毒案件而去，然而不知道是一见如故，还是前世有缘，故事始料未及地滑入了另一个频道，那里有一段更让人难以平静的辛酸往事令我震惊。那个午后，当我问她，作为一个优秀外语专业高才生，为什么一毕业就走上警察这条职业道路？她迟疑了很久，然后有清澈的泪水夺眶而出，她失去了一直有的平静。她说这是一个伤口，也是一个她守了 20 多年的秘密。或许，随着时间的流逝，这个秘密渐渐褪去了它的伤痛。

以下是沈悦的经历和心路历程，我想，让她以第一人称的角度来呈现，应该更为贴切。

一

20 岁以前，从没想过，我的人生会与缉毒警察挂上钩，即使小时候爱读侦探和武侠小说，总是对行侠仗义心生敬服。从小到大，我一直成绩优异，从杭州外国语学校，一路考进北京外国语大学，又顺理成章地读研。我的同学有不少进了外交部，其中上了热搜的翻译天团成员之中，就有我的中学同学和学妹。如果没有大学三年级那年发生的那件事，也许我的人生道路也会像他们一样，以专业翻译作为终生的奋斗方向。但所有的人生，从来都不允许被“如果”。

有时候，父母的命运或多或少会影响到他们的孩子，尤其是像我父母这一代人，他们没能实现自己理想的遗憾，总希望下一代能够不遗余力地填补。我的父母就是这样的父母。我出生在杭州一个极其普通的工人家庭，父母读书不多。父亲8岁时就失去了我爷爷，从小到大吃了很多苦。初中时，他考入了杭州最好的中学之一，杭州第二中学，但读不起书，中途辍学了。母亲从小学习优异，但也只读到小学毕业。我是家里最小的孩子，有两个姐姐，都大我十岁以上。大姐姐特别勤奋刻苦，但考了两年大学都没考上，只好去读电大。二姐为人善良生性豪爽，只是不爱读书，勉强读上一所中专，毕业后就去广东打工了。两个姐姐的读书都没让爸妈满意。

我的出生，冥冥中好像和二姐之间有一种说不清道不明的关联。这是母亲后来告诉我的。在我出生前，二姐就一直缠着母亲，让她再生一个弟弟或者妹妹。一次，母亲实在不耐烦，不小心推开她，二姐额头撞到了桌角上，就此留了疤痕。但也许就因为二姐这样的胡搅蛮缠，在已经开始实行计划生育的年代，母亲不小心有了我，也就坚定了信心，把我生下来。为此，她还被单位降了一级工资作为处罚。而我这一路以来的成长，以及取得的所有成绩，都让全家人觉得，把我生下来是一个非常英明的决定。尤其是两个姐姐，更是把我当作她们生命中最大的骄傲。我们家不是富裕家庭，房间狭小，只有40多平方米。一进门就是客厅，左手边两个卧室，一间父母用，一间我们三姐妹用。小时候家里没有任何玩具，只有一个父亲亲手做的木马车。父亲是技工，家里的保险窗、电视柜都是他自己做的。我们家的人都长得还可以。父亲身高一米八二，很像老电影《红色娘子军》里洪常青的扮演者王心刚。母亲天生气质优雅。我大姐最漂亮，年轻时追她的男生特别多，大家都说她长得像林青霞。我们家的教育很传统，从小父母对我们三姐妹的规矩非常重。比如，吃饭时，饭碗永远要端在手掌上，无论站着还是坐着，绝不能抖腿。我现在看有些小孩子站在那里都摇来晃去的，总忍不住想制止，这在我家是绝对不允许的。

我最早的文化启蒙，可能得益于大姐的追求者。我大姐比我大15岁，我还在读小学，她已经到了恋爱的年纪。有个大哥哥为了讨好我大姐，送了我一整套《世界文学名著连环画》，这是我最爱读的。我喜欢雨果的《悲惨世界》，冉阿让的苦难经历会让我哭；也喜欢莫泊桑的短篇小说，喜欢《荷马史诗》，那种最纯粹的神话世界。这套书我一直珍藏，本想着给我儿子看看，但是页面都泛黄了。虽说父母是工人，但他们一直想要把我往精英方向去培养，让我练小提琴，可因为不想吃苦，练了半年我就放弃了。当年，和我妈同一车间的一个叔叔书法好，我妈就让我跟着他练书法，反正是同厂的又不收钱。这一学学了六年。书法对我的个性培养帮助很大。临帖前要蹲马步，习字时站着悬腕写，这造就了我性格中沉稳的一部分，有事情能沉得下心来，安静专注得下来。母亲说，我小时候很老实。每次母亲带我去厂里浴室洗澡，嘱咐我先在那里排队等她回来。等她赶来，我还是排在最后一个，因为我总是让别人排在前面。有次，她带我买枇杷，其中一个摊铺前，很多人排队，

△ 沈悦（中）和大姐、二姐的合影

而另一摊因为不新鲜，没有人买。而我就要买那堆不新鲜的枇杷，我说，这人可怜都没人买他的东西。

上学以后，我一直成绩很好。小升初时，我想考杭州外国语学校，这是杭州当时最好的中学，竞争超乎寻常的激烈。我家住香积寺旁，就近读的小学，因招生模式限制，全班能报考杭外的只有一个推荐名额。虽然我能保证成绩在班上数一数二，但我不能保证永远第一，更不能保证老师一定会把那个名额给我。为了让我能得到一个被推荐考试的名额，五年级下学期，在父母的各种努力下，我转入了文三街小学，并且通过优异的成绩，争取到了一个考杭外的名额。父母文化程度不高，没有资源，更没有钱，这在现在看来，转学几乎是一个没法做到的事情。只能说，我的命运中有很多受老天眷顾的地方。直到现在，回想考杭外的种种经历，还像是一场梦。父亲曾对我讲，揭榜前一天夜里，他梦见在陪我去看榜单的路上，见一条河上有一只船，一头翘得很高，一头沉到水里去了。而现实之中，我的成绩就像父亲的梦，语文考了第一名，数学在录取平均分以下。后来了解到，那次招考，语文题目特别难，我的成绩高出第二名至少 5 分。于是，关于这个语文考第一的孩子到底要不要招，杭外老师为此开了个会。老师们觉得，这个孩子如果不招太可惜了，因为那次数学拿满分的人很多，但语文能这么高分很难得。就这样，我奇迹般地被杭外录取了。

杭外六年，是我成长进步收获最大的六年，尤其是在英语学习方面。刚一入校，每人都发了和课本配套的英文磁带。老师规定，课前一定要预习，要把所有不认识的单词摘出来，先通过查《牛津双解字典》自学，针对每一个新单词造句子。第二天上课，老师会让每个学生站起来，就同一个单词分享各自造的句子，不得重复。通过自己学习造句，老师再进一步在课堂上讲述什么是错的，什么是对的，绝不会生硬地讲语法。记得老师说过，一个新单词，如果用了六遍以上，你自然就记住了。周末，我也会去马云常去的西湖边“六公园”英语角，尝试着找老外或本地的英语爱好者交流练习口语，英语就这样慢慢地打下了扎实基础。而语文始终是我的强项，一直占据着班里前几名的位置。六年很快过去，考进北京外国语学院似乎也是顺理成章的事。我是 1997 年在杭州参加高考的，当时用的是全国统一高考试卷，我的高考分数是575分，这个分数当时可以进北京大学，比北外同期同班学生在总分上高出很多。父母送我去北京，办完报到手续，我们一起去了天安门广场。走在长安街上的那一天，是我人生记忆中一家人最幸福的时光。刚进大学的前几年，那些不是外语中学毕业的同学，会很辛苦地学英语，我就轻松多了，靠着吃老本，英语还是次次考第一。

我的大部分时间用在学校社团活动上。我加入了一个电影协会，后来还成了北外电影协会会长。不过现在想来还是有些遗憾的，大学不仅学习没有好好用功，也没好好谈一场恋爱。那个时候大学生已经恋爱自由了，我就很纳闷儿，怎么没人追我。我觉得我长得虽然不算漂亮，但也不丑。放假时，跟我二姐沟通这个问题。她说肯定不是你不优秀，应该是太优秀了，稍微普通一点平凡一点的男生，就不敢追你了。当年，大学之间很流行搞联谊，男生女生宿舍结对子。一次，清华大学一男生宿舍邀请我们宿舍去搞联谊活动。我生平第一次想打扮得好看一点，买了一双十厘米高的高跟鞋。那个宿舍男生想不出什么娱乐活动来，就带着我们北外女生逛校园和圆明园。要知道清华一个校园有多大，再加一个圆明园，全程靠走。我回到宿舍就把鞋扔一边，再也不穿了。没有波折也没有恋爱，大学的时光，以为就这么过去了。如果没有后面的事，我想我的人生，有可能一直就是这样阳光灿烂地走下去了。

直到大三那年寒假回家，我才知道，二姐出事了。二姐平时跟我联系挺多的，那时候彼此都没有手机，我们宿舍里就我电话多，大多是二姐从广州打来的。我和二姐虽然隔着千里，可彼此的心一直是互相依赖着的。其实，那学期末我就觉得纳闷儿，二姐很久没有给我宿舍来电话了。问母亲，她说可能是那头工作忙吧。等寒假回家，父母亲说，他们怕影响我期末考，所以一直忍着悲痛没告诉我，二姐已经不在了。二姐出事时，父母亲都在广州。他们刚好去探望我二姐。事发当天，二姐说她出去一下，她说有一个人向她借了钱，正好父母来了可以让他们带些钱回家。但二姐出去后，再也没回来。第三天警方来电话，让我父母去认尸。这个消息真如晴天霹雳般震耳欲聋，令人难以接受。这个世界和我关系最亲密的二姐，我并没有答应，她怎么能自己先走呢？那个冬天，全世界都在欢呼即将进入一个新世纪，而我的姐姐，她的生命永久地定格在了上一个世纪。我的二姐，她没有过幸福的日子，大多时候孤身一人在外拼命努力，在忙碌和落魄中奔波，也是要在父母面前证明自己。而我总想着有一天我可以对她有所回报。父母亲带我去埋葬姐姐的墓地。那是城北一座寂静的山上，除了姐姐的坟墓，父母亲把自己的墓也建在了边上。一直以为，父母亲不怎么喜欢二姐，但是在生者安葬逝者的地方，我看到的是父母满满的遗憾和悲伤。父亲说，以后就在同一个地方，一家人还在那里相聚，不会让姐姐再孤单。也是从1999年这个冬天开始，我们的家再也回不到原来的样子。每次回家对我都是一种折磨。身处千里之外的北京，二姐被害的事实和我保持着一点距离，还可以当成她一直还在广州。而一旦迈进家门，就再无自欺欺人的可能。我和二姐在这个世上的缘分很短，但我的回忆里却充满了和她在一起的点点滴滴。小时候很多雷声大的夜晚，我总会因害怕而躲进二姐的被窝。我最喜欢的就是跟二姐同睡一张床。如今用力呼吸，仿佛还能闻到她头发的清香。

每逢二姐从广东回来，总会给我带很多好吃的，还有一些好看的衣服。这些衣服我到现在还保存着，从那时候就不舍得穿。二姐总说她在广州都挺好，让我不用担心，总是让我好好读书，说将来就靠我了。在她心中，我是全家的希望，是最有出息的一个。她说，等小妹有出息了，成为一个厉害的人，她在外面就不会被人欺负了。现在回想我二姐的那些话，想来她在外面是经常有受到欺负的时候。小时候，一听说二姐考试挂科或者在外面闯了什么祸，父亲就要动手教训二姐，每当这时，我都会想方设法劝解阻挡。二姐离开后，我甚至会很内疚地觉得，是不是我的优秀更衬托了二姐在学习方面的不如意？这样想的痛苦会带来更大的内疚，而内疚又比痛苦更长久。

此后的数个寒暑假，父母亲和我写了不知道多少封上访信，寄往不同的部门，这突如其来的噩耗让一家人实在难以接受。那是我人生最最糟糕的日子。再回北京，我就像变了一个人，做什么事情都没有了兴趣。北京的天空从来没有如此灰暗，不知道是雾霾呢，还是因为我的心情就此永久地黯淡下去。那以后，闲云野鹤般的日子消失了，我似乎一下子懂事了很多。我读书以外的大多时间用来做小孩子的英文家教，做外国人的中文家教，还去北外成人教育学院英语班代课。我身边的同学、朋友都觉得我是一个特别乐观的人。但在那几年，其实我一直生活在恐惧中，一直在寻找一条治愈伤痛的路，也无数次想到过自杀。在猝不及防的瞬间，我烂漫天真的青春期似乎一下子走到了尾声，我也一下子懂得了什么叫人生无常。

二

如果没有二姐这件事，我不会想要报考公安部。冥冥之中，二姐又成为我命运的铸造者。毕业选择工作时，我有很多机会。听说公安部禁毒局在招人，因为对二姐被害这份伤痛的执念，父母意见跟我一样，觉得进公安体系是最好的选择。一样是过五关斩六将的考试，我终于成了一名警察。

起初，父母为我进公安部而开心欣慰，他们觉得，终于可以有机会寻找杀害女儿的凶手了。但我一个刚进公安部的大学生，有什么能力去实现这个愿望啊？相反，自从进了公安部，我把这个秘密守得更牢了，就怕别人质疑我进公安的初心不纯。我在禁毒局的第一个岗位是国际合作处，负责对外联络、文件起草、会务筹备、来访接待、出访准备以及翻译等工作。人少事多，工作琐碎得必须连轴转才能顶得住。多年学习上养成的习惯，让我喜欢和自己较劲，每个交到我手上的任务，都要确保做到至少自己能打 95 分以上才能“交卷”。

2005 年，我们禁毒局承办了两场国际性会议，由联合国毒品和犯罪问题办公室主导，东南亚多国禁毒部门参加。两个国际性会议的相继举办，会务准备工作极其繁重，最辛苦的是准备各种会议资料，加班到凌晨两三点是经常的事。等会议真正开始时，我嘴角长了很大一片泡，都快毁容了。幸亏开会时，我是做幕后材料的，没有大影响。几次活动下来，我做事踏实能吃苦的工作态度得到了大家的肯定。到禁毒局半年以后，我第一次因公出国，目的地是缅甸。刚开始对外交谈时，我发现学了那么多年的英语不够用，语言基本上只能听懂 60%。一方面是因为那些国家本地口音浓重，另一方面就是大量的禁毒专业术语没掌握。为此，在刚刚进公安部的那几年，我没少花力气努力补课，仿佛中学时学习的那股劲儿又回来了。这个提升过程还是挺快的，也就一两年的时间，我基本上可以带队出国了。在国际合作处这几年，除了专业上的成熟，也与许多国外同行结下了深厚友谊。因为工作关系，我跑了 20 多个国家，其中泰国去得最多，总有几十次了吧。在泰国，我们的兄弟单位是泰国国家禁毒委员会。平素各种双边、多边国际会议上，我们和那边的工作人员经常碰到，关系处得就像老朋友一般。2007 年，我刚刚结婚，有次去泰国开会，他们专门来会场找到我，也不说什么事，只是微笑着说“follow me”，把我带到另一间大办公室。等一进去，他们全体鼓掌，好多老朋友都在。他们说知道我结婚了，每人为我准备了一份结婚礼物。那个瞬间我真是特别感动。

那些年，我和父母基本上每周都会通一个电话，每次通电话，他们总是急切地问那个事情怎么样了。到后来，我都怕接这个电话，因为我没有办法给他们一个满意的答案，我真的无能为力。而母亲又总在电话那头哭。那几年我压力实在太大了，既要忍耐失去最亲密姐姐的痛苦，还要承受父母对案子破获永无止境的期盼。二姐走了，这个家再也没办法像一个正常的家了，因为在家里所有的事情都会被放大。一旦有什么矛盾，就都会被牵扯到我二姐的身上，后悔、内疚、愤怒和悲伤，很多情绪就会在瞬间成为爆发的导火线。我父母依然执着地写着上访信。作为一个女儿，那时候的我什么也做不了，只能关起门来独自心痛。

2008 年，根据公安部的统一安排，我到山东省淄博市高新开发区分局刑侦大队开始基层锻炼。我不是公安院校毕业的，一直搞禁毒的国际合作，到了这里，没有涉毒案件，也不用翻译，干得都是刑侦的活儿。

当时，高新开发区成立时间不长，平时命案很少，而我去的那年，发生了三起命案。其中有一起案子，我报到那天，同事们刚刚将凶手缉拿归案。这是个情杀案，凶手杀了他的情敌，他恨那个男的，碎尸焚尸，却独独把生殖器给切下来，砌到墙里去了。这是我第一次直面一个杀人凶手，明显地感觉到犯罪嫌疑人看我的眼神充满着轻视，好像我不是警察。当时，我们刑侦大队另外一个小姑娘，平时看上去比我还瘦弱，但她出现在嫌疑人面前时都带有一种气势。

这就是当年的我，身上少了一点办案警察该有的气场。我参与的第二起案件，是在野外发现一个头骨，其他什么也没有，完成常规的勘查之后，案件一度休克。就我所知，现在还没有告破。印象最深的一起，是我们大队有小伙子摆喜酒，全大队的人都跑去他婚礼现场给他庆祝。突然接到电话，说发生凶案，在玉米地一辆出租车里面，一个女司机被杀了，尸体被塞在了后备厢。婚礼被迫中断，所有的人都赶去了现场。监控上获得的线索，能看到这辆出租车从火车站接上客人，返回途中就是凶手坐在驾驶座上，已经没有了女司机的身影。但是凶手的脸被遮阳板挡着看不清。后来，所有的轨迹都查了仍没进展，因为流窜作案本身破案率就很低。这个案子当年成了悬案，好多年没有破掉。那次是我第一次出命案现场，也是第一次进法医解剖室。当晚工作结束后，大家一起去吃东西填填肚子。大队同事都说我胆大镇定，以为我第一次看解剖，吃东西会恶心。他们不知道的是，其实那个惨死的出租车女司机，又勾起了我痛苦的回忆。在我眼里，她就像是我死去的姐姐，透过层层时间的光影，我仿佛再一次看到了躺在出租房地上的我姐姐，那样孤独，那样无助。试问，假若看到这样的现场，将心比心想到自己的亲人，怎么还会有恐惧呢？

一度，我曾以为很多的事情都淡漠了。然而，原来人心是一台复印机，有的时候还有未删除的副本，随时可以穿越时光隧道。基层锻炼的那一年，我也渐渐知道，有的案件真的不是那么好破的，不是警察不努力不重视，而是取决于太多不确定的因素了。

三

淄博那些火热的基层办案经历激荡着我，那才是真正的警察生涯。从一线回到禁毒局，我明显对真正的缉毒一线工作产生了向往，我主动去找领导申请调动工作岗位。我问局长，我想去侦查处办案，您看我行不行？局长回答：可以，为什么不行？就这样，2009 年年底，我从国际合作处调入缉毒行动处。

真正去到缉毒行动处，才知道难度超出我想象。很多时候，地方同行从第一眼看到我是一个新手，就不是很服气。这就促使着我更加努力地历练自己，每件事每个细节我都力争做到极致。有好长一段时间，我都在恶补侦查业务知识。在承担跨国大要案的协调指挥中，我需要去处理不同利害关系，需要把握一些时机和重点方向，尤其是哪些需要借力，哪些是我们来主导，不同的人来办，效果也会很不一样。随着实战中为基层协调办理了不少案件，我慢慢也取得了基层同行们的信任，逐步积累了一些经验。这个经验并不特指缉毒侦查技战法，而是在长期的指挥、指导、协调案件侦查中，我对各省、市、区缉毒专业人员的个性与工作能力，哪个省在哪项侦查项目里有优势，都能烂熟于心，因此在专案侦查里，能将各地的缉毒侦查人才、技战法巧妙地糅合在一起，形成一种合力，使一些毒品大要案

▷ 查缉现场收缴的毒品

件往往能够水到渠成，迎刃而解。

2011 年公安部开展“清网行动”，要求全国各警种同步开展网上追逃专项行动。我们局领导把这个专项行动交给我来牵头负责。没有谁会比我更了解一个受害者家属的心情了。接到这个任务后，其实我心里就一个执念，尽自己所能，协调一切资源，把尽可能多的网上逃犯绳之以法，为更多像我父母一样伤心欲绝的受害者亲属抚平伤痛。记得那段时间督战时，我曾经五天连轴跑了十几个地市，在不同的省、市飞来飞去。尽管疲惫不堪，可我还是像一个旋转的陀螺，不想停顿。“清网行动”结束，禁毒局的追逃工作受到公安部表彰，而我也因此荣立了我人生中的第一个二等功。那一刻，心里的郁结好似也得到了一点缓解，尽管杀害姐姐的凶手依然杳无音信。也是在这期间，由于我经常往返于广东各地，与当地基层警方有了交集。让我心中感慨的是，当地警方对此案的侦查一直没有停止过，我二姐的案件已经进了公安部通缉库，嫌疑人被列为 B 级通缉犯。

我是外语院校毕业的，工作中，始终要发挥我的英语特长，这些年，也参与了大量与国外缉毒部门的毒品案件情报交流和侦查协作。2006 年年底，广州公安破获一起特大团伙制贩毒品案，抓获 8 名犯罪嫌疑人，捣毁一个冰毒加工厂和一个藏毒窝点，缴获冰毒 400 多千克。案发后，团伙重要成员陈某潜逃出境，一直下落不明。2011 年，公安部通过国际刑警组织对陈某发布红色通报。2012 年，我们接到新西兰警方消息，他们怀疑一位申请 PR（Permanent Residence 的缩写，意为永久居留权）的姓曾的华人，疑似红色通报上的陈某。经核查，国内确有一个叫曾某某的人，是在湖南一个农村，之前因为酒后溺水死亡，因而，冒用别人身份的此人很有可能就是毒枭陈某。每一个线索都是撬动案件的杠杆。在和新西兰警方的进一步沟通中得知，陈某和他老婆有大量不明来源的资产，新西兰已取消其签证并拒绝其入境，陈某浪迹于南太平洋诸国及我国香港等地。另外，由于当时无法直接将其从香港抓捕回内地，我们只好暂时不去惊动，等待他出行的时机。等到了 2013 年 6 月，终于有了一个机会。陈某将乘飞机前往瓦努阿图，因航班的原因，必须要在斐济转机，斐济与我国警务合作关系不错，我们计划在他转机时进行抓捕。时间紧迫，短短几天时间内，我们迅速联系了斐济警方。同时又与去斐济抓人的同事充分协商，制订详细抓捕方案及应对可能出现意外的备选方案。后来，这中间果然发生了一些波折，人差点儿带不回来。在异国他乡执行任务确实有很多的不确定，内中细节有很多是我不方便透露的。好在我们备选方案准备充分，并且始终在线上和各方保持联动沟通，最终成功将这个毒枭缉拿归案。类似这样的跨国追捕，以及经我手直接去国外办理的案件有十来个，有从印度尼西亚、泰国、越南抓回来的，还有从俄罗斯带回的一名涉黑重犯。这些年，中国警方和各国在毒品打击问题上的配合还是很紧密的。

2015 年 11 月至 2019 年，在“火焰”中澳联合缉毒行动中，双方都把互涉毒品案件上升到一个优先高度，并在几个口岸开展重点查缉。从启动联合行动的方案文本，到行动规划，到案件的协调汇总，我都全程参与，工作量很大。这个行动双方共侦办了 160 余起案件，抓获犯罪嫌疑人超过 300 人。2018 年以来，针对港台籍毒枭，我们又与香港、澳门地区的缉毒执法部门合作开展“猎剑 – 黑武士”专项行动。今年 4 月底，在国家禁毒委、公安部部署开展的“净边 2021”专项行动中，在云南西双版纳边境口岸，境外执法部门一次性向我国移交了 12 名中国籍涉毒逃犯。这些逃犯涉及国内 11 个省份，他们长期潜藏境外指挥贩毒，危害巨大。

只有真正走过中缅边境的人，才会明白边境一线的概念。漫长的边界沿线山水相接路路相通，纵横交错难分你我。其复杂和险恶是你在内地绝对想象不到的。要把毒品堵在这样的境外，只有靠多边合作同舟共济。这些年，我到过各种最激烈的缉毒现场，也几乎跑遍世界各地的缉毒前沿，那些血与火的场面从来不曾令我退缩。只有我姐姐的这个秘密，一直藏在我的心中，不敢直视，但又难以放下。

鸦片战争这一段屈辱悲壮的历史，对我们禁毒一线人员而言，依然是刻骨铭心的捶打。尽管，这场艰苦卓绝的禁毒战争我们国家已经打了三个世纪；尽管，我国已然成为全世界公认控制毒品最好的国家之一，但作为缉毒行动处的一员，依然要时时刻刻研究挖掘，根据最新案件的轨迹，不断更新脑海中的缉毒地图。

20 世纪 80 年代以来，我国边境因毗邻“金三角”“金新月”等毒源地的特定地理位置，境外毒品开始源源不断流入，中国开始由毒品过境国，转变为毒品过境与毒品消费并存的毒品受害国。90 年代初，毒品案件已涉及全国 29 个省、市、自治区的 1600 多个县市，毒品过境引发的毒品违法犯罪活动呈蔓延态势。2000 年后，随着国际禁毒形势的变化，“金三角”初步实现罂粟“禁种”，加入了冰毒市场的争夺，从而引发了新一轮世界毒品犯罪格局大调整——冰毒就像洪水猛兽一样，比海洛因带来的灾难更剧烈。冰毒，最早出现在日本，“二战”时期，这种药丸最早使用于驾驶自杀式飞机的飞行员身上，战后开始流向普通市民。因其制作过程并不复杂，又被称为“厨房药”。之所以有更多的毒枭对此虎视眈眈，归根到底，还是攫取巨额利润的欲望。比如，每公斤冰毒可以加工成三万片药片，按批发价每片五块钱，每公斤冰毒的售价会翻五倍，而最终与吸毒者交易时，更达到了难以估量的超高价格。在我国，走私、贩卖、运输和制造毒品都是重罪，会被处以十五年有期徒刑、无期徒刑或者死刑，并处没收财产。即便如此，还是有人为了巨额利润不断铤而走险。最近几年海上毒品走私十分猖獗，不仅运输量大，一旦被缉查，毒贩们大多会以命相搏。

2018 年 1 月，我在国家海警局北京总部指挥室，就曾目睹过一艘窝藏一吨冰毒的船只，在面临追捕时，自己点燃船上的煤气罐，想要同归于尽。熊熊大火在海上燃烧了六七个钟头。执法人员始终因温度过高无法登船，直到火苗熄灭了好几个小时，才渐渐接近。以往在海上运输毒品的案件侦办中，一旦毒贩发现执法艇，第一反应就是往海中抛毒品。这艘船更狠更极端，他们直接放火烧，整条船被烧得面目全非，随时都有可能沉没。尽管船上物品都被烧成灰烬，经国家毒品实验室的博士上船检验，仍然从船舱的残留液体里发现了甲基苯丙胺成分。而毒贩们在船上藏毒的方式也是五花八门，很多是前所未见的。从南美来的海运船，把毒品放在了舵机舱内的铁架上，等取货时，雇用潜水员潜到船头淹没在水下的部分去取。一次，由于船中货物全部卸完，船轻了浮出水面的船身就高了，毒品就像悬在半空中怎么也没法拿到，毒贩专门从秘鲁请过来的“水鬼”只能望船兴叹。最终，毒品被我警方缴获。我曾参与“2・24”特大海上走私冰毒案，侦破时，缴获 1.2 吨冰毒。1.2 吨的冰毒是什么概念呢？一包一包平铺开，可以占满 1/4 个篮球场。而在估价上，1 克冰毒是 2000 元，1.2 吨冰毒大约是 24 亿元人民币。即使打个对折，在毒品交易市场上，这 1.2 吨也要接近 12 亿元人民币。

在制毒贩毒这条毒链上，我看到很多因为各种原因不惜贩卖毒品的毒犯，他们的人生也让人唏嘘感叹。极高利润的刺激，甚至有人身怀六甲，还甘愿成为“骡子”（指人体携毒者）。记得几年前，我们抓获一个菲律宾女毒贩，名叫拉拉，第一次抓获时贩运 2 千克毒品。由于她当时怀孕三个月，故此，对她采取了监视居住措施。但她趁看守人员不备逃离了居住点。三年后，当她再次被警方抓获时，女儿已经两岁了。经与菲方有关部门联系，最终商定把女孩送回菲律宾。在数次和菲律宾方面电话联系中，我再三关照菲方不要邀请媒体进行拍摄，即使可以对孩子面部形象有所处理，孩子的身份也会被公布。在所有的这些犯罪中，孩子是无辜的。最近几年，毒贩们费尽心思给毒品做掩护的道具越来越多，发动机、地毯、玉石、芒果干、面膜、饮料等物品内，都可能夹藏或者伪装了新型毒品。一次，云南西双版纳打洛边境派出所民警在巡逻中发现，路边草丛中一个纸箱藏有面膜 260 片，经鉴定，面膜中液体质为毒品冰毒，重 9.008 公斤。

让我从幕后逐渐走到了公众眼前的，应该就是 2018 年菲律宾“9·3”案件。那次行动，我带领行动小组在菲方配合下，在菲律宾八打雁省和大马尼拉地区，先后捣毁制毒工厂和藏毒窝点 4 处，缴获液态冰毒 4.6 吨、晶体冰毒 481 克、制毒原料及配剂 13 吨。从转战菲律宾的 47 个日日夜夜再次回到北京，有很长一段时间，我的面颊上，似乎依然还留存着那股咸腥的热带海风。

2013 年，我们加大了对广东一带制毒工厂的打击力度，电视剧《破冰行动》非常真实地反映了这场行动。那是我们当时指导广东开展三年雷霆扫毒的一个缩影，投入了很大的力量。这让国内毒品形势有了一个质的变化，即使还在生产的地下制毒厂，也成了惊弓之鸟。此后，毒品交易市场的幕后“金主”纷纷转移至东南亚地区。他们请国内有经验的制毒技师过去，在国外大肆制造人工毒品，一度平静的海外毒品市场又死灰复燃。东南亚一些国家吸毒人群普遍，小到做苦力的、开长途汽车的司机，甚至幼儿园都有人去贩毒，把毒品弄成糖果一样的，在小学幼儿园门口引诱孩子。2016 年，菲律宾总统杜特尔特上台，他在选举时发表的施政宣言，其中一条就是要开展禁毒人民战争。他说对于毒贩不用留情，不用抓回来审讯，任何人都可以当场枪毙毒贩。总统的铁腕态度为联合扫除国际制毒案件提供了合作空间。菲律宾“9·3”案件，我是从 2017 年 10 月开始跟的。福建警方发现有一个制贩毒团伙，准备组织化学品到菲律宾去设厂制毒，菲方希望两国警方联合办案。

2018 年春节，农历正月初八，人们还沉浸在春节的欢庆气氛中，我接到指令带队紧急赶赴菲律宾，有重大制毒线索需开展联合行动。于是，我带着六个福建各地抽集的小组成员，连夜赶往马尼拉。菲律宾国家肃毒局是我们最主要的合作伙伴，局长就是总统直接任命的。这个案子最艰难的，就是要在潜伏排摸等候中确认制毒地点。

外线一共跟了一个月，一部分人负责在车里跟踪，一部分人骑摩托跟踪，还有一部分人化装成街头小摊贩。有时候一蹲就是好几天，精神时刻高度紧张。尤其是在炎热的菲律宾，不敢开空调、开窗，不能让外面看到车里有人，一守便是一两个小时，那种感觉令人窒息。办案经费有限，作为组长，找到一家华人店，点上一笼知味观一样的小笼包，就是办案日子里最奢侈的满足了。经过夜以继日的跟踪排摸，我们终于确定了制毒仓库位置，和菲方确定了行动时间。收网还是顺利的，中途有一个制毒技师翻墙逃跑，但因人在异乡，穷困之际，在乡间公路上再次被抓获。与湄公河案件不同，“9·3”案件当中，没有人员伤亡，更多的是一个国际案件在日积月累中的较量。在侦办跨国毒品大要案件时，各个国家地区的法律法规、司法制度、执法水平不同，这给跨国办案带来了极大的挑战。

△ 沈悦在菲律宾“9·3”案件侦破新闻发布会现场

在菲律宾的 47 天时间里，我们小组几乎每个人都是带着一副病躯靠意志在坚守。小蒋每天胃疼，没有特效止痛药片。我的眼睛得了霰粒肿，几乎睁不开眼，好不容易在菲方帮助下去医院，大夫看了半天，居然说要做手术。也有的同志，家里小孩儿正在准备升学考。有一次我一个人在餐厅吃饭，一旁的座位上，一位母亲在给她的小孩儿耐心喂饭。这一幕最是平凡的场景，让我近乎是逃一般地离开了。这也是我在菲期间，少有的几次不冷静。身处异国他乡，作为团队主心骨，为了应对办案中的不确定性，我一直要求自己必须时刻保持最清醒的头脑。我想念儿子。那年，他只有两岁多。我出发时，他哭着伸出求抱抱的小手，可是任务在身只能说走就走。在菲律宾的那些日子里，我忍着不跟孩子视频，就怕自己在儿子面前落泪。我丈夫十分理解并支持我的工作。他也是一名公务员，工作也繁忙，但在我外出办案的日子里，他就想方设法多留出在家的时间。知道我最想念的是儿子，总会悄悄拍一些孩子视频发给我。因这起案件的成功破获，我立了一等功，并在次年被评为“全国三八红旗手”。我一直坚持，这个荣誉不是我个人的荣誉。我们系统人才济济，有比我专业能力更强的，有比我更用功的。他们走过的路、办过的案子比我更多。我想，一个荣誉的产生，它一定是代表了背后的一个集体，这是许许多多缉毒警察的共同荣誉。

随着岁月的不断推移，以及在缉毒战线上的不断成熟，我觉得自己渐渐从 20 岁的困境里走出来了。每当工作困难或心情低落的时候，内心好像总有个声音，反反复复提醒着我：要替姐姐好好地活，好好地争口气。2019 年国庆大阅兵，我作为全国公安英模观礼团中公安部机关的唯一代表，在天安门城楼现场见证了这一高光时刻。我的眼前仿佛又出现了我二姐的笑容。姐姐，我真的好想你，你也看到了，我不知道我现在的样子，是否就是你期待的厉害的样子。

四

看过我的朋友圈，你就会知道，为什么说公安队伍是和平年代牺牲最多、奉献最大的队伍。我的朋友圈最多的是全国缉毒警察同行，缉毒一线战士面对亡命之徒的搏斗，天天都像是在赌命。如果不身处其中，你永远无法了解，为什么缉毒一线勇士总是被形容为"在刀尖上行走的人"。当年万人空巷的《中华之剑》播放时，我还在杭外读书。缉毒警王世洲、张从顺与武装毒贩遭遇，毒贩拉响了手榴弹，那个惨烈的画面，震撼人心，催人泪下。这部片子中有两个镜头让我印象至深、永生难忘。追悼会上，王世洲的老母亲来看躺在棺木里的儿子。此后的一幕，片子播出时全国人民都看到了，那肝肠寸断的一巴掌打完之后，在场的人先是震惊，继而又是一片摧心裂肺的哭声。

当年纪录片中，烈士张从顺的儿子张子权还不到 10 岁，他一进来就扑倒在父亲棺木前，额头在地上磕得嘭嘭作响，小小的脸颊紧紧贴在地面，泪水浸湿了脚下的红土地。没想到很多年后，我会与这位烈士的儿子成为同行。2020 年 12 月 15 日，听朋友圈在说张子权突然倒在了办案路上。我连忙打电话到当地询问，没想到消息竟然是真的，泪水瞬间模糊了我的视线。听当地同事说，子权 5 岁的女儿还以为父亲仍在出差，一直发微信语音："爸爸，你这次出差怎么这么长啊……"而在 27 年前的屏幕上，10 岁的张子权也是这样哭着找爸爸。为了阻击毒品的侵入，两代忠烈血洒边疆。2007 年 3 月 25 日，云南省盈江县一个叫作月亮石的地方，发生了一起惨烈的毒贩袭警事件。这次袭击共造成三名缉毒警察牺牲。由于山高路远急救跟不上，一位因失血过多牺牲的警员临终遗言是："这路怎么这么长……"

"惊险 18 小时，我们不敢放松，不愿错失任何一丝希望，结果算好，一切顺利。跨入 32 岁的第一份礼物：无惧、无畏、无悔！虽然没有蛋糕，但有战友，一个不抛弃、不放弃的团队。感谢人生给我的帮助，教会我做人。"这是云南省景洪市公安局禁毒大队副大队长李敬忠 32 岁生日时，在微信朋友圈写下的一段话。然而谁都没有想到，这成了他的遗言。李敬忠牺牲在与毒贩的遭遇战中，他走得异常壮烈。当天中午，设伏的李敬忠及战友抓捕交易中的持枪毒贩，李敬忠在颈部总动脉被一名毒贩开枪击中、颈椎被击碎的情况下，仍向前猛冲三米，扑向汽车后门。丧心病狂的毒贩又打出第二枪，击穿李敬忠的右手。英雄倒地，但依然用身体为身后的战友挡住了毒贩的视线和子弹。随后，开枪毒贩被当场擒获，李敬忠因抢救无效壮烈牺牲。同事们帮他写最后一份工作报告——六年里，李敬忠参与侦破各类毒品案件 382 起，抓获犯罪嫌疑人 354 名，收缴各类毒品 3.82 吨。他是一名好警察。

27 年前，王世洲母亲恨别的一巴掌，号恸崩溃犹在眼前。而 27 年后，我的身边，依然时时还能听闻母亲的哀恸。去云南当地办案时，曾听说一位年轻烈士的母亲，早年丧夫，含辛茹苦将儿子养大。她目不识丁，少言寡语，得知儿子牺牲，也没人见她落过一滴泪。儿子牺牲后，每逢赶集，她都要背着沉甸甸的背篓，装满自己种的菜，走上几十里山路去看望儿子的战友们。而每一次，她都要求独自到儿子曾经住过的房间里坐一坐，只有在那里，她才任思念的泪水像河流般奔腾。在这场旷日持久的禁毒战争中，已经有太多心碎的母亲。从警近二十年，我见过太多的社会悲剧、家庭悲剧都起源于毒品。正因为我亲身经历着这一切，我比谁都明白禁毒战争对我们手足同胞的意义。为什么我的战友会这般前赴后继地奔赴禁毒第一线？因为我们的身后是山河家国，要守住这道绿色防线，缉毒民警无路可退。能和这样勇敢的战友同行一场，我感到由衷的自豪与骄傲。

我喜欢北京。她晴天少雨，没有杭州喋喋不休的梅雨季节。她食品丰富，能吃到全国各地的美食。只是，这几年开始，北京已经没有年轻时那般地吸引我了。每每想到我在杭州垂垂老矣的父母，我常常心如刀绞。这些年来，我回家的时候很少，习惯了父母在远方，父母也习惯了远方有个女儿。对父母真正的体谅，也是我在自己做了母亲之后。

2014 年，我怀孕了，这是我生命中最不同寻常的喜悦。怀孕的过程基本上经历了太多艰辛，再加上又是高龄产妇，我工作以来第一次请了长假。那个阶段似乎是我长大以后唯一不用奋斗的阶段，也是我感到人生最幸福的时候。陪着肚子里这个小生命渐渐长大，突然觉得生活又有了光彩，生命又有了希望。现在想起那些初为人母时具体细碎的痛苦，依然历历在目，但正因如此，对为人父母的心情才有了更深刻的理解。理解他们的爱需要时间，需要长大，也需要力量。我的父亲从年轻时候起，就一直是个性格刚烈的人。有一年春节前，父亲想要给上海的老母亲带去一些年货。本来说好搭厂里的汽车一起去，结果临时变故，汽车先走了。倔强的父亲硬是一路骑着自行车，15 个小时不吃不喝，连夜赶到了上海。当时厂里的领导都紧张坏了，担心出事，让父亲在上海直接坐火车回来，厂里给报销车票，结果硬气的父亲再一次从上海骑自行车返回杭州。二姐出事后，凶手迟迟不见归案。父亲一直窝着一口气。他说他就准备带上刀，直接去凶手家，倘若他抵抗，就杀了他，一命抵一命。因为他实在心疼二姐，总觉得她不该那么年轻就不告而别。

从父亲的性格看，我完全相信当年他的决定是做得出来的。母亲拼命拖住了他。女儿已经出事情了，希望父亲不要再有什么意外。二姐是我们三姐妹中对父母最好的，每次回家，都是对父母最亲热的。二姐走了之后，母亲总是说，如果你阿姐在会怎样的……一次，母亲去广州看二姐，回杭时，二姐特地借钱给母亲买了飞机票。她说一定要让母亲坐一次飞机，让母亲减少点辛苦，因为这辈子母亲还没有坐过飞机。父亲身体一直不好，高血压、糖尿病、痛风。母亲说，有次父亲心脏病发作，她扶不起一米八二的父亲，只好找邻居帮忙。等救护车来了，因老房子没有电梯，要从五楼抬下，差点儿错过了最佳抢救时间。这些性命攸关的紧要时刻，他们从来不会打电话跟我讲，事后说起时，他们又总是宽慰我，他们自己可以解决，这让我非常难过。万一扛不住怎么办？万一有闪失怎么办？

其实，我在杭州也有很多警察朋友，我也曾经拜托他们，让父母有困难打电话给他们，但是他们从来就没有打过这个电话，都是自己默默地硬扛这些生活中的困难。我知道，这些年来他们心里一定会怪我毫无作为。他们就是不能理解怎么会抓不到凶手。杭州的报纸上总是会登几十年的逃犯落网的消息，为什么杀害二姐的凶手就是抓不住？今年清明，我给父母打电话，他们说刚刚从二姐的坟上回来，父亲声音比往年更为疲倦，二姐的坟在山坡上，汽车到不了的地方还得爬好久。这种时刻，我只能草草挂掉电话。我的父母，是我心里最可怜的父母，在我办的案子里，也有更可怜的父母，在等他们的孩子平安回家。

后记：因为少女时代二姐的意外遇害，让她的青春充满残酷记忆，也让她的人生走上了另一条道路。她是荣誉等身的英雄模范，也是人群中一个普通的女儿、妹妹和母亲。叙利亚诗人阿多尼斯曾写道：世界让我遍体鳞伤，但伤口长出的却是翅膀。于沈悦来说，浴血重生之后，也像是长出了一对自由飞翔的翅膀。沈悦现在从事的工作关乎着一个个生命的完整，而每一个生命背后都事关着一个家庭的完整。在这场禁毒战争面前，个人的伤痛好似不值一提，或许命运早就为她铺好了另一条路。每个人都有不得不面对的过去，有的需要告别，有的需要和解，有的需要接受。冥冥之中，很多时刻，沈悦也隐隐觉得是姐姐指引着自己走上了这条路，直到现在她发现自己真正爱上了这个职业，爱得那么深沉，爱得那么投入。在缉毒这条战线上，在全民禁毒的战场上，她已经是一位经验丰富的指挥者、守卫者和宣讲者。而当沈悦毫无保留的讲述进入我的笔端，她早已成为了我生活的一份牵挂。她的父母、她的生活好似也渐渐融进了我的脑海。无论她从事的工作和环境有多艰难残酷，总可以从她的内心、她的选择之中，感受到女性的温柔和无限的悲悯，以及独立而强大的信念。同为杭州女儿，很想为这对已被命运击垮了22年，但始终不曾放弃希望的父母，做点力所能及的事情。2021年五一假期，沈悦和丈夫带着儿子回杭州，我和我丈夫由此一起去拜访了她的父母亲。沈悦父母刚刚搬了新家，不知怎么的，我的心里好似稍稍松了口气，也许，两位老人自此可以不用天天面对那么多沉重的回忆。等再一进家门，朴素的旧木餐桌上早已摆好了杭州人最熟悉的家常菜肴，芹菜香干、虾球豆腐……这样熟悉的平凡的家常味道，让人想到了小时候的饭桌。

我们像久别重逢的故友，聊着家常与往事。只是大家都很有默契地对二姐只字不提，生怕逆流成河的悲伤，再一次将这户人家卷入黑暗的谷底。分别时，我们频频回首，两位已近暮年的老人那黯然神伤的眼神，不仅是女儿沈悦心中永远放不下的歉疚，也成了我心中沉甸甸的感伤。现在这条编号是“公缉[2010]18号”的通缉令，依然静静地躺在公安部追逃库里，我们和这座城市北面那个永远躺在冰凉墓地里的姑娘，都还在等待一个遥远不可知的信息。尽管，我们每个人最终都是徘徊在他人的世界之外，每个人都有被命运捉弄不为人知的伤痛。然而不论是开出花，抑或是沉为泥，只要始终有不断生长的爱相伴左右，人生就是一场有意义的为了告别的聚会。■

微尘鉴罪

——记公安部特邀刑侦专家孙玉友

■ 沈 雪

◁ 屡建战功的孙玉友

公安部物证鉴定中心爆炸案件技术侦查处处长孙玉友有两个公安部专家的称号：一个是公安部特邀刑侦专家，一个是应急管理部火灾事故调查专家。

34 年风霜雨雪，孙玉友一直奔波在实验室和突发的各种重特大案件现场，累计完成 2000 多起爆炸和纵火案件的物证鉴定，参与了 300 多起重特大案事件的现场办案工作；先后进行了 40 余项有关爆炸、纵火及枪弹残留物检验的课题研究；培训基层技术人员一万余名。他所取得的各种炸药爆炸及纵火剂燃烧后现场残留物的分布数据、提取方法和实验室检验方法等重要成果，使我国爆炸、纵火案件的物证检验技术达到国际先进水平，其所建方法已在全国推广应用，成为支撑基层办案必不可少的技术。

一、在实验室与现场架起责任的桥梁

在木樨地中国人民公安大学校园外南侧，有一幢九层楼房，大门上方悬挂着的一枚熠熠生辉的国徽，让整幢楼在静谧的环境中透出几许庄严。这就是国内刑事检验技术鉴定的最高权威机构——公安部物证鉴定中心。刘耀院士，闵建雄、班茂森等权威刑侦专家都在这幢楼工作过多年，现任爆炸案件侦查技术处处长孙玉友的办公室也在此楼内。

孙玉友毕业于兰州大学化学系，1985 年大学毕业分配至公安部物证鉴定中心。孙玉友所承担的工作，是勘查现场并把现场发现提取的微量物证做理化分析，找到制造现场的关键物证，为案件定性，让真凶显形。

实验室不能单一地做实验，要与现场结合起来，让鉴定结论对破案真正能够发挥作用，才能更有效地为一线服务。这是孙玉友的实践经验，也是他一生的追求。

孙玉友至今仍清楚地记得跟乌国庆老专家出勘的一个现场。

1997 年 4 月 26 日，长春发生一起致两人受伤的汽车爆炸案，孙玉友随刑侦局返聘的乌老赶赴现场勘查。一辆白色捷达轿车被严重损毁，因冲击震裂变成锐器般的车身兀立在满地的玻璃碎渣中。刚到现场，乌老就一下钻到车底，开始寻找致爆的相关物证。被炸烂的车身根本就没多余的空间挪动身体，而且还有随时可刺伤肌体的残片。在场人员来不及阻止，都为乌老捏了一把汗。那时候乌老已是六十多岁的老人了，他认真执着不顾个人安危的精神，令孙玉友肃然起敬。

一定要向老专家们学习，将自己所学的专业知识与现场勘查侦查办案结合起来，既要做好实验室工作，又要多到现场去勘查，孙玉友下定决心。

因为他的坚持和现场经验的逐渐积累，提取的检材检验鉴定的准确率提升了，支持认可的声音也渐渐多了起来，他走向现场的机会也增多了。

孙玉友初到现场时也曾有过茫然。他出勘的主要是涉爆、涉火的案件或事故现场。跟刑事案件其他现场不一样，爆炸和火灾现场，原来的形态没有了，不可知的因素太多，如爆炸发生后被炸的物质回埋了，物证被烧焦变形了……

最开始到现场，孙玉友也有过不适。爆炸现场惨烈的场面，火灾现场有毒物质的呛人黑烟，危化物品爆炸后的有毒气体、摇摇欲坠的建筑物及各种隐藏着的未知危险……这种恐怖场面，是对人的生理、心理的巨大挑战。

在克服这些挑战后，他慢慢镇定下来。面对狰狞的现场，只有静下来，才能读懂它、认知它，更好地分析它。

从实验室走到现场，孙玉友打开了一扇学习之门：向经验丰富的同事学，向办案民警学，向书本学，在实践中学；不仅仅进行痕迹检验，还要了解更多，光学、燃烧学、形态学、爆炸力学、分析化学……

在学习中总结，在总结中提升。孙玉友在现场勘查、调查取证、案情分析、侦查方向的确定等方面积累了丰富的实践经验，逐渐形成了自己的独立思考和应对现场的一整套方法，成功承办了全国多起重大疑难案件、灾害事故和涉外案件的现场勘查、痕迹物证的检验鉴定，侦破了一大批有影响的案件。

微量物证检验处副处长孙振文，2007 年参加工作第一天就跟着孙玉友，是孙玉友手把手带出来的徒弟。他讲述了自己跟着孙玉友去勘查的一起火灾案件。

2016 年 11 月 14 日凌晨 2 时许，河北省秦皇岛市某县城的一农机批发部发生火灾，致 2 人死亡、4 人受伤。起火建筑为三层叠拼建筑西边户。火灾发生后，消防火调专家通过勘查，排除电、取暖煤炉起火，结合起火点部位及检出的汽油成分，结论是：不排除人为纵火。

当地公安机关成立专案组，开展了大量的侦查工作，但迟迟没有进展。于是向公安部求助，孙玉友带上技术员前往现场复勘。

在现场仔细勘查了几天，孙玉友认定起火点的位置跟消防的认定不一。在消防认定起火点的区域，他也检测出了汽油的成分，但孙玉友认定起火点不在此，而在对开的两扇门后面大厅中部停放电动车的部位。

对于来自非消防专业人员的否定和质疑，消防专家并不买账。

如何让消防专家接受这个结论？孙玉友在查看提取的视频监控时，发现一个容易让人忽略的画面：那是离现场几十米远的公交车站台的站牌，光滑的站牌上映射有火灾现场最初起火时的火光。仔细查看，起火位置就是孙玉友判定的部位。

为了验证起火点的位置，他们在当晚与起火时间相同的时间段，到现场做了侦查实验，结果显示跟提取视频中的起火点位置一样。通过实验复原现场，进一步调查得知，起火的当天下午，店主在这个位置停放有一台电动车。孙玉友认定：系电动车故障造成的火灾事故。至于检测有汽油残留成分，他认为农机店里有很多物品均含有汽油，消防检测出的汽油残留物成分，不能完全认定为汽油燃烧后残留。

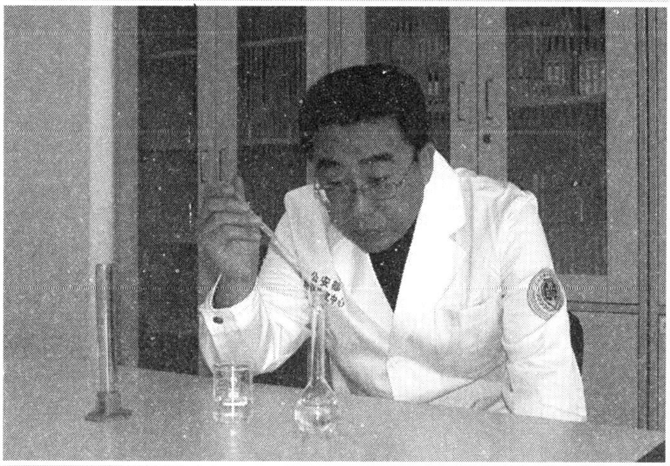

△ 孙玉友精心检验每一个物证

在扎实的证据和事实面前，消防部门接受了孙玉友他们的结论，排除了刑事案件。

孙玉友经常告诫身边的年轻人：实验室检验和现场勘验是给案件提供侦破方向的，如果定性错了，会误导破案，还可能出现冤假错案。

从实验室到现场，孙玉友迈出的每一步，都付出了很多努力，也获得了巨大收获。2009 年，孙玉友被公安部聘为特邀专家，2015 年又被聘为火灾事故调查专家，成为国内微量物证、涉爆技术和火灾事故调查方面的顶级专家。

二、挖掘掩埋在废墟中的真相

如果错过了或发现不了证明犯罪的证据，那就是对生命的不负责，就是失职。孙玉友所说的证据，是在现场发现提取的微量细小的物证。这些物证在现场客观存在着，它们记录和透露出作案人的文化背景、性格、性情、品质、心理、心态、教养、生活习惯、生理缺陷、智商等信息。但是如何在杂乱损毁的废墟中去甄别、发现，考验的则是刑事技术人员的能力、智慧、知识、毅力和经验。

谁制造了空中大爆炸

2002 年 5 月 7 日 21 时 24 分，北方航空公司的一架客机在大连周水子国际机场东南方约 10 公里处坠海，造成机上 103 名乘客、9 名机组人员全部罹难。当晚 9 点 50 分，救援行动全面展开。

是什么原因导致这架只有 5 分钟就要落地的飞机着火、爆炸、坠海、撞击、解体？是飞机自身火源着火还是外来火源起火？

空难发生后，物证鉴定中心接到指令，时任痕迹检验鉴定处处长班茂森等专家紧急赶赴大连，参与搜救、打捞和现场勘验、原因调查等工作，中心领导安排孙玉友带徐建中、周红等待现场打捞送来的检材做检验。

这么大的事件发生，那么多无辜的生命遇难，真相是什么？这一切，都被失事的飞机带到了海水中。在海水的冲击下，撞击解体的残骸和遇难者遗体渐渐漂浮起来，被救援人员打捞上岸。

孙玉友和同事在实验室收到的第一批检材，是现场打捞起来的大大小小 20 多件飞机残片等物品。根据领导指示，这批检材，公安部物证鉴定中心需要做的是爆炸物成分的检测，同一批次提取的还有其他检材，被紧急送往天津消防所做助燃剂的检验。

孙玉友是带着检测分析的结果到现场去的。在实验室紧张工作了一个晚上，没有发现助燃剂、炸药相关成分。孙玉友分析原因有二：一是可能被海水冲洗干净，二是提取的部位不对。

必须重点提取。孙玉友汇报完检验结果，决定留在现场参与勘查，亲自提取检材回实验室检验。

这时，法医专家组在对打捞起来的尸体检验时发现：多数遇难者除去空难多见的机械性损伤外，超过三分之一的尸体上有Ⅱ度烧伤或更严重的烧伤。

这个现象引起调查组的注意。这起空难，飞机并未坠毁在陆地，而是在海域。飞机坠入海中，火肯定烧不起来，即使烧起来了，海水很快也会将火灭掉。

难道飞机是在坠落前就开始出现燃烧了？否则遇难者身上如何会出现这么大范围的严

重烧伤？这个问题，困惑着各路专家，也同样困惑着孙玉友。答案未揭开之前，任何一点疑问，都会纳入考虑的因素，而且会立即付诸行动，采取相应措施去证实或排除。

坠毁前燃烧？这个观点的提出很大胆，因为飞机上的所有材料都是耐火阻燃的，即使是机械或电子设备意外起火，也不可能燃烧起来。

残片、遗物一块块、一件件被打捞起来。技术组的专家从残骸检测，排除了电路、油路、发动机和烤箱这四种飞机上自身火源着火的可能，又通过现场勘查和检验鉴定排除了炸药爆炸的可能。

难道是外来火源？检测和实验排除种种可疑因素后，大家期待的目光集中到了这一点。这是孙玉友要寻找的答案，他感受到了前所未有的压力。要知道，飞机的安保工作是重中之重。

孙玉友马不停蹄，一个月的时间，在现场和实验室、大连和北京往返了八次，从打捞出来的几千件（片）残骸中重点提取了 100 多件检材， 通过检验和专家组多次实验，认定起火燃烧的部位在机身后舱位置，检材提取的重点就确定在这个区域。孙玉友在后舱部位提取到多个检材，其中包括烧损的地毯等。

经过海水多日的浸泡、冲洗，大部分检材都检测不出相关的成分，孙玉友的目光盯住了提取回来的那块烧损的地毯。地毯有很好的吸附性，孙玉友小心翼翼地通过仪器反复分离提取检测，检出了汽油残留物成分。

有汽油成分，这就证实了飞机的燃烧系外来火源。这块地毯提取的位置在 28 排 C 座椅下，这个位置上的乘客是谁？为什么会有汽油出现在这个部位？

离燃烧点最近的乘客，烧伤应该是比较严重的。法医组在对烧伤严重的尸体进行复检时，发现一名张姓的乘客，除右臀部、右大腿后侧和下腹部外，尸体体表其余部分均有不同程度的烧伤。

这些特征显示，张某位于火源中，而且一直保持坐姿不变。张某的位置，正是28排C座，而且他足背右侧有点状的烧灼损伤，这是有助燃剂泼洒飞溅的迹象。

张某有重大嫌疑，必须尽快确定，为侦查提供方向。孙玉友又一次带着法医组提取的气管、肺叶等检材，匆匆赶回北京的实验室里，在其气管检材中检出汽油中的苯系物成分和乙醇成分。

孙玉友的检验为确定“5·7”空难失事原因和确定侦查方向提供了至关重要的科学依据。专案组通过调查和实验证明：这起空难系张某为骗保纵火所致。

孙玉友参与侦破的这起震惊中外的空难事故，促进了我国航空安全法规的不断完善，促成了航空公司严禁携带超过 100 毫升液体登机规定的落实。

自杀还是凶杀

2014 年 1 月 5 日 18 时 30 分左右，由西安城东客运站始发的高速客运班车行驶至渭南市蒲城县迎宾路与朝阳街十字口附近时，发生爆炸，事故造成 5 人死亡 20 余人受伤。孙玉友和中心近十名技术人员于 6 日下午 3 点左右赶到现场。现场位于蒲城县城较中心的位置。当地警方进行了拍照固定等初步处理后，拖走了涉事车辆，封锁了现场。

现场勘查组发现一个被炸残缺的存折，上面显示的名字叫党某飞。侦查人员很快反馈调查的结果：党某飞在这起爆炸中死亡。炸点很明显，就在倒数三、四排的位置。从尸块的分布和现场环境判断：爆炸物应该就放在腿部位置，此人就是党某飞。

从现场清扫回来的残渣碎片中相继找出了雷管脚线、导火线等爆炸装置。从现场提取的检材检测到硝铵炸药。

多条线索汇聚在一起，大家的意见趋向于：该案系党某飞制造的自杀爆炸案。

有了初步的结论，现场勘查完毕后技术人员便可以撤了。第二天一早，技术组除了孙玉友和刘卫平外，其他人员因另有任务，班师回京。

负责案件侦查的公安部刑侦局危害公共安全案件侦查处处长程伟提出质疑：党某飞要自杀，他完全可以选择另外的方式或地点，为什么非要选择公共汽车，还要牵扯到那么多无辜的人？其实这也是孙玉友一直在思考的问题。

重新清理！没有半点犹豫。孙玉友和刘卫平立即打开袋子，拿上镊子，倒出清扫回来的现场残留物，一点点查找。每个细微的碎片，都得认真地分析：是什么？哪个部位的？

最终，孙玉友从倒出来的残渣中相继找出了机械定时器、发条、开关、风鸣器等。把这些物件拿出来一拼装，一个完整的定时启爆器就完成了。他心里终于有了底。如果党某飞要自杀，他只需要触发启爆就行了，没必要弄成定时爆炸装置。

外围调查组围绕炸弹的来源和党某飞的社会关系等开展紧锣密鼓的侦查，获悉党某飞的女儿党某萌曾购买过电池钟表等物品。而且，党某飞跟妻子樊某关系十分紧张。排查炸药来源时，发现党某飞案发前曾向在罕井镇郑家煤矿从事爆破工作的杨某军索要并获得过炸药和雷管。传讯其女儿党某萌时，党某萌神色慌张，前言不搭后语，承认了为其父购买过电池钟表，而且还供出和父亲密谋、实施过两次欲炸死母亲樊某的行为。2013 年 11 月 13 日，党某飞用鞋盒制作了爆炸装置，指使党某萌在同母亲樊某乘坐渭南至白水的大客车时，寻机炸死樊某，结果因党某萌害怕未成。11 月 18 日，党某飞重新制作了一个蛋糕，让党某萌在下车时将蛋糕递给樊某，但此次因炸药的威力不够，仅把爆炸物炸散，未对樊某造成伤害。

有了两次实施爆炸未果的经历，专案组从调查的情况和孙玉友找到的物证推断：实施爆炸当天，党某飞仍是策划炸妻。他带着准备好的爆炸装置，和妻子樊某坐车从西安回蒲城。开始两人并排坐在前面的位置。为了组装炸弹时不被妻子发现，党某飞中途换到后面的座位上，看到车快驶到蒲城了，他便开始组装，准备下车时递给妻子。在组装的过程中，可能是车辆颠簸或慌乱中不慎触发引爆，酿成了这起爆炸事故，他自己也在爆炸中丧生。

案情真相大白。

三、现场充满险恶和艰辛

面对剧烈的案件，刑事技术人员只有现场，没有任何要求、条件可讲。再恶劣的环境、艰苦的工作都必须迅速投入，尽快获取相关信息、证据，为侦查破案提供方向。对现场，孙玉友是这样说的，也是这样做的。没有选择，只有责任，只要结果。不管多险，不管多难，一到现场，他总是冲在第一个。

天津“8·12”爆炸案的日日夜夜

2015 年 8 月 12 日 22 时 51 分，一声巨响，位于天津市滨海新区天津港的瑞海国际物流有限公司危险品仓库发生火灾爆炸事故。时隔不久，巨大的爆炸声再一次响起，现场浓烟滚滚，火光冲天。

事故共造成 165 人遇难，8 人失踪，798 人受伤，数公里内建筑物受到不同程度损坏，直接经济损失 68.66 亿元。

事故发生后，党中央、国务院高度重视。习近平总书记立即作出重要批示， 要求有关部门组织力量，全力救治伤员，搜救失踪人员。李克强总理、时任公安部部长郭声琨同志亲临现场指挥，并迅速成立了以公安部牵头、由时任公安部常务副部长杨焕宁任组长的国务院调查组，进行事故调查。

爆炸发生时，孙玉友正在上海出差，根据公安部领导指示，他迅速赶回北京，于 8 月 13 日下午在时任刑侦局副局长赵启明的率领下，随刑侦专家组一同赶赴事故现场开展勘验和事故原因调查工作。

到达现场时，庞大的废墟中不断有小爆炸在发生，还有大量受伤和遇难人员在等待救援、清理。尽管之前勘查过无数现场，但这起燃烧爆炸与通常所见的炸药爆炸、粉尘爆炸及易燃液体和气体爆炸都不同。现场存在大量还在燃烧的危化品，空气中弥漫着大量有毒有害气体，散落的危化品遍布中心现场周围；再则爆炸当量巨大，数公里范围的建筑物受到损坏和波及。

△ 孙玉友在现场勘查

如此巨大、复杂的火灾爆炸事故在全世界亦属罕见，如何进行现场勘验没有经验可以借鉴。

当时正值酷暑，烈日当头。孙玉友他们戴上简单的防毒面具，便进了中心现场，拉网格，划区域，分任务。

这是一个存放危险品的仓库，谁也不清楚现场究竟有什么。

现场太巨大了，仅炸坑直径就达 100 米。如此大的现场，在国内应该排在首位，孙玉友也是首次勘验。初步踏勘后，孙玉友制订了勘验方案：一是确定勘验区域为距中心炸坑 3 公里半径范围，并将这个范围分成中心区和 13 个外围区；二是确定中心区域以各种爆炸痕迹、炸坑和建筑物原始位置、提取相关物证为勘验重点，外围区域以提取各种抛出物、建筑物损坏程度为勘验重点；三是确定采用无人机航拍和地面拍照相结合的现场照相和测量的勘验方式；四是提出个人防护和安全注意事项。

方案制订后，从各地抽调刑事技术专家和骨干紧急增援天津。

这时传来仓库储存有剧毒物氰化钠的消息！

氰化钠是一种重要的化工原料，也是剧毒物质，本身呈白色结晶颗粒状或粉末状，容易潮解，呈碱性，如果遇上下雨，它就会生成氰化氢气体污染空气，只要吸入或创口沾染上微量就可以致命。

在得知这消息之前，孙玉友等专家戴着简易的防毒面具已经工作了十来天， 他们只知道这个现场是一个待揭开的谜，国家在等待，公众在等待，他们必须尽快找到爆炸的元凶，他们心里只有责任，没有个人安危。

“孙处是指挥员，他在现场待了一个多月，现场勘查初期基本上没采取防护措施，就戴一个简单的防毒面具，面具里面的那个小滤芯一般只能管半个小时，半小时后如果不换就跟没戴一样……”跟孙玉友一起去现场的张翼锋副处长，因为另一个案件先撤回来了。他回来后一直在咳嗽，喉咙肿痛，脸憋得通红，眼珠往外突，这种症状持续了很久。

潘炎辉那时刚参加工作不久，他记忆特别深刻：“当时正值 8 月酷暑季节，没有下雨。否则，就没有你今天的采访了。”

据事后调查，该仓库共储存了 7 大类 111 种、11300 多吨危险货物，包括硝酸铵 800 吨、氰化钠 680.5 吨、硝化棉类 229.37 吨。

到现场勘查清理的中后期，孙玉友等专家再进入现场时，被要求必须穿上厚重的防护服。

防护服是密不透风的，穿上后能把有毒物质和气体都给屏蔽隔绝在外，可 8 月的烈日当空直射，三十多度高温，无异于置身于火炉。到现场勘验的技术员每穿上不到十分钟，就会全身冒汗；走进现场工作不到一小时，想坚持都不行，人会因为大量出汗闷热导致虚脱。

为了赶时间，抢进度，原来一到现场工作就是一整天的做法不行了，只能采取多次往返的方式，工作一小时左右，出来脱下防护服透透气。大家都知道孙玉友工作是拼命的，怕他出意外，他进入现场时，工作组就安排一名穿着防护服的消防战士跟在他身后，以防万一他虚脱晕倒时好把他及时救出现场。

调查初期，根据现场监控录像显示，最初起火现象比较符合易燃液体爆燃特征，多位专家也认为是易燃液体泄漏与火源发生爆燃所致，由此围绕易燃液体开展了重点调查。但是，孙玉友通过现场勘查结合调查组的调查得知，该部位存放的可燃液体只有糠醇一种，而这种液体虽然可燃，但由于分子量较大不属于易燃液体，燃烧实验也证明，这种液体不能发生爆燃现象。调查工作一时陷入僵局。

孙玉友提出重新查看提取的监控视频。

中心现场附近的视频资料因为爆炸全部损毁了，提取的视频资料，是距中心现场较远的摄像头拍摄到的发生爆炸之前的燃烧点，不是太清晰。这可是 10 万小时的视频，如果按正常速度一天 24 小时不间断看，要连续看 12 年才能看完。好在调查组之前的观看有筛选，孙玉友和视频专家找到圈定重点的视频，一帧一帧反复观看。

眼睛熬红了，眼药水换了一瓶，又换一瓶。拉近，放大；再拉近，放大……

喷射状燃烧！回放，再回放，如此反复。像侦查员破案发现嫌疑人一样，在一段视频中，孙玉友发现火光中有固体颗粒状物质在喷射燃烧，这种燃烧现象不符合易燃液体爆燃特征。视频专家把这段视频排除摄像头可见和红外模式转换干扰后，固体颗粒状物质喷射燃烧现象较清晰地呈现出来。

孙玉友判断最初的燃烧是一种固体物质，而不是易燃液体。调查组根据这一结论，及时调整了调查方向，将重点转向了易燃固体。后通过调查证实，起火部位存放有大量易燃固体硝化棉。

对于硝化棉的特性，化学专业出身的孙玉友十分熟悉。硝化棉化学稳定性较差，常温下能缓慢分解并放热。干燥的硝化棉危险性很大，受撞击、摩擦，遇火易燃烧或爆炸，暴露在空气中易发生自燃。

经燃烧实验验证，证实最初的燃烧现象与硝化棉完全相同，由此确定了最初发生燃烧的物质。

为科学确定事故原因，在现场勘验和实验的基础上，孙玉友与专家组一起，结合视频、卫星地图和调查情况，对现场进行了分析重建，确定了最初起火部位为瑞海公司危险品仓库运抵区南侧集装箱区的中部，第一次爆炸位置也为该区域，第二次爆炸位置为该运抵区中部集装箱垛堆，两次爆炸约为 15 吨和 450 吨 TNT 当量。

通过对一百多种危险物品的筛查、事故形成机理的论证、大量实验验证，最终确定了起火物质为硝化棉，起火原因为硝化棉自燃，爆炸物质为硝酸铵等氧化剂。

为把事故原因的认定办成铁案，孙玉友在参加现场勘验和事故原因调查工作同时，利用扎实的理化检验功底和上百起现场办案的经验，指导当地刑侦部门技术人员在现场和实验室，采用多种分析技术对一百多个检材进行检验鉴定，制作了完美的现场勘查卷宗，堪称现场勘查的标本。

这些检验鉴定结论和卷宗，为分析确定事故原因提供了重要的科学依据。

在这个复杂恶劣的现场环境中，孙玉友待了一个多月。

“从天津这个现场回来，孙处明显瘦了，看上去很疲惫，很让人心痛。”技术员潘炎辉说。

极寒气候下的 77 小时

2005 年 1 月 20 日 13 时 05 分，一辆从新疆克拉玛依市独山子区开往乌苏市的中巴车在独克立交桥上发生爆炸，造成 11 人死亡，7 人受伤。公安部领导高度重视，指派孙玉友等专家协助破案。

当天正值二十四节气中的大寒，当地的温度已降至零下 30 多度，到达克拉玛依市后，一种从来没有经历过的寒冷迎面袭来。当地警方为专家们一人准备了一件军大衣，但仍抵御不了严寒。

现场位于立交桥上，孙玉友等专家赶到现场已是凌晨 3 点。天上飘着雪，还刮着凛冽的寒风。因情况紧急，专家们分成痕迹、法医、物证和照录像四个组，借助现场勘查灯，立即开始了现场勘验工作。

爆炸现场十分惨烈，中巴车被炸得撕裂变形，大部分尸体被炸得仅剩残肢，现场到处是尸块，因为天气寒冷，血肉模糊的尸块全部被冻成冰牢牢地凝固在桥上。

太冷了，孙玉友和同事的手冻得连工具都拿不稳，但现场的初步勘查，物证的固定提取必须在第一时间进行。

当地用柴油发电机发电牵线装了电灯，在微弱灯光的照射下，勘查、提取爆炸残留物、给尸体编号、定位、搬运等，一直坚持到 21 日清晨 6 时 30 分才完成初步勘验。

初勘完毕后，被炸的客车被拖到公安局的车库进行二次勘验。

克拉玛依当地组成了上百人的专案组，侦查员马不停蹄地开展调查走访工作。

现场是为案件服务的，也是为案件指明方向的。必须尽快弄清楚爆炸的原因，让侦查人员有目标有方向地开展侦查，少走弯路。孙玉友等专家顾不上休息，在接下来的两天时间里，对路面外围现场和中巴车内收集的大量残留物证进行了提取、分类和检验鉴定，认定爆炸点位于车辆右侧倒数第二排的座位上，爆炸装置为一个由 1500 克左右硝铵炸药、多枚覆铜钢雷管、电池和软包装物组成，引爆为触发式电发火的爆炸装置。

现场尸检组在对 11 具尸体进行检验时，发现倒数第二排座位和第三排座位的两具尸体仅剩部分残骸，其中位于炸点倒数第二排位置的 1 号尸体损伤缺失最为严重，仅残留头颈部及项背肩部皮肤且面部损毁。

孙玉友等专家经过多次检测比对，发现爆炸点的高度跟 1 号尸体腹部至座位平面段的高度一致，由此推断 1 号尸体十分可疑，爆炸装置引爆时应该被他抱在怀里。

1 号尸体死者是谁？专案组通过大量的调查走访获取到一条重要线索：一名叫白青华的四川人形迹可疑。经对其租住过的旅社搜查，发现他在旅社留有电雷管脚线和遗书等物证。专案组围绕其生前的现实状况和活动轨迹开展了大量深入细致的调查，最后认定该案系白青华为报复社会策划实施的爆炸案。

在当时极寒的气候环境中，孙玉友他们和专案民警马不停蹄，争分夺秒，连续奋战了 77 个小时。从来没有遇过如此的极寒气温，而且又是户外，孙玉友和同事的脸、嘴唇及双手都被冻掉了一层皮。

在挖掘机“抓斗”中作业

“我们勘查的现场，有些很危险，尤其是爆炸现场，在爆炸形成的过程中，会造成二次平衡，稍微一点震动，都可能会发生坍塌。但到达现场后，要尽快找到炸点，找到爆炸的原因，这些不能等，我们就在挖掘机两个抓斗遮挡下工作……只要有孙处在的现场，这种情形一般都是他上，他不让我们上。”涉爆案件侦查技术处技术员潘炎辉说。

2015年4月1日22时28分，山西省临汾市浮山县南环西路民房发生爆炸。经排查，现场10人被埋，其中1人生还，9人死亡，爆炸点周边受伤群众6人，其中2人轻伤，4人轻微伤。

这起爆炸案的地理环境十分复杂。它原来是一个半斜坡，半坡处有八九户人家的窑洞，呈阶梯式分布在山上。生活条件逐渐改善后，这些窑洞人家搬到了城里或重新建了新房，这面山渐渐成了废墟。随着城乡建设的发展，这地方成了建筑垃圾的填埋场，大量垃圾的倾倒，把偌大的山坡渐渐填成了平地。再后来，这块平地又成了附近村民的宅基地，不少村民选择把房子搭建在这儿。

中心现场有一个很大很深的坑，炸点在地层内部，不在地层表面。因整片地是垃圾填埋起来的，土层松懈，炸坑内被重新填埋上了很多震动松垮的土块。爆炸发生后，孙玉友带上微量物证检验鉴定处副处长孙振文等赶到现场。

结合炸坑的形成及垃圾填埋前的地形地貌，孙玉友他们分析爆炸的原因可能有两种：一种是之前搬走的窑洞人家里存放的炸药没有搬走，埋藏时间久了，因地面的挤压或化学、生物作用发生了爆炸；另一种是有人遗弃的爆炸物，随同垃圾一起埋进垃圾场，天长日久随地层结构的改变加压或化学、生物作用导致发生了爆炸。

“现场交给我们吧，我们需要挖掘机。”孙玉友对当地领导提出工作要求。

两台挖掘机很快就到位了，顾不上休息，孙玉友带领同事昼夜工作，挖掘机轮流作业，昼夜不停，一挖就是三天，挖出了二十多米深的巨坑。孙玉友一直站在挖掘机旁边指挥作业。晚上，他就打着电筒给挖掘机司机照亮。

挖掘机每挖出一铲子的土，他们都要仔细地检查，看里面的混合物质有无需要的爆炸残留物。每当挖掘到可疑的位置和物质，孙玉友就坐进挖掘机的抓斗里，让司机把他放下坑去查看、提取。没有其他的防护装备，孙玉友仅戴着一顶安全帽。下去的时候，四周松动的土层纷纷往下掉，有的会直接打在他身上。挖掘机不停歇地连续作业到第三天，确定了炸点位置位于地表下7米深处，而非20多米深的窑洞位置。由此，排除了窑洞存放炸药爆炸的可能，可以认定系被人遗弃的硝铵炸药引发的爆炸事故。

“爆炸现场特别危险，特别是人为制造的案件，现场对于我们来说，是未知的，但是犯罪分子精心设计的。我们跟着孙处，他时常告诫我们，我们都记住了，比如到了现场千万别去碰开关，别先去贸然推门，有些爆炸物，它可能就被精心设计好后藏在某处，就等着你去触发启动它。”时任涉爆案件侦查技术处副处长张翼锋说。

四、真相来自执着和智慧

孙玉友经常给全国刑事技术培训班授课，听他讲过课的学员达一万余人。授课时他说：对现场勘查一定要认真，要以类似于追求真理的态度去对待现场，要把每个东西都分析清楚。有些案件或事故发生后，因为涉及到破案，涉及到责任的追究，涉及了要给公众交代，就会催得很急。这其实是违背了现场勘查规律的，现场分析不全面，得到的如果是初步的物证，就不能更好地论证案件或事故的性质，物证应该一遍一遍地筛选，才能确定。

大海捞针为哪般

2019 年 3 月 29 日中午，山西省沁源县发生森林火灾。火灾过火面积很大，一直烧了 6 天 6 夜才扑灭，损失惨重。据消防部门前期勘查调查，认定起火原因系王陶乡王陶村村民供某某养鸡场使用的架空铝绞线，因大风风力作用碰撞、接触放电，产生高温金属熔化物掉落，引燃地面干枯杂草引发火灾。

为慎重起见，山西省厅请求公安部派专家组复勘现场，确认起火原因，孙玉友率领潘炎辉等技术员赶赴现场勘查。

当时正值草木干枯待春雨发芽的季节，过火的地面，所有的枯草杂质全部被烧成了灰烬，放眼望去，看到的全是黑黝黝光秃秃的一片废墟。

要确认是架空的电线引起的火灾，必须得找到高温熔化的铝化物。现场全是灰烬、残渣，如何才能找到？

孙玉友到达起火点后，圈定好范围，便带领技术员清扫现场，一点点把圈子内所有能扫走的灰烬残渣全部扫来装进袋子，一共扫了三十多袋，用车拉回火灾现场抢险指挥部，堆得像一座小山。

“先用水冲，把漂浮物和残渣滤掉。”孙玉友安排技术人员一袋袋倒出残渣。

仅这项工作，就开展了一天一夜，待筛选完晾干后，才开始一点点分检。经过高温，铝导线的熔融物飞溅到地面，会很小，还会裹上尘土，变黑，不容易辨认。孙玉友和技术员一起，一点点地找，最终在这堆得小山似的残渣中找出了四粒仅几毫米的金属熔融物。

经检验：这四粒金属熔融物是铝导线的熔融物，证实了之前消防部门的推测是正确的。

4 月 3 日，孙玉友带着技术人员撤离，4 月 4 日，山西省政府新闻办召开新闻发布会，通报了这起森林火灾起火的原因。

是男人还是女人

2018 年 7 月 15 日凌晨，河南省洛阳市洛宁县涧口乡西湾村一幢四层居民楼发生一起纵火案件，造成 6 人死亡。

为什么起火？着火点在哪儿？当地警方最初在开展现场勘查和案件调查时，发现起火的居民楼门锁完好无损，检查电路也正常。在调取查看监控视频时，发现诡异的一幕。起火前，有一穿工装大褂戴头套手套的“女人”到过现场。这个“女人”走路忸忸怩怩，扛着一根竹竿，来到摄像头下，用竹竿拨弄摄像头，给其中一个摄像头套上了一只塑料袋，把另一个摄像头的探头推转了方向。

这个“女人”是谁？为什么深更半夜出现在现场，又为何要捅探头？火灾跟她是否有直接联系？当地警方围绕这个“女人”开展了大量的侦查调查工作。村子里居住的人员不复杂，但经排查却没有跟这个人体型相似的“女人”，案件一时陷入僵局。

有民警提出监控录像里的人可能不是女人，建议找专家鉴定。当地警方又紧急联系了某省画像专家，该专家鉴定，认为这是一个女人。警方照着专家认定的结论，继续围绕女人开展工作，结果越调查越理不出头绪。

现场烧死的是两位年轻的妈妈和四名儿童，必须尽快查明真相，给受害者家属一个说法，给公众一个交代。河南省公安厅请求公安部派专家增援。接到信息后，刑侦局协调物证鉴定中心组织工作组赶赴河南洛阳协助侦办。

7 月 19 日下午 7 时许，孙玉友和几名同事组成的专家工作组到达洛阳，首先到洛宁县现场指挥部听取当地刑侦部门对现场相关情况的介绍，了解案件前期的现场勘查情况，决定对现场进行复勘后再作工作计划。

7 月 20 日上午，孙玉友等专家对现场进行复勘复检，根据现场烟熏痕迹燃烧残留的情况，确定了起火部位在一层楼东侧卷帘门内部，并从提取物中检出了柴油和汽油的成分。

卷帘门完好无损，无撬压痕迹，嫌疑人是如何浇上汽油点火燃烧的？难道他有卷帘门的钥匙？

孙玉友推断：嫌疑人是从卷帘门外把油从底部的缝隙中倒入卷帘门内点火燃烧的。为了验证这一观点，他们组织侦查实验，证明桶装液体在卷帘门关闭的状态下，能够从底部缝隙流入房间内。

“这不是女人，是一个男人。”孙玉友通过对嫌疑人作案方式、行为举动等的分析，否定了其是女人的说法。他安排视频专业人员对视频数据中嫌疑人的影像作了清晰化处理，并做了侦查实验，推测嫌疑人身高在 170cm~172cm 之间，确定为男性。

孙玉友对嫌疑人性别、体态特征的刻画，缩小了侦查范围。7 月 21 日下午，洛宁警方抓获犯罪嫌疑人薛某，其身高果然为 170cm。

这是一起因邻里纠纷精心策划的纵火案，据薛某交代，案发当晚，其伪装弄掉摄像头后，用一装过柴油的桶装了一桶汽油，通过火灾楼房东侧卷帘门底部缝隙将汽油倒入门内后引燃。

工作 34 年来，孙玉友和他的战友们，在突发的各种重特大案件现场和实验室里，在痕迹物证的发现提取和各种仪器和试剂的陪伴中，度过了自己的青春岁月。他的出色表现和辉煌成绩赢得组织和同志们的高度赞赏，先后荣立二等功 2 次、三等功 5 次；1998 年被授予“中央国家机关优秀青年”称号；2000 年被评为公安部直属机关优秀共产党员；2017 年被评为全国优秀人民警察，在人民大会堂接受了习近平总书记的接见。■

葛国勇，善于化装成各种角色与嫌犯打交道。在40年的侦查生涯中，他铁血虎胆，或单线接头，或单刀赴会，或深入虎穴……破案无数，功勋卓著，荣立二等功二次、三等功三次，并先后被评为“上海市劳动模范”“上海市禁毒先进个人”等荣誉称号，被人誉为——

警界杨子荣

■ 李 涵

△ 时任上海市公安局局长刘云耕亲切称葛国勇为“警界杨子荣”

杨子荣是红色经典小说《林海雪原》里的侦察英雄。他巧扮土匪，假借献联络图，打入匪窝威虎山，面对匪首座山雕的盘问试探和相识的土匪栾平的指认，临危不惧，机智沉着，取得了匪首的信任，并送出情报与赶来的剿匪部队里应外合，全歼顽匪。20世纪50年代末至60年代，这部小说热遍大江南北，可谓是家喻户晓。“文化大革命”期间，小说被改编成现代京剧《智取威虎山》，更是大红大紫，人人皆知，个个会唱。

被誉为“警界杨子荣”的上海市公安局治安总队情报处侦查员葛国勇，其外貌与银幕上相貌堂堂的杨子荣一点不像。他长着一张国字脸，单眼皮、宽下巴，留着背头，身材颀长，但其深入虎穴、大智大勇的精神则颇为神似杨子荣。

葛国勇属猴，1956 年生人，虽在家里排行老五，但却是长子，颇受父母宠爱。1973 年中学毕业后，他去奉贤星火农场“战天斗地”，因干活实在，不怕吃苦，两个月后便当上了班长，四个月后升为排长，九个月后，又被组织推荐当了一名消防兵，在上海老西门消防队任防火班长。1979 年 3 月，葛国勇复员，脱了军装又穿上警服，来到了上海市公安局治安处，当上了一名侦查员。

随机应变

在警校受训三个月后，葛国勇被分配到治安处刑二队公交反扒组当了一名侦查员。那时有指标，规定每位反扒民警每天必须抓到一个扒手。小葛抓捕扒手似乎有着与生俱来的天赋，加上其责任心强，每天都是超额完成任务。有次，他在车站盯住了三个对象，出其不意地抓捕其中一人时，另两个同伙对其大动干戈。小葛抓住那人绝不放手，与他铐在了一起，回过头来再去追捕另外两个逃跑的对象，虽然被打得鼻青脸肿，但其大无畏的精神令人敬佩。经过几年的历练，小葛练就了一双火眼金睛，成了反扒战线上的好猎手。

在他的反扒生涯中最出彩的是那次“汽车行动”。20 世纪 80 年代初的一个夏天，黄浦分局在办理一起追逃案时，遇到了难题，因为从白茅岭农场逃出的对象与分局的侦查员都熟稔。为避免打草惊蛇，黄浦分局谢局长打电话给市局治安处郭处长，要借一个年轻力壮的陌生面孔来帮忙，治安处便让小葛前往协助。那时小葛刚当侦查员才半年，业务还很生疏，却有一股子初生之犊不畏虎的激情。

葛国勇来到分局刑警队一个神秘的据点报到，走进房间与一位侦查员接头时，边上正坐着一位男子，他们彼此对了一下眼神。

晚上行动前，刑警队队长交代任务说，白茅岭农场逃出了几个对象，据情报可能晚上会到外滩一带活动，他让大家记住通缉令上那个叫老金的对象的照片。

行动时，葛国勇跟随第一小组在金陵路、中山路口守候伏击。他特意戴上一副秀郎架眼镜化装了一番，当晚随几位侦查员来到金陵路“溜达”，那时马路上没有这么多的汽车，路灯下坐着许多乘凉的人，有打牌的、下棋的，也有聊天的，很是热闹。

葛国勇逛到一条弄堂口时，谢局长突然对他说：“你进去观察一下里面有多少人，马上出来报告。”

葛国勇佯装找厕所进了漆黑的弄堂，走进去只见里面黑压压的有十多人，他刚想转身出去，未料下午曾交换过眼神的那个男子却突然上来拉着他的手惊叹道：“兄弟，你怎么过来了？”小葛一下子蒙了，因为谢局长只是叫自己进去看看有多少人，没有安排接头任务，但是这个线人却以为他是进来接头的，结果阴差阳错地主动搭上来。

小葛有点像杨子荣深入威虎山老巢却突然遇到栾平似的尴尬。虽然是初次参战，但小葛有着杨子荣般的沉着、机敏，他随机应变地说：“我犯事没路走了，到这里来混混。”这位线人热情地说：“来，我帮你介绍个大哥。”说罢拉着小葛来到一名三十多岁的男子身边，此人正是通缉令上的对象老金。老金见了生人眉头一皱，握着小葛的手不放，问道：“兄弟，你是哪里的？”小葛答道：“虹口的。”老金又追问：“你过去混的是啥地方？”小葛答：“老赌里（赌博）。”老金又问：“你现在怎样？”小葛为难地说：“现在没地方可去，出来瞎混混。”老金豪爽地说：“看得起兄弟，撑我一把。”说罢，老金终于松了手。

老金让人提来一个旅行包，打开后，只见里面尽是些土枪、长刀和匕首之类的凶器。老金神秘地说：“我们马上乘火车去杭州做一桩事体，阿三去北京东路售票处买票了，具体时间等买到车票再定。”

已经进来 20 分钟了，外边的谢局长和侦查员们一定很急，不知里面发生了什么事，但葛国勇心里更急。那时也没有什么手机、BP 机之类的通信工具，就是靠眼神和手势或暗号行事。葛国勇以到弄堂口去买包烟为由赶紧脱身走出了弄堂，刚走进小店，一名侦查员追上来，葛国勇用最简洁的语言通报了里面的情况。没想到谢局长指示，再返回去，设法让这些人坐上去北站的电车，掌握他们的体貌特征，在车上要多与这些人交流，以便让侦查员辨认。

葛国勇买了包红牡丹即刻返回弄堂，边发烟，边大声提议：“在这里等阿三，还不如到火车站去等，到时再赶过去怕来不及，派一人通知他直接去北站就是了。”老金感到言之有理，决定大家一起乘电车去北站。刚浩浩荡荡地走出弄堂，正巧驶来一辆电车，虽是晚上 8 时多，电车还是很挤，有几人挤上了车。葛国勇见大多数人没有挤上去，便急中生智地大喊道：“大家还是一起走。”挤上车的人又下了电车。过了不久，又来了一辆车，11 人全都上了车，便衣侦查员也都紧随其后。

葛国勇在车厢拥前挤后，很是活跃，他与那些只有一面之交的喽啰故意搭讪，以便让战友们认出同党。电车开到黄浦分局门口时，葛国勇脱下眼镜发出信号，便衣警察们即刻亮出了身份，请司机停车，仅几分钟时间，11 人全部被侦查员拿下。葛国勇告知侦查员，还有个对象在北京路售票处买票，侦查员立刻驾车直扑售票处，将其及时抓捕。

经过连夜审讯，搞清了这伙人的身份，有在逃犯，有盗窃犯，亦有流氓打手等各类混混，以老金为首，当晚预谋到杭州盗窃一家商店，并预谋抢劫行人。

第二天回到处里，组长对葛国勇说，郭处长请你去。葛国勇高兴地来到处长办公室，郭处长吸着烟，不紧不慢地说：“你把昨晚的行动情况讲一下。”葛国勇得意扬扬地详细讲述了昨晚的行动情况，讲完后等着领导表扬。没想到郭处长却严厉地批评道：“谢局长只是让你进入探视一下里面有多少人，没有叫你打入内部，你却自作主张，你这是无组织、无纪律，是对领导，也是对你家庭不负责任。你要深刻检查。”葛国勇没想到郭处长会如此训斥自己，心里很是委屈。

葛国勇耷拉着脑袋回到办公室，组长问他怎么回事，他委屈得想哭，向组长道明了情况。组长安慰他说：“不要往心里去，领导这是为你好，万一你有个三长两短，领导怎么向你父母交代啊？”

不一会儿，组长又让葛国勇去郭处长办公室。他心里直打鼓，忐忑不安地走进办公室。郭处长却一改严肃表情，笑着说：“谢局长来电话了，对你昨晚的表现大加赞扬。嗯，小伙子不错，反应很快，国勇国勇，不但有勇，还挺有谋，是块当侦查员的料。你赶紧写个情况。”

情况汇报交上去后不久，组长又通知葛国勇赶紧再写个发言稿，标题也定好了，叫《不入虎穴，焉得虎子》。稿子交上去后的两个星期，全局召开了表彰大会。葛国勇代表侦查员上台发言，市公安局副局长崔路亲自给他颁发了上海市新长征突击手奖状，并为他戴上了一枚闪亮的奖章。

单线接头

经过几年的磨砺，葛国勇成为治安处的业务骨干，每次重大行动都活跃着他的身影。1986 年，市局成立了上海站地区公安分局，葛国勇作为业务骨干被调入分局治安科外线组。其工作主要是在茫茫人流里发现疑点，寻踪觅迹。葛国勇抓小鱼小虾不计其数，最成功的莫过于 1988 年夏天那次抓贩卖黄带团伙。

这天葛国勇在北站地区“闲逛”，一个带有福建口音的青年男子上来搭讪:“带子要吗？”葛国勇反问他:“什么带子？”对方答:“彩色的。”葛国勇马上明白是黄带，他佯装大户道:“一盒两盒不感兴趣，要做就做大的。”对方见此人口气不凡，便问道:“你要多少？”“你有多少，我吃多少。”对方想了一下说:“100 盒。”葛国勇爽快地说:“我统统吃进。”两人最后商定第三天下午 3 时，在北站大钟下碰头。

第三天下午 3 时，双方准时来到大钟下碰头。对方见到葛国勇却突然变卦说:“不在这里交易，改在普陀那边的火车站交易。”那时也没有手机可以及时通知同事，葛国勇坚持在附近交易，但对方颇为警觉，执意要到普陀交货，葛国勇只能见机行事，脱下外衣发出暗号让便衣保持距离尾随自己。

葛国勇按照对方的要求来到西站，但对方又提出再次更改地方，一公里的路竟然换了三处地方。在频频转换地方的途中，便衣发现了这个福建人背后还有三人，他们的反侦查结果弄巧成拙，反而暴露了自己。其中那个骑黄鱼车的对象已被锁定，车上有一个大蛇皮袋，估计黄带就藏在里面。为了便于动手，并及时打电话寻求增援，葛国勇临时提出就在一家工厂的门卫边上交易，对方扫了一下四周，点头应允。

葛国勇从包里取出 1000 元钱给对方，那时都是 10 元的票面。趁对方兴奋数钱的当儿，葛国勇突然脱下眼镜发出信号，并对福建人亮出身份:“我是公安局的。”话音刚落，对方反应极快，马上将手里的钱像天女散花一般抛向空中，撒腿就逃。

葛国勇也顾不上捡钱，拔腿直追。那小子像兔子似的跑得飞快，葛国勇紧追不舍，一把抓住他的衣服，他立刻脱去衣服甩掉了，几次触摸到他的身子，他都像泥鳅似的滑掉了。最后，葛国勇见前面有一堆红色的砖块，猛地将其扑倒在砖头堆上，死死地抓住他的皮带，结果皮带断了。对象拼命地反抗，葛国勇在他身后勾着他脖子，他狗急跳墙地抓起砖头反手砸向葛国勇，顿时血流了出来。葛国勇向看热闹的路人求助:“我是警察，请协助我制服他！”福建人却反咬一口地说:“他抢我的钱，请帮我抓住他！”路人一时间无法分辨，要葛国勇出示工作证。葛国勇说:“请你们将我和他一起绑起来，送到附近的派出所去！”

正好有位交警路过此地，他听葛国勇如此说话，马上辨出了真假李逵，立刻协助葛国勇将福建人制服。在他的带动下，五六位热血路人押着对象送往派出所。葛国勇又赶紧回到工厂大门边找钱，门卫已经帮忙捡起了一厚沓钱，经过清点，只少了一张 10 元钱，葛

△ 葛国勇抓获犯罪嫌疑人

国勇长长地吁了口气，心里感叹老百姓真朴实。随行的几位便衣见到信号后，立刻分头行动，将骑车送黄带的对象抓获，另外两人也先后被擒。

来到派出所里，葛国勇的衣服像水洗过一般全部湿透，头上血汗交流，恶心呕吐很是难受，但见行动完美无缺，甚感欣慰。

经过追根溯源，查清这些黄带是从香港偷运进来的，当地警方获悉线索后，打掉了这个黄货源头，缴获了数千盒黄带。

深入虎穴

1993 年上海站地区公安分局撤销，葛国勇又回到治安总队行动队，还是重操旧业，打击黄赌毒和黑恶势力。不管在哪里，葛国勇都是不分昼夜，踏实苦干。随着不断地实践和业务的熟练，他已成为一名警务达人。不久，葛国勇被委以行动队大队长的重任。

1999 年刚过完春节不久，治安总队接到刘云耕局长交办的一个案件，黄菊良总队长交办给行动队。当时此案只有一条模糊的线索，据说南汇航头地区有个黑恶势力，欺行霸市、打人致残，像旧社会的南霸天。只有大致的范围，面积很广、地形不清、人名不清、人无特征，属于无头案。分析案情时，大家有点困惑，压力也大，最后大家达成共识，必须到实地去观察，最好能打入内部。于是查禁支队支队长杨烈毅请一大队大队长葛国勇出山，深入虎穴，

打入黑恶势力内部。

杨支队长对葛国勇说了狠话："你混不进去就不要回来！"葛国勇立了军令状："不完成任务不来见你。"

当天下午，葛国勇带了四个便衣来到航头地区分头行动。葛国勇在街上看到一伙人大摇大摆、趾高气扬地走路，凭直觉，从他们走路的方式、讲话的腔调上认为其可能就是自己要找的人。这伙人进了一家路边小饭店，葛国勇带着一个搭子也进了小饭店。

他俩在大堂里找了个桌子，大手大脚地点了许多菜肴，还要了好酒，故意掼派头，以引起服务员的重视。酒过三巡，葛国勇故意找碴儿对服务员说："这条鱼不新鲜，请厨师出来换菜。"厨师出来恭恭敬敬地点头哈腰，葛国勇递给厨师一支中华牌香烟，问："你们老板是什么地方人？""湖北人，老板是有'立升'（来头）的人。"葛国勇说："请老板出来，味道一点也不到位。"厨师说："朋友，请帮帮忙，我也是混口饭吃。" 葛国勇指指包房里那个穿警裤、留长发的人，问："他是警察？"厨师说："不是警察，叫长毛，是老板的朋友，比老板更有'立升'。"葛国勇说："请他出来，我要敬敬酒。"厨师来到包房叫出了长毛，对他介绍葛国勇说："这是我的老乡。"敬酒后，葛国勇对长毛说："朋友，我在上海有案底，不能回去了，想到这里来发展，望朋友接纳，钱没有问题。"

这时正巧大堂的电视机里在播放徐汇区的一起案件，葛国勇参与了此案的侦破，他担心镜头里有自己的身影，好在没有出现。长毛指着电视说："现在是好人、坏人看不出来，也讲不清楚。"葛国勇说："朋友，现在是看不清，时间久了就看清了。"聊了一会儿，葛国勇买单走人，与长毛握手道别时，他问道："漂亮的妹妹有吗？"长毛爽快地说："这个没问题。"长毛起身，亲自带着他们来到了马路对面的一家发廊。长毛大拇指一扬，趾高气扬地说："找个小姐妹出来陪陪我的朋友。"小老板点头哈腰，殷勤有加。

出了发廊，葛国勇对长毛说："我的身份证没带，帮我俩开两间房间，不要小旅店，要最好的宾馆。"长毛带着他俩来到当地一家最好的宾馆，给饭店小老板闵兵打了一个电话让他来登记。长毛走后，葛国勇塞给了小姐 200 元小费，说："我最近有病，不能来，你回去吧。"小姐先是一愣，继而拿着小费高兴地走了。

第二天，一查闵兵身份证，他曾在当地打架斗殴被处理过。葛国勇便利用其开的小饭店请客吃饭，抽烟拼酒，满嘴切口，出手阔绰，广交朋友。几周后，便交上了南桥、周浦、长新等地的一帮狐朋狗友，大多都是地方一霸，干的都是盗窃、销赃、勒索、吸毒、开赌场、放高利贷、欺行霸市之类的坏事。

白天，葛国勇请这些三教九流喝酒胡侃，吹嘘自己过去的"光荣历史"，抛砖引玉，然后，听他们酒后道真言；晚上回到宾馆便一条条记下来。因人员关系复杂，盘根错节，葛国勇画了一张表，标上每个人的名字、绰号、关系、罪行，共梳理出 26 条线索。

过一段时间，葛国勇便以回家取钱为由回上海汇报工作。他租了当地的黑车回城里，途中又从司机那里了解了许多线索。黄总队长听完汇报后，对其成绩大加赞赏，同时要求他了解关键人物的体貌特征和具体地址，以便行动时抓捕。黄总队长决定以每年的桃花节为由，请这些大小恶霸喽啰们一起赴宴，届时来个一网打尽。

葛国勇受命后回到航头，以两万元中介费为诱饵，请长毛帮他找个场所开夜总会。一周后，合同、布置、人员等都一一落实。葛国勇挑了个黄道吉日 4 月 18 日开张，并以开张志禧的名义，请各路“豪杰”前来赴宴，请柬上写明送高档礼品，并号称小姐免费享用。结果吸引了所有黑名单上的人，并有许多“副产品”自投罗网。

一切安排妥当后，突然间横生枝节。听说闵兵有个保镖刚劳改回来，自称身上有枪。刘局长获悉后指示，围捕时，葛国勇必须贴靠这个保镖，见机行事，要保证绝对安全，关键时刻可以暴露身份。

行动前，葛国勇故意请闵兵和保镖一起去洗澡，不料下午 4 时，保镖突然失踪。原来，别人都来洗澡了，可保镖突然有外地朋友来上海，他临时借了辆奔驰车去浦东机场接人去了。

计划照常进行。傍晚时分，葛国勇在二楼包了六间包房，其中五间请君入瓮，另一间特意给同事们待命行动。

逐利而来的各路“好汉”络绎不绝地来到饭店，各种高档小车停在路边，犹如小型车展。晚上 5 点半人员差不多到齐后，酒席按时开席。大家纷纷向葛国勇敬酒祝贺：“王经理，恭喜发财！”“生意兴隆！”葛国勇的视线始终关注着有枪的保镖，见他到来后，葛国勇对服务员大声叫道：“小姐什么时候到？”发出暗号后，他的酒杯“不小心”掉在了地上。清脆的响声就是行动的信号，隔壁和楼下的便衣，以及车里持枪的特警迅速将五间包房堵得铁桶一般：“我们是警察，不许动！”面对突然从天而降的警察，这些乌合之众顿时傻眼了，乖乖地双手抱头束手就擒，经清点一下子网进了 60 余人。

△ 葛国勇参与抓捕行动

当晚，葛国勇才与妻子通了电话。妻子责怪他：“你不要回来了，出差了 18 天也不打个电话，儿子要考高中了你一点也不关心。”葛国勇反复解释，妻子还是怨气未消，最后总队长接过电话解释说：“是我派小葛去执行紧急任务的，他吃了不少苦，这次立了大功。非常感谢你这个好警嫂。”葛妻听后才算消了气。

经过审讯，十多人被提起公诉，破获了四十来个积案。这股黑恶势力横行乡里，欺行霸市，无恶不作，凡在他们地盘上开的大小商店、饭店和发廊等都得交“管理费”，甚至连卖菜的、骑人力车的也不放过，谁不服就武力摆平。当地老百姓是敢怒不敢言。一举铲除这股黑恶势力后，老百姓拍手称快，放鞭炮庆贺。

庆功会上，刘云耕局长为葛国勇颁发二等功奖章时，竖起大拇指夸赞道：“你是警界的杨子荣。”

单刀赴会

委实如此，葛国勇是当之无愧的“警界杨子荣”。他冒充老大结识了不少江湖上的狐朋狗友，许多线索都是这些江湖上的朋友提供给他的。最为重要的一条线索是 2002 年的一个夏天，他接到一条贩毒的线索，武宁路上一小区有家新疆人开的小店，表面上是做面食生意，实际上在做贩毒交易。

葛队长通过几次外围观察，摸清了小店里两个店主的体貌特征，同时获悉他俩身上都藏有利刃。葛国勇明知有危险，却偏向虎山行，决定以外地人的身份单刀赴会。

一切安排妥帖后，葛队长随一名怀抱孩子的女青年走进了小店，女青年操着新疆话与两个老乡聊了起来。葛国勇听不懂他们的话，但是他判断出那个卷发碧眼、穿白色尖领衫的小个子是为主的，那个留小胡子的是随从。葛队长塞给女青年 1000 元介绍费后，她高兴地离去。通过介绍，从他们警觉的眼神到微笑地让座，葛队长感觉已初步取得了对方的信任。

葛队长自我介绍说：“我是江苏来的，要两块货（500 克一块）。”卷发小个子上下打量着葛队长，取出了一支烟自己点上。贩毒的有行规，不抽对方的烟，不喝对方的水，尤其是交易过程中。葛队长也自己取烟点上，以掩饰自己紧张的心绪。

小个子突然站起来到门外扫了一眼，他回来神色警惕地问葛队长：“你今天带几个人来？”葛队长随意扫了一下外面，见都是自己的战友，顿时一惊，就像杨子荣当年被座山雕怀疑盘问一般，但经验丰富的葛队长有着杨子荣般的沉着，他平静地说：“做这种行当怎么会让第二人知道。”卷发小个子想了想说：“今天到这里为止吧。”葛队长思忖如果今天离开，肯定黄了，还可能危及朋友。他抬头，见柜台后挂着一把利刃，马上起身取出一支烟点上压惊，心想不能强攻，应该智取。他灵机一动，指着对方说：“是你这里被公安盯上了，我今天算倒霉。”葛队长使出欲擒故纵之计，想原路返回。

小个子却说：“你不能原路返回，要从后门走。”葛队长随机应变地反对道：“我是外地来的，不熟悉地形，身上又带了这么多现金，过去被人坑过，不能再上当了。”

葛队长急着要离去，对方有点犹豫起来。葛队长乘势提出要求：“一旦我看到货后，全听你安排。”说罢，他从包里取出一沓钱用手捋了一下，悄声说：“10 万元现金。”小个子的眼神顿时放光，他用眼睛提醒搭档到外面再观察一下。小胡子观察后，回来点点头。两人操着维语交流了一番，小胡子起身离座，来到五米外的垃圾桶里取出一个黄色的马甲袋走过来，从里面拿出一个黑色的大哥大包，从台子底下递给了葛队长。葛队长打开包见里面果然有两块货，点头同意成交。

葛队长兴奋地站起来，随手拉出了裤带里的汗衫发出信号，坐在角落里吃面的一男一女见到信号，迅疾起身像猛虎下山一般向矮个子扑去，外面的同事听到动静立马冲了进来，同时扭住小胡子和葛队长，葛队长也被戴上了手铐，与两个新疆人一起被押上警车。

到了队里分头审讯两个新疆人，但他俩却一致咬定是葛队长的毒品，始终不交代毒品的来源，最后，通过以前贩毒的证据链才将两个毒贩子送进牢里。

此案亦有不足之处，首先，几位门外的战友穿着太正统，不像小区居民拖鞋、背心、短裤那样随意；其次，外面的人视线老是扫向店内。好在葛队长关键时刻有着杨子荣一般的沉着心态和应变智慧，在露出破绽时随机应变，急中生智，扭转了局势，最后反败为胜。

跟踪追击

葛国勇办案近千起，其中绝大多数成功告破，有的堪称经典，但他也有过败走麦城的时候，最让他后悔的是那起非法贩运烟花案件，没想到会大意失荆州。

那是 2006 年春节前夕的一个傍晚，葛国勇接到一个举报电话，称昨晚闵行区有家小店运来两卡车烟花。翌晨，他率一男一女赶到举报地点，刚走进小超市，店主就关上了铁皮卷帘门，五人二话不说，动手就打。葛国勇掏出工作证，严肃告诫对方："我们是公安局的！"领头男子似乎有备而来，抢过工作证扔在地上说："是假警察，给我打！"

边上一人拿起铁链条就抽葛国勇的同事，葛国勇严厉地警告对方："你们这样做是要付出代价的！"对方却嚣张地吼道："我们打的就是警察！"他们又将葛国勇打倒在地，还用脚踢其头部。另一位女搭档准备打电话报警，却被抢走手机。

疯狂打人后，他们将 5000 元扔在地上，并用手机照相，然后主动打了 110。派出所民警赶到后，他们又恶人先告状："这三个假警察敲诈我们 5000 元钱。"

五人被带到派出所后，自以为聪明，但这种雕虫小技当然一攻就破，最后他们分别被判处有期徒刑。

原来这是一起家族报复事件，因为前一天小店被当地派出所没收了 65 箱烟花鞭炮，为了报复警察，他们设计了请君入瓮的"仙人跳"计谋，结果葛国勇这条经过大风大浪的大船却翻在了阴沟里。

葛国勇不是神仙，千里马总有一失。连圣人关云长也败走麦城，杨子荣也因失误血洒雪地，况葛国勇凡人乎？但他没有"一朝经蛇咬，十年怕井绳"，只要获得信息，他宁可信其有，也不信其无。许多似是而非的信息，他都坚持到现场摸清情况，只要发现线索，都咬住不放，一追到底。最典型的是 2012 年破获的那起特大贩卖制作假证案。

是年 1 月初，普陀区中山路白兰路口有人在发放制作假证的小广告，其实这类广告马路上很普遍，但却引起了葛国勇的重视。这条线索很模糊，贩卖假证的车辆、数量、手机和人员，以及窝点等元素都不清楚，葛国勇率领便衣来到中山路白兰路口守株待兔，发现一个男子在散发制作假证的小广告，经过跟踪发现他从路边停下的一辆面包车上取下了一个黑马甲袋，葛国勇判断这包东西就是从上家处购买的假证原材料。

葛国勇按照小广告上的手机拨打了过去，要求制作假证，经过侦查确定了小广告的手机主人叫赵乃忠。随后经过三天的原地守候，终于发现赵乃忠取货的那辆苏字面包车。葛国勇一行对苏字面包车进行跟踪，发现该车一路送货28处，每处停留二三分钟至半小时，途经吴宝路、七莘路、北松公路等地，最后来到浦东北蔡地区，面包车突然驶进了漆黑的村庄。因担心被发现，葛国勇他们赶紧下车跟踪，但目标已消失在茫茫的黑幕里。已是深夜10点，大家饥肠辘辘地失落而归。

第三天清晨，他们继续到白兰路守候，苏字面包车终于在黄昏时分“千呼万唤始出来”。经过艰苦跟踪，发现其行车线路与昨天基本一致，面包车最后又回到浦东北蔡五星村陈家宅。大家下车分头寻踪觅迹。葛国勇走进一条弄内看见地上有一摊水迹，其延伸处有一条车轮印痕，他判断就是那辆面包车所留，循着车轮印痕一路追踪，果然发现面包车停在一座小楼边，车上的发货女子与司机对话后，进入了该小楼。葛国勇估计这就是发货女子的居住地。周围没有路灯漆黑一片，又人生地不熟，葛国勇从地上捡了一块砖头，在该楼隐蔽处画了一个圆圈作为标记。面包车驶离后，他们继续跟踪，司机最后在嘉定丰庄落脚。

根据一段时间跟踪的情况判断，普陀、闵行、宝山和浦东等地取货者都是制作假证的下家。经信息查询，那个送货的女子叫李建军，38岁，湖南人，住浦东北蔡五星村A号。侦查员将小车停在小弄口，车尾对着A号楼，通过车后挡风玻璃和后视镜观察。每天从清晨到深夜连续观察和跟踪，渴了喝矿泉水，饿了啃面包。经过一段时间盯梢，终于摸清了这个团伙的运作规律，基本是每天从午后3时开始活动，苏字面包车先到北蔡，装完十多箱货后，开始送货，印证了对象在浦东、闸北、宝山、普陀、嘉定和闵行等地。

除夕，村里家家户户都忙于年夜饭，葛国勇坚持来到A号楼附近守候。他发现那辆送货的苏字面包车突然变成了豫字面包车，装完货载着李建军外出了，这是怎么回事？经过跟踪发现这是一辆快递公司的车，司机脖子上挂着胸牌。葛国勇查询了豫字面包车，车主叫陆武，并发现其联系方式，通过手机联系，他是快递公司的员工。经过侦查发现此人也是团伙成员，他不但通过物流进货，也发货到外地，至此，该团伙网络图越发清晰。

A号是个假证原材料仓库，原材料的上家又在何处？为了找到假证源头，专案组决定继续跟踪这个送货的神秘女人。那天上午，跟踪面包车途中，车里扔出了一个废纸箱，葛国勇如获至宝，赶紧下车捡起纸箱，从箱内找到了“温州苍南印刷厂”的广告纸，上面有电话号码。经过查阅温州旅馆平台，并通过信息比对，发现李建军的丈夫王幸德经常在温州印刷厂附近留有开房记录。侦查员立马赶往温州侦查，查清了温州的几家印刷厂就是制贩假证的原材料批发点，至此终于找到了假证团伙的源头。

2月15日，专案组分头跟踪，发现了42个交易点和102人次接货人员，以及交通工具的特征。面对庞大的犯罪团伙，戴总队长召集相关6个分局的治安支队布置了任务。各分局将手中的线索做实做细，为收网打下了扎实基础。

3月31日凌晨，全市统一收网，这一网共查获存储假证中转仓库1个、造假证伪章窝点 54 个，捣毁制售假证伪章团伙 53 个，抓获涉案人员 195 人，缴获假证伪章 6285 件、半成品 26 万件以及各类制假工具 226 台，亮剑行动一举成功，战绩辉煌。公安部电贺成功破案，情报处荣立集体一等功，葛国勇荣立个人二等功。

宝刀不老

岁月无情，廉颇老矣，但年近花甲的葛国勇饭量不减，宝刀不老，激情依旧 。他卸下大队长职务后，虽无官一身轻，但他像老马一般没有闲着，还是发挥着老马识途的作用，冲杀在第一线。

2013 年的一个秋天，葛国勇从一条举报的信息中获悉：在浦东新区金穗路的一块闲置的工地上，每天晚上有人露天运输、灌装液化气钢瓶，且数量惊人。葛国勇是消防兵出身，职业的敏感使他意识到，如不及时处置，可能会引起火灾和爆炸，后果不堪设想。

当天傍晚，他带领三位同人悄然来到现场观察，果然发现有辆 30 吨载重的槽罐车停在那里，一晚上有 20 多辆钢瓶车前来充气，每辆车可载 150 个钢瓶，这些都是安全隐患，可想而知，危险四伏。

经过三天观察和跟踪，发现这些钢瓶车分别驶往宝山陈桥、闵行虹桥和浦东川沙等地区。当时正处于党的十八大召开之际，为确保安全，在戴总队长的带领下，出动了百余名警力，分头跟踪了 20 余辆非法灌装运输液化气车辆，果断清除了存储液化气的窝点，及时消除了重大隐患。经过化验，这些液化气里掺杂了二甲醚，异常危险，煤气接管在这些掺假的液化气腐蚀下，两个月就会腐烂、泄漏，因而会引起人员中毒死亡、火灾，甚至爆炸。针对此案暴露出的问题，市局展开了为期半年的打击非法运输、储存液化气专项行动。此后，上海滩杜绝了此类隐患。

回顾自己 40 多年的从警生涯，葛国勇最后悔的一件事莫过于母亲在世时，他没有好好地尽孝。尤其是母亲病故后，没有在身边为她守灵。那是 2003 年正月十五刚过完，老母亲不幸病故。失去最亲的人，葛国勇悲恸不已，泪水长流，后悔自己过去整天忙于工作，平时对母亲关心不够，只是一两个星期买点水果或营养品去姐姐家探望老母，也就是坐一个多小时就走人。母亲在的时候应多尽孝心，可惜子欲养而亲不待。

为了弥补过去的失误，老母病故后，葛国勇特意请假两天为母亲守灵，没想到当晚 9 点多，突然接到周总队长的电话，问他能否赶到单位参加当晚的整治行动。周总队长说姜是老的辣，这类重要的行动还是需要老将出马。葛国勇二话没说，答应马上赶去。他放下电话，与兄弟姐妹打了招呼，披上外套冲进了夜幕中。他赶到虹口现场轻车熟路地指挥大家行动，等行动结束，做完笔录，送走关押对象，抬腕看表已连续奔忙了 36 个小时，他赶紧赶回老母身边，最后尽孝。

回首 40 多年的警察生涯，从警无悔。可惜人生苦短，他的年龄和体力已不适合再扮演杨子荣的角色。即将解甲归田之际，葛国勇以自己的成功经验和失败教训为徒弟们出谋划策、指点迷津，为培养新一代“杨子荣”尽心尽责，言传身教。

破解命案密码的古城名探

■胡 杰

攻心为上，牢里挖出偷枪贼

咱们国家，对于警察使用枪械管理很严。当过警察的朋友恐怕都有这样的感受：配发的枪支使用机会极少，有一把枪在身边，就有操不完的心。但是，万一这把枪流落到了犯罪分子的手上，枪声就可能一再响起，“枪响了，出事了，忙活了！”

冬季里，北关派出所一位副所长在所里值班，套间外面的办公室窗子没有关严。清早起来，发现他放在椅子上的包不见了，而包里装着一把值班手枪和一些法律文书。后来，西安接连发生枪杀大案，经弹道检验，这些命案都出自丢的这把手枪。

市局分管治安工作的副局长老王在莲湖分局工作多年，爱到分局旁边的大麦市街回民坊吃羊肉泡馍，跟店里张罗接客的伙计挺熟。一天，老王听伙计说，店里有个宁夏的小伙计说过，他老乡手上有一把手枪，是真家伙，老王就把这情况跟分管刑侦的副局长老吴说了。当时，正值午休时间，八处楼道里也没个人影儿。好在副处长老张还在办公室，老吴叫上老张俩人赶快就往大麦市街赶。

那个小伙计是个半大孩子，叫马小银，个子也不高。认准了人，张健康上去像搂个熟人一样，把那孩子先搂到了旁边的群众电影院。等警车赶来把那小子拉回市局院子，就是梁伟他们哥儿几个的事情了。

十多年前，一部名叫《“12·1”枪杀大案》纪实风格的电视连续剧风靡大江南北。看过《“12·1”枪杀大案》的朋友可能会有印象，四个担任主角的刑警中，有一个脸上棱角分明的小伙子和电影演员吴京安形象酷似，此人就是梁伟。现如今，40岁的梁伟是刑侦局三处一大队的大队长，当年，他就是“12·1”专案组的一名刑警。

马小银也就十四五岁，又瘦又小。到市局后，态度极不端正。问了几个问题，觉得这孩子脑子好像有点儿差窍，梁伟也就不兜圈子了，直接问他在谁那儿看到过枪。“唉，你咋不早说呀！”马小银一拍大腿从椅子上站起来。再坐下去，他三言两语就把这事儿交代得干干净净。

这把枪是马小银从一个叫“小宝”的泾源同乡那儿见到的。小宝当时也在一个泡馍馆打工。他们虽然是一个县出来的人，但马小银也是在西安才认识小宝的，不知小宝姓什么，住在哪个村子。

有了这样一条线索，专案组八九个人开着两辆车就往泾源赶。泾源离西安三四百公里。当地警方提供了一些名叫小宝的嫌疑人名单。西安警察按图索骥进一些村子开展调查。

泾源的贼一般选择西安、成都和重庆三个城市作案，而且主要是攀爬防护网入户盗窃。在泾源，民警在审查一个犯罪嫌疑人的时候，突然发现眼前这个灰头土脸的半大孩子手上戴了一块价值三万元的雷达表。问他手表是什么牌子，他懵懵懂懂地摇摇头；问他表是哪儿来的，他就说是邻居大哥从西安回来给他的。不用说，那个邻居大哥也不知道这表能值这么多钱。

再说那个“小宝”，马小银倒是描述了他的长相。可是，来了泾源一看，这个年龄的年轻人差不多全一个样儿，都是瘦瘦小小，脸上、身上脏兮兮的，分不出个子丑寅卯。通过当地警方的帮助，专案组列出了五个这个年龄段、有过犯罪前科的“小宝”逐一排查。那个时候，梁伟还不满30岁，精神头十足。一路上是他和一位比他大几岁的同事老田开的车。到了泾源，要马不停蹄地去查“小宝”，头儿就让他和那位田探长一起去泾源看守所。泾源看守所也关着一个符合摸排情况的“小宝”，他是在本地偷东西被抓进来的，警方也不掌握他是不是去过外地。照顾梁伟他们俩一路开车辛苦，头儿就让他们俩去最近的泾源看守所，把这个情况不大的“小宝”查一查。别的同事开车下乡，去找那几个有可能在西安偷过东西的“小宝”。

泾源县看守所那会儿房子很旧，前面一排房子办公，后面一排房子还养着牲畜，关押嫌疑人的号舍是用石头砌墙垒起来的。

和梁伟接触过的其他泾源人不同，于晓宝说的是泾源味儿的普通话。问他去过哪些地方，他成都、重庆、郑州地扯了不少地方，就是不提西安。“那你听我的口音是哪里人？”于晓宝说是西安话，他能听出来。“那你去过西安没？”再问他，他说他跟着村里人去过。去过什么地方呢？于晓宝东边、南边和西边的地方说了不少，就是不提去过北边。他越是回避，梁伟越是心里有数，一阵穷追猛打：“我们跑这么远来，就是想问你偷的钱包、手表、BP 机这些东西吗？还偷了什么往大里说吧。”最后，于晓宝扛不住了，跟梁伟要烟抽。梁伟把一根烟点着给他，但同时告诉他只给他三分钟时间。只过了一分钟，他就上前一把夺过于晓宝的烟扔在地上踩灭：“好好交代，这一盒烟都是你的；不好好说，你一口都不能再抽。”在于晓宝面前，梁伟凶神恶煞，口口声声要把于晓宝押回西安慢慢“折腾”他。于晓宝哪见过这阵势，当下就松口了，老老实实地交代了偷枪的过程。

那个时候，北关派出所一层临街全是出租的门面房。案发那天夜里，于晓宝和几个泾源老乡在派出所楼下墙外围着一个烤红苕的炉子过夜。一抬头，发现二楼的窗子没关严，房子里的灯也没有关。踩着那个炉子，于晓宝爬上二楼的防护网，一眼看见二楼的一把椅子上有个手提包。他就让下面望风的同伙给他找了根带钩的钢筋或者树枝什么的。结果，就是马小银给他找来一截树枝。用这截树枝，他一点点居然把那只包够到了。弄到楼下打开包一看，吓了一跳，包里钱倒不多，但是有一把手枪，还有一些他们不认识的法律文书。就是到了这个时候，他们也不知道这里是个派出所。“要不，我把这东西给人家还回去吧？”于晓宝心里有点儿发毛，但他的这个提议立即遭到同伙们的反对：“反正都已经偷成了，谁知道是你偷的？这把枪变成钱，咱们能吃多少碗羊肉泡馍？”那天晚上也是饿了，羊肉泡馍的诱惑就格外大。于晓宝决定留下这把枪。最后，他把这把枪三百块钱卖给了董雷。

“看看材料！”梁伟捅捅身边的老田。临时充当提审室的房间，盘着个火炕。靠着身后的被子，已经一天一夜没睡觉的老田已经不知不觉睡着了。定睛看过材料，老田兴奋得差点儿跳了起来，浑身的困倦顿时烟消云散。

缜密分析，变态恶魔束手就擒

西安南郊一个研究所家属院，有个叫小丽的 9 岁女孩儿放暑假在家，父母怕她一个人在家没意思，就把她 7 岁的表妹接过来和她一起玩儿。这天应该是个星期天，小丽的爸爸、妈妈吃过早饭后都出去了。小丽的妈妈没走远，就在家属院门口买点儿菜、办点儿杂事儿。9 点多出门，10 点多钟，小丽妈妈就提着一堆菜回来了。

两个孩子却不在，门虚掩着没有锁。房间墙角纸篓里，扔着一根化了一多半的冰棍，另外还有一根冰棍棒。跑哪儿玩儿去了呢？小丽妈妈在楼下找了、喊了，也到小丽可能去的小朋友家里都找了，却都没见人影。这下她就慌了，赶紧给小丽爸爸打电话叫他回来。过去，大家住的房子都比较小，换季的衣裳没处放，就塞在床底下。所以，那会儿家里的大床下面都有很大的床柜。小丽父母发现床下放的好些冬季衣裳被塞到了大衣柜里，就有了不祥的感觉，赶快搬开被褥看床柜，这一看，两口子差点儿晕过去：两个孩子的尸体还是温热的。

梁伟他们赶到现场的时候，派出所民警已经早就来了。这时，桌子上放的一个驾照引起了他们的注意。驾照是研究所司机孟宪杰的，此人跟小丽爸爸是同事。据小丽爸爸说，孟宪杰先一天跟他说过，让他帮他审一下照。派出所民警也找孟宪杰谈过话，他说早上到家去找小丽爸爸，家里就俩孩子。小丽跟孟宪杰的女儿是同班同学，住得也不远，原先也常去孟宪杰家玩儿。一看大人不在，孟宪杰跟小丽一交代，放下驾照就走了。孟宪杰是个挺本分的人，老婆到新加坡打工去了，也是因为去得时间有点儿长，孟宪杰找了个年轻的女朋友，他们时常就在家属院孟宪杰的家里同居。他这些情况小丽父母都知道。

从调查的情况看，最后见到两个孩子的人，应当就是孟宪杰了。可是，派出所民警活儿干得有点儿粗。虽然跟他谈过话，但没有形成笔录。所以，梁伟他们认为有必要找孟宪杰问个笔录。

那个时候，还不像现在这样，人人口袋里都能摸出一部手机，很多人还能摸出不止一部手机。孟宪杰收入不高，腰里只能别着个 BP 机。给他打传呼，他倒是很快回了过来。但他说他人在高陵，得晚上才能回来。晚上，梁伟他们等到 9 点多，他才回来。看来，他是吃过晚饭才动身的。他的女朋友、那个挺秀气的高陵姑娘跟他一起回来了。

孟宪杰是个性格很内向的人，说话慢吞吞的。他个子不高，但很壮实。梁伟和同事们分头跟这两人谈话。梁伟谈的是孟宪杰的女朋友。孟宪杰女友有二十四五岁，家在高陵农村，自己在西安打工。她和孟宪杰是在西大街一家舞厅里认识的。老婆出国后，孟宪杰就把女儿放在了自己父母家，由老人替他看着。这天，孟宪杰是随女友去看望她的父母。“他以前去过你家没？”梁伟觉得有点儿怪，孟宪杰的架势有点儿像毛脚女婿上门，但他老婆只是出国打工，并没跟他离婚；而且，听他女友的口气，他们之间好像也没有到谈婚论嫁的份儿上。果然，他女友说，这是孟宪杰头一次去她家，而且是早上临时起意去的。“那他给你爸你妈提了点儿啥？”无论关系怎么暧昧，头一次上门，提着两拳头总不合适吧。果然，他女友告诉梁伟，孟宪杰给她爸提了两条烟，而且是好烟。啥烟？红塔山。当时，红塔山就是一般老百姓能见到的最好的烟了，十块钱一包；而孟宪杰女友说，他平时自己抽的是两块多钱一包的红豆。从这样的出手看，孟宪杰可是个敞亮人，不小气。

“他那天口袋里带了多少钱？”这个时候，梁伟又多了一句嘴。“他带了四百多呢。”警察这一问，高陵姑娘想想也有点儿纳闷儿了。平时，孟宪杰挺抠门儿的，口袋里一般只装二十多块钱呀。他这是怎么了？

小丽两姐妹遇害，小丽家同时也被盗了。柜子里的两条红塔山烟被偷了，床头柜铁皮盒里面放的三四百块钱也不见了。这就是梁伟问高陵姑娘的目的。

经验丰富的老刑警，往往第六感觉特别准。再和跟孟宪杰谈话的两个同事碰头，同事说，也觉得孟宪杰不对窍。那天晚上本来挺凉爽，但谈话中，孟宪杰的鼻尖却冒汗了。

这段时间，西安市蓝田、未央等地也接连发生了两起强奸杀人案，受害人一个 14 岁，一个 12 岁。她们遇害后，尸体被扔在高速路附近的偏僻地方。能做这样的案子，得具备一个条件，就是交通工具。而孟宪杰就是个职业司机。何况，他又有着独居的条件，因此，梁伟他们都认为他完全具备作案条件。

再跟高陵姑娘谈话，梁伟也就开门见山，问起她与孟宪杰的性生活情况。两个小姑娘都是被奸杀的，两人的死亡时间间隔不超过半个小时，而犯罪嫌疑人居然能够两次都射了精，可见此人的性功能非常强。果然，高陵姑娘说，孟宪杰对这号事儿有着旺盛的精力。起初高陵姑娘还觉得新鲜，但孟宪杰天天如此，整得她实在有点儿受不了了，尽管她比孟宪杰还要小十来岁。她说，孟宪杰老婆去新加坡，恐怕也跟受不了孟宪杰有关。

孟宪杰说他当天上午一个人出去吃了个早点，吃的是豆浆、油条，这都不稀奇；但他几点出的门、几点回的家，却和高陵姑娘说的有出入，前后有半小时的偏差。既然马脚已经露了出来，就没有道理让他再像早上一样大模大样地离开吧？梁伟和同事们盯住他一通猛审，这家伙终于扛不住了。

这天早上，孟宪杰的确是去小丽家送驾照的。一看家里大人不在，就俩小姑娘，他立即就如鬼魂附体。没错儿，从前面高陵姑娘说的情况，您已经不难看出孟宪杰是一个性变态狂，何况在此之前，他已经有过这样的犯罪经历，杀人后抛尸蓝田、未央。有了合适的犯罪环境，他立即就有了再次作恶的强烈冲动。他掏出两块钱，让小丽去买两根冰棍。小丽前脚刚出门，他就将小丽7岁的表妹一把掐昏；等小丽举着个冰棍回来，他再把小丽掐昏，作恶后，他将两个孩子的尸体藏到了床下。

速战速决，拨开情仇亡命迷雾

渭水园这起命案发生在 2010 年“三八”妇女节这天。这天上午，服务员打扫卫生，敲门没动静，就用自己的钥匙把门打开。结果，服务员吓得尖叫起来。一个中年男子被人杀死在床上，脖子上中了很多刀，血从床上流到了地下。

渭水园是西安北郊的一个度假山庄式酒店，因为地处偏远，一般来说，主要接待的是各种会议，散客很少。但是，死者就是一个散客。梁伟仔仔细细地查看了现场，然后提出了自己的意见。作为市局刑侦局分片包干的大案大队长，他有责任对案件的侦查方向提出指导意见：

死者遇害时，身上只穿了一条裤头，房间里还有两只空啤酒瓶，死者的衣裳、裤子都好好地搭在椅背上，没有搏斗痕迹。宾馆房间门锁也是完好的。这说明什么呢？说明这起案子是受害人一个关系人做的案。而纸篓里有用过的卫生纸，浴巾团在房间里，卫生间里有洗过澡的痕迹，地上还有女人的长发，室内地毯上有完整的疑似女人血足迹。这又说明什么呢？梁伟说这个关系人是个跟死者有着暧昧关系的女人。

暧昧关系？万一是他老婆呢？要过妇女节了，正常的夫妻来这儿住上一宿也是合情合理的。两口子过了夫妻生活之后，再发生口角，女人一气之下杀了男人，怎么就不可能？梁伟的依据就是渭水园的地理位置。如果是夫妻俩想浪漫一下，没必要跑到这么偏远的地方来。为什么来这种地方？避人耳目，不想让人知道。

酒店不是都装有监控探头吗？调出来看看不就知道了吗？偏偏这家酒店的探头出故障了，成了摆设。据前台服务员回忆，头天中午时，确实有一男一女来住店。男的在停车，女的来办的手续。但是，女的出示的是那个男人的身份证。

那么，男人身上有什么东西呢？身份证、手机都在。梁伟说，这就简单了，通过身份证，立即查这个人是何许人；同时，通过手机，查找他的关系人。

很快，男人的身份得到确认。此人是西安某公司的一个年薪四五十万元的项目经理，45 岁，有老婆有孩子。案发时，他老婆一直在家陪着孩子学习。遇害男人是一个很风流的人，他甚至跟单位一个比他大十岁的女人都好了近十年。当然，跟他关系暧昧的女人可不止这一个。他和老婆的关系实际上是名存实亡，只是因为早早下岗，经济上离不开他，他老婆才不肯跟他离婚。知道男人遇害，他老婆甚至不愿意到酒店认尸。

再看此人的手机。登记住宿之前，他得跟那个女人通过电话联系吧？入住之后，他又接过谁的电话呢？一翻手机，上面的通话记录一条都没有，显然是被人删除了。但是，手机上的短信都还在。遇害男人用的是一款赶时髦的新手机，功能很多，一些短信上还显示手机持有人的头像及“芭比娃娃”“小猫咪”之类的署名。翻看短信时，梁伟发现，遇害男人同时在跟五六个女人调情，短信内容都相当露骨。其中，一个跟他关系暧昧的女人在 3 月 8 日凌晨两点多还给他手机上发过一条短信，内容只有“沣镐路如家酒店”几个字。这个时候，按法医的推定，男人已经遇害了。

“马上去如家酒店看看！”梁伟一边派人往沣镐路赶，一边让人把这部手机的持机人确定。结果，信息很快反馈回来，这个女人名叫王璐，现年 40 岁。再调出王璐的户籍资料，将她的照片拿去让前台服务员辨认，服务员确认，就是这个女人前一天来办的开房手续。

“马上调一个跟王璐联系最多的电话，直接打过去问问王璐的情况。”梁伟让侦查员联系上了一个王璐的好朋友。结果，这个女人一接电话就说：“王璐出事啦。她已经在如家酒店自杀了。我现在正在派出所呢。”这个时候，去沣镐路的那路民警车子才开在半路上。

原来，王璐跟死者是一个单位的同事，两人一起被单位派到非洲去工作过一段时间。当然，去非洲的是一批人而不是就他们俩。但是，他们俩在那儿好上了。对于男人来说，王璐只是他的情人之一；但王璐却认了真，回来以后，已经跟丈夫离了婚，准备跟这个男人过。要命的是，这个男人跟王璐的老公原先还是一个办公室的同事，关系还挺好。闹到这份儿上，王璐破釜沉舟了，却发现这个让她痴迷的男人十分花心，完全是在玩弄她的感情。杀掉死者的凶器是一把瑞士军刀，这把刀应该是王璐带在身上的。来这儿开房，她恐怕就是为了杀了他。在作案之后，王璐打车来到了那个如家酒店又开了房，仍然用那把瑞士军刀割开了自己手腕上的血管。这家酒店的监控探头可是完好的，在排除他杀可能的情况下，派出所民警已经准备将王璐作为非正常死亡处理了。尽管这起案子不算很复杂，但是，如果侦查思路不对，时间耽搁了，如家酒店的现场被破坏、尸体再一处理，渭水园的命案可就成悬案了。凶手已经死了，谁还说得清呢?

还原真相，翩翩君子原形毕露

2010年春节后，周至发生了一起涉黑的枪案，梁伟上了这个案子，二十多天没回过西安。一天，他突然就从椅子上溜到了地上，肚子疼得就差在地上打滚儿了。送医院一查，是急性胰腺炎。这是一种可以要人命的病，于是，他在医院老老实实地住了三周。其实不光这病，梁伟的胃也已经穿孔了。现在，他每天只能喝点儿稀饭，什么荤腥都不敢动，看别人吃东西，只有咽口水的份儿了。

原先，梁伟的身体可是特别棒。梁伟是西安市公安局从社会上招来的第一批特警队员，当时他在机动队，也就是后来被称为“古城飞虎队”的特勤大队。因为一天到晚练的就是擒拿格斗、飞檐走壁，机动队出来的人身手都很了得。梁伟当特警时，局长老吴就是他的支队长。梁伟当刑警，老吴又是他的顶头上司、管刑侦的副局长。每有大案要案，要挑几个身手敏捷的刑警实施抓捕，老吴常会亲自点将:“梁伟，一会儿你上!”

五年前，抓“曹老师”时，梁伟已经是副大队长了。曹老师是个练家子，能倒立着做二十来个俯卧撑。而且，曹老师参与了多起抢劫、强奸、杀人案，是个狠角儿。但是，曹老师躲在哪儿，没人知道。

起先，梁伟找到了跟曹老师关系密切的安琪老师。安琪30岁出头，在一所小学教美术，人长得漂亮，而且有点儿艺术气质。“怎么可能呢?曹老师肯定不是你说的那种人。”安琪说，曹老师是一个人格很高尚的人，这点她比谁都清楚。这就怪了，同一个人，安琪怎么会给出这么高的评价呢?

安琪的婚姻生活很不如意。上学时，她本来谈了个很帅的男朋友，不光帅，男朋友还是个很能干的人。如今，这个小伙子已经在上海开了个律师事务所，干得很漂亮。但是，安琪把这个优秀的男朋友往家里一带，她老爹死活都不同意。为啥?人无完人，安琪这个男友有点儿狐臭，而安琪老爹在这方面特别敏感，每次他上门都能立马闻出来。老爷子是西安南郊一所大学的校长，一个有身份有地位的人，女儿又长得漂漂亮亮，怎么能领回来这么一位呢?安琪的生活从小都是父母做主，也就没了主意。后来，父亲做主，把自己一个学生介绍给了她。但是，两口子性格不合，不光冷战，还常常动手。再后来，安琪老公很长时间都不会碰安琪一下，安琪不得不怀疑，老公在外面已经有了人。

这个时候，安琪从报纸上看到了一条很小的广告，上面只有几个字“六年，专业婚变调查，清债”，再就是一个署名“曹老师”和一个小灵通号码。见到曹老师，安琪觉得跟她想象的私家侦探很接近。曹老师身材保持得很好，留着中分的发型，喜欢戴墨镜，挺帅但又挺有沧桑感。他夹着个小包，包里装的有一支录音笔，还有笔和本子。本子上面不知道记着些什么，密密麻麻净是字儿。调查这样一例婚外恋，曹老师收费三千元。但是，其他费用，比如和安琪吃个便餐，喝个咖啡，都是他买单。

安琪是个普通的女人，而且是个寂寞中的女人。她开始对曹老师有了想法。他们认识不久，一个冬天的晚上，安琪一个人在家，生病了，打电话把曹老师约来。那天，她故意将窗子开着，房间里很冷。曹老师来了，她让他坐到她床上，抱着她。但曹老师只是把窗子关上，看她并没有生病，曹老师很快就离开了。

他们的交往一直持续到夏天。有一次，安琪又把曹老师约来。开门的时候，她穿的是一件很性感的睡衣。但是，曹老师仍然没有碰她。

他们的交往越来越密切。后来，他们每隔三五天就要见一次面，不是吃饭、喝咖啡，就是一起看电影。在电影院，安琪喜欢挽着曹老师的胳膊，还把头枕在曹老师的肩膀上。“想不想娶我？”安琪甚至会这样一次次问曹老师，但曹老师就像一座雕像一样坐着，不肯对她做任何爱抚动作。他说，他这一行要讲职业道德。

安琪不想当教师了，想调到一家事业单位。一次说起这事儿，曹老师说他有个朋友在省委，是个掌实权的处长，回头他给问问。再后来，曹老师跟安琪说，人家答复这事儿能办。不过，现如今办事儿，搁谁都得花钱，这道理安琪当然也知道。那给人家拿多少钱呢？曹老师没说，就说你看着拿吧。有天晚上，曹老师打来电话，说他在那个朋友家聊天，有点儿晚了，准备就住在人家家里。如果她钱凑手，就给人家拿过去。晚上十点多，安琪打了个车到省委家属院门口，曹老师穿了身单薄的睡衣跑下来拿了钱。这次，安琪给了曹老师七万元。后来，曹老师说事儿办得差不多，但还得打点一下另一拨儿人。安琪就又给了五万元。安琪家里从小条件就好，老公又在做生意，家里不缺钱。

梁伟不能把案情如实告诉安琪，但又得想方设法地说服她配合自己工作，很是费了些劲。以安琪对曹老师的信任，万一她背着他们给曹老师发个短信，曹老师还不跑得连个人毛都找不到吗？

这就是梁伟的另一项本事了。什么本事？让人信任的本事。会哄人？不对，或者说，不全对。应该说，这就是他作为刑警所特有的那种气质。朴实、义气、善解人意，让人觉得他说话办事靠谱。

这回，梁伟绕来绕去，安琪半信半疑地表示愿意配合他们。安琪给曹老师打电话，约他到他们常去的一家饭馆一起吃晚饭。但是，梁伟他们设伏守候了两个钟头，却没见曹老师露面。安琪再给他打电话，他的手机都关掉了。

这个时候，曹老师的两个同伙都已经被梁伟他们抓了。想必，他已经有所警觉了。再找曹老师，难度就大了。

跟曹老师保持电话联系的，有三十多个女人。这些女人绝大多数都是他的“业务”关系，一水儿的“怨妇”。其中一名公务员、一名银行干部已经被曹老师骗去杀掉了。曹老师有一个同居的女友，是个开美容院的老板，如果说安琪只是好看，那她就是非常漂亮了。没跟曹老师有肌肤之亲的安琪都对他深信不疑，那说服美容院女老板配合警察抓他，这得多大难度呢？

果然，女老板也不相信曹老师是坏人。女老板42岁了，但保养得像32岁。她的名片上写着，她是全国美容方面的第一个博士。女老板是外省人，离异，带着一个10岁的儿子。这男孩子营养过剩，成了个小胖墩儿，简直不像是他妈生的。曹老师视这孩子如同己出，不光给他买各种玩意儿，每天还带着他一起跑步，这方面像父亲一样严格。现在，小胖墩儿不仅减去了好些重量，而且跟曹老师特别腻。也是因为看上他对儿子这份爱，女老板才跟曹老师同居在一起。女老板手头宽，给曹老师钱，但曹老师不仅不要，还常给家里买东西。当然，曹老师有功夫女老板是亲眼所见，每天，他都要在家练上个把钟头。

“你不为自己考虑，也得为你儿子的安全想想呀！”女老板跟曹老师已经到了谈婚论嫁的份儿上了，曹老师已经看过好几处楼盘，说要买房子呢。但是，梁伟这句话终于打动了女老板。毕竟，眼前的警察给她看了证件，是货真价实的，还有派出所所长，女老板是认识的。“你们抓他时，别把我牵扯进去。我要出来阻拦一下，你们看行不？”女老板说，曹老师一会儿就要回来。一听这话，梁伟赶紧说：“行，当然可以。我们配合你把戏演足。”

女老板租住在西北一路一个多层楼房里，三室一厅的房。听到楼梯上的脚步声，梁伟他们忙在女老板家房门两边躲起来。曹老师回来，并没有任何察觉。梁伟扑上前一家伙就把他撂倒在地，没给他展示武功的机会。“你们干啥呢？警察也不能这么野蛮，不是说就问两句话吗？”女老板气势汹汹地冲了出来，算是把她的台词儿念完。这么没有过渡地撕破脸皮，就像没个黄昏就由白天变成了黑夜一样，女老板还是有点儿转不过弯。

案子破了，曹老师是最后一个到案的犯罪嫌疑人。原来，曹老师压根儿不姓曹，姓苗叫苗旧，连跟他一起作案十多年的两名同伙儿都不知道他的真实姓名。苗旧原先是个骗子，因为诈骗坐的牢，跟另两个同案算是狱友。苗旧就是西安东郊人，有家有口，跟老婆关系虽不怎么好，但他对两个孩子还挺好，是个挺好的父亲，就跟小胖墩儿感受的差不多。苗旧喜欢看侦探小说，就把自己打扮成一个私人侦探，没想到报上登了那个小广告，居然应者如云，还有安琪这样把钱硬往他手上塞的主儿。起先，苗旧是从火车站、汽车站之类的地方，把站街的卖淫女领到同伙儿处抢劫、强奸、杀害，后来，他发现自己的客户钱更多，就骗了两个来，和同伙儿一起把人家害了。既然他是这么一个凶残的家伙，为什么对安琪、女老板却这么好？苗旧说了，他这完全是冲着钱。他忍着没碰安琪的色，就是为骗她更多的钱。至于女老板，谈婚论嫁买房子，钱从哪儿来？当然是女老板掏了。如果这些女人没得要了，他恐怕还会把她们往同伙儿的住处骗。

那么，省委家属院的处长朋友又是怎么回事儿呢？苗旧说，哪有什么处长朋友。那天天冷，他专门穿了身睡衣、拖鞋打车去的省委家属院，只不过睡衣外头罩着件军大衣。一听安琪到了门口，他把军大衣往草地上一扔，就出去见安琪。“不过，她给我拿来七万我真没想到。我以为她顶多拿来两万呢。”但是，钱多了有啥不好？所以，苗旧后来又骗了安琪一把。■

正常人都会说话，然而，同样内容的一句话，效果却不一样，有的能把人说乐了，也有的能把人说毛了！在上海虹口区，有一位叫邹克耀的社区民警，以说话的艺术化解了一个又一个矛盾，还把话说到了中央电视台的“讲述”栏目。

“能说会道”的管段民警

■ 章慧敏

△居民们把邹克耀当作老朋友

说话要有分量

邹克耀的面孔像极了香港演员梁家辉，可邹克耀不是演员，而是一名来自基层的普通民警。

基层民警的工作琐碎而又繁杂，没有个三头六臂很难把一件件、一桩桩的事情摆得服服帖帖，可邹克耀却做到了，而且做好了。拿四川北路派出所乔所长的话来说：“如果要问邹克耀干了十几年的民警究竟做了多少好事，我的回答是没有一封举报信就是老百姓对他工作的认可，就是做了最大最多的好事！”

这番话充满了辩证。的确，基层民警有他的特殊性，任劳任怨做了一辈子也不见得能做出什么惊天动地的事迹来。然而，倘若老百姓能视你为亲人和挚友，彼此之间能坦诚交心，这就是一种境界。

这种境界不是每个人都有的，但邹克耀有！他告诉我说，人的一生很短暂，工作的经历更短暂，他热爱这份工作，所以，他不会浪费时间……

是的，因为热爱所以用心，因为用心所以投入，因为投入所以成功。邹克耀将这种境界化成语言——如春风细雨，不经意中渗入人心。

邹克耀是正兴居委的民警。邹克耀归纳过“正兴”的特色：违法建筑多，外来人口多，双下岗家庭、刑释解教人员、吸毒人员多；还有全国闻名的虬江路旧货市场……是名副其实的棚户区。

2005年，邹克耀走马上任了。在这以前，他是新乡居委的民警。上任前夕，他非常地不舍，因为他是新乡发展的见证人，也是建设者。眼见得新乡四幢高层拔地而起了，他却要被调走了。可是，留恋过后，他更多地是跃跃欲试的兴奋。他把这次的调动看作是领导对他的信任。

邹克耀第一次去正兴“视察”，留给他的印象极其深刻——走进弯弯曲曲的小巷子，耳畔到处是“哗啦啦、哗啦啦”的搓麻将声，再不然就是一桌桌露天的“斗地主”牌桌。他还看到，来这里租住的外来人口特别多，他们贪的是租金便宜、做生意方便。可在这样逼仄的居住环境中，外来人和本地人、外来人和外来人、本地人和本地人间争吵漫骂是家常便饭。严重时，一些外来人半个小时内就可以把乡里乡亲召集过来拼个鱼死网破……

邹克耀走了一路，也看了一路，别人畏难的事，他倒是有信心摆平，但他心中最最打鼓的是在棚户弄里一家连着一家，一连开了五家的小吃店。小吃店有什么可怕的？邹克耀觉得这些小吃店就像一个个定时炸弹。他们中有卖麻辣烫的，有炸油条和麻花的，有烧火锅的……店里放不下的锅啊、油啊、火啊都拿到了门外，万一发生了火灾，消防车根本开不进，那不是灭顶之灾是什么？

要改变“正兴”的状况！邹克耀暗暗下定决心。

然而，“改变状况”只是一句空话，需要填补许许多多实质性的内容——改变是方向，问题是怎么改？邹克耀动起了脑子。

其实，他心里很清楚，“正兴”人多，环境复杂，如果以常规的管理，难免抓了这头，漏了那头。他想到了因地制宜、因人而异的管理方法。要做到这一点，需要一个强大的信息渠道，以便多多益善地掌握各种各样的情况，有的放矢地进行疏导和管理。

那么，这个信息渠道怎么来呢？他想到了现代社会流行网络系统，在“正兴”，如果不想成为聋子瞎子，建立一个自己的网络系统真是太重要了。俗话说，“新官上任三把火”。邹克耀上任，他不“烧火”，而是给自己定位了“三颗心”——

第一颗心，是平常心。放下架子和大家交朋友，朋友多，信息量就多，大家见面说说闲话，感情热络了，交流也就无障碍了。于是，那些来自棋牌室、茶室、舞厅里的小老板们也特别愿意把听到的、看到的告诉他，渐渐地，邹克耀的身边建立了一支为他所用的治安积极分子队伍，这是邹克耀一直引以为傲的资源财富。

第二颗心，是爱民心。把七八十岁的老人看作是自己的爹娘，把双下岗的困难人群看作是自己的兄弟姐妹。为父母和兄弟姐妹做事会有还价吗？不会！

邹克耀在家里是孝子。他那88岁的老母亲患老年痴呆症已经有好些年头了，五个子女中，除了小儿子邹克耀，老人家谁也不认识了。为了这个“认识”，邹克耀夜里只有三个小时的睡眠，他要陪母亲说话，说他的开心和郁闷，说他的成功和遗憾，直到母亲听到睡着。他的话，母亲也许是听懂了，也许听不懂，但听到母亲“嗯嗯哦哦”应着，邹克耀就开心啊。依偎在母亲身边，邹克耀觉得自己变小了，还是那个“奶末头”，还受着母亲的宠爱。

第三颗心，是宽容心。在“正兴”居住的老百姓，被人认为是最没“噱头”的。这话不是没有道理，有了钱，谁不想改善居住环境？早在外面买了房子了。所以这里有些居民牢骚多，说话冲。每当遇到这样的情况，邹克耀是从不打断他们的，还陪着他们一起聊天。他知道这些人最需要的是尊重，是面子，是平等。人心都是一样的，只不过表现的方法各有不同罢了，为了他们的心理需求，他要学会倾听，更要学会说话！

在里弄里邹克耀可谓是“能说会道”。

看到正在刷马桶的阿婆，他会提醒道：“阿婆，高血压药今朝吃过伐？天转凉了，不好忘记的。”

看到正在门口拣菜的老人，他走上前悄声问：“阿娘，最近媳妇对你还好吧？侬偷偷跟我讲，不要紧的……”

一会儿宁波话，一会儿苏北话、四川话，不同地方的人，他说不同地方的话，邹克耀像煞了唱曲艺的。可就是这些关切的大白话，把阿婆阿公、兄弟姐妹拉扯在了一起。但邹克耀对此有自己的理解，他说，会说话是一回事，对居民的需求不拖拉、不推诿那才是实际的，否则，空口说白话，说上天了也是白搭。

说话要讲艺术

邹克耀的倾听和说话，说到底，他就是要把治安防范做在前面，所谓防患于未然。

在倾听和对话中掌握老百姓的心理状态，对症下药，用他们容易接受的语言讲道理，解决矛盾，事半功倍。

这样的例子，邹克耀信手拈来。

“正兴”的房屋老旧，内在设施根本经不起风雨。电线老化、电表烧坏、房屋进水……烦恼一箩筐。照理，这些事是房管所管的，他一个民警完全不用插手，可他偏偏要去管这分外事。因为，他首先想到的是电线老化和房屋进水以外的事：老化的电路容易引起火灾，一烧一大片。水漫金山，殃及邻里，心情本来就不好，处理不当更会与邻里冲动打骂。所以，只要有人来反映情况，他必然要去居民家看个究竟，然后当着大家的面给房管所打报修电话，催促他们尽快赶到。

邹克耀说，别小看了当面打的这个电话，群众的感觉绝对不一样，当受困群众看到遇到难事有人关心，他们并不孤独时，心头的郁闷会慢慢消散。

那天天气晴好，一居民把地毯拿出家翻晒抖灰。他不经意的动作，却苦恼了隔壁人家。

原来，地毯上抖落的灰尘飞扬起来，都飘进了隔壁房间。那家的女人出来骂山门了，说抖灰尘的眼乌珠瞎掉了，自私自利，不得好死！

就是这一句话把人说得跳起来了。男人平白无故地遭人辱骂，气不打一处来。心想，有话不会好好说，你损人，我难道就是省油的灯？于是漫骂升级，演变成了打架。一时间，看热闹的人把条窄小的弄堂堵得严严实实。

这些年来，邹克耀之所以在狠抓治安的问题上特别下功夫，那是因为他心里十分清楚，小事情如果处理不好，就会酿成大错。比如他特别重视的入室盗窃案，窃贼偷掉一点钱物不过是财产受损失，可这时候如果发生了反抗争斗，那是最容易造成流血事件的。再如，邻里间的纠纷问题，一定得消除在萌芽状态，要不然，打架伤了谁，转化为伤害罪，对谁都不好。

抖灰尘的争吵，看似邻里间的纠纷，也许今天吵过了，过后就不思量了，可万一暗斗还将继续呢？以后的日子，哪怕关起门在房子里吵也会有危险，每家每户的楼梯那么狭窄、那么陡，轻轻推搡一下就不得了，骨头不跌断也会落下个脑震荡。

邹克耀上门去做思想工作了。他先去了男人家，进门压根儿就不谈两家的矛盾。因为他有经验，开门见山谈矛盾等于进入了死胡同，当事人会没完没了地抱怨申述。

邹克耀和男人谈起了近来的动迁形势，谈物价，谈孩子，这些话题都是日常生活中的常事，很容易引起共鸣。两人谈得很投机，邹克耀突然话锋一转："听说你近来和隔壁邻居处得不太好，拿垃圾啊什么的脏东西故意往那边靠，这可不好。我知道你们住得窝气，可是，希望就在眼门前了，你不会再屏一屏？长不过两年，短不过半年，住房条件就要改善了，你呀，耐心一点，心气也就平了，可不能再做不上台面的事情了。"

男人听了邹警官的这些批评，不好意思地"嘿嘿"笑着，他愿意接受充满人情味的批评，何况，邹警官和他两人是关着门说这番话的，外人不知道他服输了，面子上过得去。

▷终于做通了居民的工作

同样地，邹克耀对女人也是进行个别谈心的。他要她将心比心，如果那天是男人这么辱骂她，她受得了吗？再说了，那么小的地方，地毯不在自家门前抖灰，让男人到哪里去抖？要是怕灰进来，把门窗关紧点不就行了……

女人也后悔了自己的行为，靠得那么近的隔壁邻居，抬头不见低头见，自己的确太冲动了。男人和女人，虽然两双手没有握在一起，但心里的疙瘩却是解开了。他们都知道退一步海阔天空的道理，是邹警官用知心的话语为他们挑明了这层关系。

其实，无论在哪里做民警，邹克耀把居民的矛盾和纠纷化解在萌芽状态的宗旨是不变的。我听到他曾经不遗余力地化解过一起兄弟因动迁而产生的矛盾，这本不属于邹克耀分内事，但当他把棘手的问题处理得充满人性化和艺术性，这岂不皆大欢喜？

事情还得从多年前说起——

新乡里弄大都是些解放前日本人建造的老房子，在这片旧式住宅区里，有一间23平方米左右的房间里住着一家四口：老母和女儿及两个兄弟。父亲早逝，使这家人的生活从来都是捉襟见肘。女儿十几岁时就外出帮佣，她把赚来的钱90%给了没有工作的妈妈做家用，剩余的给两个弟弟你五分、我一角地买学习用品。所以，在这个家里，两个愣头青儿子可以不听母亲的话，但对于姐姐，一百个服帖。

日子就这样一天天过去了，姐姐出嫁后，两个弟弟的婚姻也提上了议事日程。先是哥哥结婚了，新房就做在自己家里。他把20来平方米的房间一隔两，后面是他的婚房，前面住着老母和弟弟。后来，弟弟也好不容易谈了个女朋友，在哪里结婚成了他们的心病。

上海人有句俗话叫作“螺丝壳里做道场”，弟弟在丈量了剩余一半的房间面积后有了办法。他准备将这十来平方米再拦去大半，隔出一条走道，晚上在这里搭张钢丝床给母亲睡觉。不过，有个问题他没法解决，那就是老母亲先得从哥哥他们的床头爬过去，然后才能上床睡觉。

哥哥阻拦弟弟的理由就是老母亲上上下下到床上去不方便也太不安全。

为了房子的事情，两兄弟不知吵过多少回。那天，弟弟的女朋友下了最后通牒：“你哥哥不给我们结婚，你总不见得要我等你一辈子吧？”弟弟受了刺激，晚上喝了酒后与哥哥大吵了一宿，第二天，开出租汽车的弟弟因为一夜没睡，疲劳驾驶，出了严重车祸，造成一死二伤，他被判入狱吃三年官司。

在监狱里，弟弟成天想的是出来后怎么报复哥哥嫂嫂。而哥嫂这边的日子也不好过。哥哥毕竟和弟弟是手足亲人，他把弟弟吃官司的责任都怪罪在自己老婆身上。他认为如果不是老婆坚决不同意弟弟搭建婚房，兄弟俩何至于吵到出人命的地步。自然，更不好过日子的就是嫂嫂了。她天天掰着手指头计算弟弟出狱的日子。有一天，她对丈夫提出了离婚，理由很现实：如果她不离开这个家的话，弟弟一出狱，她的性命就要没有了……

弟弟出狱回家见到的第一个亲人就是哥哥，他一把抱住弟弟，止不住的泪水就往下掉。虽然三年中，哥哥没有去监狱看过弟弟，但在那一刻，弟弟所有一切的怨恨和芥蒂都在哥哥伤心的泪水中化解了。他心想，哥哥也很可怜，嫂嫂离开了他，孤身一人过活不容易呢。

弟弟很快便由姐姐介绍去了一家知名的出租汽车公司。可是，相安无事的日子没过多久，现实问题又来了，弟弟原来的女友三年里仍在等着他，两人顺理成章地又把结婚的事提上了议事日程。可一提这个话头，哥哥还是激烈地反对。这一次，弟弟知道只要房子的事一天不解决，他们两兄弟是无法生活在同一屋檐下的。

面对恋人，弟弟说出了绝情的话：“你走吧，再不要来找我。你待我这么好，我不能再耽搁你了……”

从此以后，兄弟俩形同陌路。弟弟住进了单位宿舍，工作之余，他潜心养了一群鸽子。他不止一次对人说，鸽子是他生活中最重要的部分，它们比人亲近多了。每天，弟弟都要回家一次，看老娘，看鸽子。

又是多年过去了，姐姐和母亲相继去世，但也有好消息传来，2002 年，新乡地区终于要拆迁了。对兄弟俩来说，这预示着他们再不用为房子而烦恼了。可是，他们谁也没有把真心话说出口，动迁组上门了解情况时，他们个个嘴硬，说什么，我们从小住在这里，我们又不要搬迁……

心里有疙瘩解不开，又不肯主动沟通，他们的邪火没地方发作，吃饱了老酒就去动迁组吵，闹得不可开交。

邹克耀就是在这时进入两兄弟的生活中的。他心里明白，这兄弟俩内心是最盼望动迁的，只不过因为担心各自的利益有冲突，长期的冷战又使他们很难坐在一起沟通。这件事啊，还非得要有个老娘舅从中斡旋不可。捅破了这层纸，事情就可能有转机。

当时，上海的酷暑天也是热得要死，蚊子肆虐，邹警官上门家访时，看见哥哥全身被咬得红肿一片。居住条件差劲，哥哥自然晚上睡不好，以至于血压高到 120/180，被送去了医院急救。

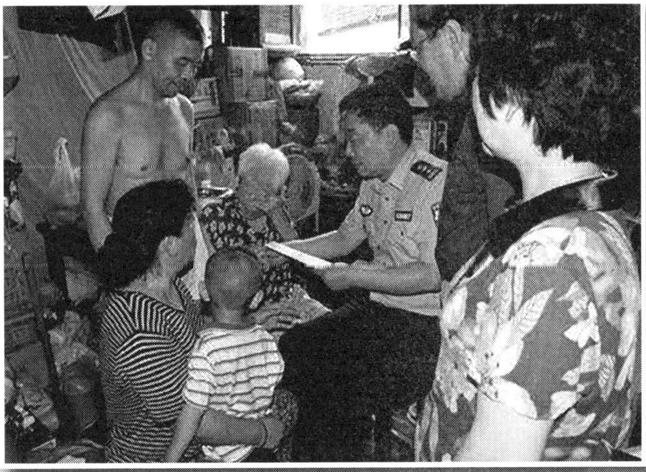

▷ 邹克耀用真心真情做居民工作

得知哥哥住院了，邹警官第一时间赶到弟弟的单位，告诉他这些情况。他看见弟弟还是犟头倔脑的，一副与己无关的样子，说：“你在上海唯一的亲人就只有哥哥了，你有本事把‘张’姓拆开吗？”看见弟弟沉默了，他又说：“你知不知道，你在动迁组大吵大闹的时候，是谁第一个从三楼冲下来？是你哥哥，他是怕你打架出人命，想来保护你啊。这么高的血压，不顾命地奔下楼，这是本能的兄弟之情，不是亲人的话，没人会这样的……”

看到弟弟若有所思的样子，邹警官趁热打铁说道：“你究竟有什么想法，跟我透个底。我把丑话说在前，任你吵闹，完全满足你的要求是不可能的，但是，我会帮你们兄弟协商的。

早点有了房子，再讨个娘子，后半生好好过日子有多好啊！”

邹警官在知道了弟弟的真实想法后，又赶去医院对病床上的哥哥说：“你弟弟得知你住院了，急得不得了，下班后就要来看你了。你们兄弟应该握手言和了，何况，兄弟还是体谅你这个哥哥的，你不让他改动房子，他就不动，至今连老婆都讨不上。”

一听到兄弟连老婆都没讨上，哥哥眼泪都出来了，连连说：“这是我的心病啊，我为这事一直揪心呢。但是，弟弟要和我一人分一半面积，我有困难啊，我毕竟还有孩子，他们的钱少得可怜，结婚也需要房子啊……”

得知了兄弟两人对房子的需求后，邹警官的心里也有了底。他和动迁组的工作人员商量来商量去，为兄弟俩找到了最合适的房子。一处在近郊，是小而全的二房。哥哥出院后去看房，刚走进小区，就被扑面而来的鸟语花香吸引住了，他对动迁组工作人员说：“这里好啊，是我心目中的居住环境，不用再看了，我们赶快签合同吧。”

而弟弟分到了一套一室的老公房，房子在六楼，正是他理想中可以放养鸽子的地方。

就在当天晚上，弟弟拎了滋补品走进了哥哥的病房，两双手握得紧紧的，再也不想松开。一个星期后，两兄弟又去了邹警官那里。这一次，邹警官放心了，因为他看到他们的手里拿的是一面感谢的锦旗……

说话要有诚心

把事情做得耐心一点、细致一点、到位一点的例子在邹克耀的身上有许多。

正兴里弄有一个姓孙的精神病患者，很长一段时间，他吃不下也拉不出，健全人会赶紧去医院看病，向医生诉说症状，但他却在家硬挺着……

也许有人会说，他不会诉说痛苦也罢了，难道家人也看不出他生病了吗？是的，老孙没有家人，在大家的眼里他是个孤老，一直是自己料理着自己的生活。

直到有一天，居委会干部上门去关心老孙的近况时，一见面，不得了了，老孙脸色灰暗，一副病入膏肓的模样，干部们不敢迟疑，赶紧将他送到了医院检查。很快，诊断结果也出来了，老孙患的是肠癌，而且还是中晚期，需要马上住院手术。

到了这个时候，居委干部也有点抓瞎了，动手术需要大笔的钱，还要有家属的签字，可问老孙任何情况，都是答非所问。这可怎么张罗啊？不过，居委干部很负责，他们当即对医院表示，病人先住院，手术费他们回去张罗，生命是第一位的，老孙的病情再不能耽搁了。

那天，在居委会里，邹克耀听居委干部说起了这事。听着，听着，他问了一句：“你们确定老孙是孤老吗？”

居委干部们说，从老孙搬来这里，他们就听说是孤老了，何况，这么多年了，从来没有看见老孙家有亲人上门探望过，不是孤老会出现这样的情况吗？

的确，老孙的事有居委会干部在张罗，邹克耀其实是不必再插手分外事了。可不知为什么，他真心希望老孙还有亲人，多一个人，多一些帮助，多一份亲情，于是他决定去查老孙的亲戚关系。

邹克耀先去了老孙挂靠的福利工厂，一查吓了一大跳：老孙哪里是孤老啊，他 1960 年出生，满打满算不过近 50 岁。早些年，因为老孙的工作能力很弱，他是提前退休的，又因为他是精神病患者，生活质量差，早已是满头白发了。邹克耀的心顿时又酸又涩，阴差阳错，一直以来，一个中年人被误以为是孤老了。既然年龄都有可能搞错，那么其他的事情呢？邹克耀觉得自己有责任帮助老孙去探寻！

邹克耀在网上查老孙的旧址，这才看到搬了几次家，他的户籍原所在地早就不存在了。邹克耀不灰心，网上没有，他就去实地找，真的让他找到了老孙的亲人，而且兄弟姐妹还不少。这个发现让邹克耀的心激动得怦怦直跳，不过，他有点忐忑不安，老孙的兄弟姐妹心里还念亲情吗？这么多年不来往，他们会理睬这个身患绝症的兄弟吗？

邹克耀决定代老孙去争取久违了的亲情。

在邹克耀好不容易觅来的老孙的兄弟姐妹中，他只有老孙姐姐的联系地址。邹克耀去她单位，孙姐姐大吃一惊，心想一个警察上门来做什么呢？

“是你弟弟叫我来找你的！”邹克耀开门见山。

“我弟弟？不会吧？我们早就不来往了！”孙姐姐依旧保持警惕。

“是你弟弟告诉我来找你的，否则你的名字和地址我怎么会知道呢？”

孙家姐姐这么一听觉得有道理，她问：“那他叫你来有什么事吗？”

“是这样的，你弟弟患了肠癌就要进手术室了。医生说他的癌细胞已经扩散了，他担心自己万一进了手术室要是出不来，这辈子会留下遗憾的。于是，他谁也没告诉，就告诉我说有个姐姐，现在特别想她，如果能见上一面，死了也没牵挂了……”

邹克耀看到，自己的话还没讲完，孙姐姐已是泪流满面了。她连连问弟弟住在哪个医院，把身上所有的钱掏出来数了又数，然后又向同事们借钱，凑了一万元。她单位也特别通情达理，得知此事后，派了辆车马上送她去医院看弟弟。就在那天下午，手术签字的事也解决了，老孙的亲人、他的姐姐在手术单上落了笔。

邹克耀的心放下了，他一个善意的“谎言”维系起了早就断裂的亲情，但他还不满足，因为好事还没做完呢。

把孙家姐姐送到医院后，他又马不停蹄去了街道民政科，把老孙的情况向有关人员说明后，请街道出具了证明，又去医保局为他争取了“大病医保”的待遇……

手术后的老孙再不孤独了，哥哥姐姐轮流围在身边照顾他。老孙无法表达心中的感受，但邹克耀知道他很满足。

老孙是不幸的，肠癌令他痛苦不堪；但老孙又是幸运的，亲情回归了。从某种意义上说，生病的这段日子恐怕是他最幸福的日子啦。

在“正兴”时，邹克耀还说动过一个在家待了 12 年的“老大难”。

“老大难”姓张，在一般人的眼里，他自身条件还很过硬：1966 年出生的大学毕业生，正是做事业的年纪。可就是这么好条件的男人，性格却颇为执拗，因为看不惯单位里的一些管理方法，一怒之下辞了别人求之不得的好工作。要知道，20 世纪 90 年代辞职的职工凤毛麟角，是件稀奇事，他一往无前的代价是在家停了十几年，精神上也变得颓废了。

因为没有了收入，家庭开支的压力全都落在了妻子的身上。原本，平平安安的生活倒也可以将就，可就在股市井喷的日子里，他觉得找到了一条发财的捷径，不顾妻子竭力反对，整天研究股市行情，将家里所有的积蓄全都投放进了股市。他对妻子说："我是一家之主，我的责任就是要让老婆孩子过上好日子，你们等着吧。"

"好日子"没有因为他的一厢情愿而来到，相反，他投进股市的钱全线套牢，这一来，本来就不宽裕的家庭开支更紧张了，最难的时候，全家一天的开销不能超过八元钱。这对孩子来说，实在太委屈了。

一个有知识有文化的男人变得琐碎而唠唠叨叨。居委会竟然成了他常去的地方，不是去帮忙或者寻求帮助，而是整天诉苦告状，要么是东家的痰盂放在他家门口了，要么是西家的竹竿子在他头上晃，他不舒服了……

邹克耀听到种种对他的议论后，心想，一个人如果没有精神寄托，很快就要被毁掉的，应该帮助他找个工作，一来有了收入，家庭开支可以宽裕些；二来他也可以多和人交往，心胸放开点。

哪料，大家都反映他死要面子，坚决不接受别人给他找工作的好意，为此，他的妻子非常无奈，只得硬撑着维持家庭开销。

那一天，老张吃惊地看到邹克耀来到他家。邹同志来干什么？他正纳闷呢，这位邹同志却和他聊起了股票。

因为老张做股票失败，已经很久没有人和他提股票话题了，现在，管辖区的民警来向他讨教股票的事情，他很兴奋。那天的谈话，简直可以用滔滔不绝来形容。

从那以后，邹警官时常会去他那里和他探讨股市形势，还要他出主意近期买哪只股票好。老张对下班回家的妻子说："你们这些人都以为我在股市里跌跟头就爬不起身了，你看你看，邹同志常常来请教我呢，他看得起我。"

他把邹克耀视为知己，连他自己都奇怪，邹同志的话他怎么都听得入耳？那一晚，他翻来覆去地睡不着，邹同志白天与他的对话让他颇有触动——邹同志对他说，成熟的股民都会合理安排资金的分配，作为投资，他们绝不会把一家一当全部贴进去。你看你，心里只有赚，没有亏的思想准备，真到了现在的"熊市"，你有多被动？邹同志还说，你如果有了固定的工作，每月有进账，即使股市里亏了，但基本收入还有，少了许多后顾之忧，何至于将家庭重担只压在妻子一个人身上？邹同志最后的话让他特别震动："你妻子打着灯笼难找啊！这十几年来，你替她分过忧吗？你为她着想过吗？你这么任性，可她还是不离不弃，你要换位思考一下了，站在妻子的角度想想自己的所作所为……"

他当时眼睛就湿了，不由自主地说了句："邹同志，你要帮帮我，帮我找个工作吧！"

自然，他现在还谈股票，但更重要的是他有了一份工作，这份工作并不起眼，但却让他拾回了自信和责任感，他懂得了和妻子共同挑起家庭担子，再苦再累也是安慰。

邹克耀"会说话"的故事听了一个又一个，我无法将每一个故事都记录全面，这是遗憾。

我发现，邹克耀说的话很平常，做的事很平凡，然而这桩桩件件事情的内涵却丰富多彩，这让他收获了幸福——他感恩自己是扎根在老百姓中间的一个普通民警。

会说话的民警邹克耀，让我们感悟到了一种美的道德，美的情操。■

剑

大案追踪

一名苏州私企主管给上海市公安局长宁分局新华派出所退休老民警储明湖送来了一大包喜糖。新郎缘何要给警察送喜糖？那是因为二十多年前，警察在侦破一起丈夫杀害妻子的命案时，发现凶手留下的一对儿女陷入了绝境，他们经过15年执着的资助，使两个孩子受到了良好的教育。男孩考上了本科，女孩考取了中专，并成功地踏入社会。

警察不但严格执法，同时还拯救了濒临绝境的家庭，挽救了险些辍学的孩子，救赎了失足的灵魂。

真情换得良知归

■鲁 兵

△新华派出所指导员王雅清给女孩讲课

失控杀妻，留下一对孤苦儿女

上海市新华路、凯旋路的拐角处有一排装潢小店，小店里有个漂亮的安徽打工妹叫王小凤。她是“皖南事变”发生地安徽泾县琴溪乡的高中生，考大学时仅差几分名落孙山，便委曲求全地嫁给了同村的农民吴青山，生了一儿一女，整天过着伺候两老又抚养两小千篇一律乏味艰辛的生活。

1994年春节前，王小凤听上海打工回来的妹妹海阔天空地讲起大上海如何容易挣钱，生活如何富裕，不由得心旌摇荡，压抑已久的心又活泛了起来。

王小凤想想在这穷山沟里熬一辈子实在不甘心，于是，1994年2月8日与妹妹一起不辞而别，来到上海闯荡。妹妹介绍姐姐王小凤来到了广东人开的装潢店当了售货员。王小凤给山沟里的丈夫写信报了平安后，便没了音信。

大上海的吃穿住行与家乡穷山沟实在是天壤之别，王小凤自然乐不思蜀。丈夫吴青山是个年轻力壮的汉子，怎耐得寂寞？一个月后，便借了钱亲自赴上海摸到了那个小店与妻子住了一个星期。临别的那天晚上，他声泪俱下地央求妻子："看在两娃娃的分上，跟我回家过日子吧。"王小凤过上了每月能挣300来元的舒心日子，岂肯放弃，便态度坚决地说："你要走就走吧，我不用你管。"吴青山被呛得怒不可遏，但人穷志短，只能忍气吞声地坐在那里抽闷烟。妻子见吴青山铁青着脸色，便安慰他道："我在这里先干一段，你反正会开车，我帮你再找份工作。"然而吴青山担心妻子跟别的男人跑了，死活不同意。于是两人又吵了起来。吴青山见妻子难以回心转意，无奈只得决定明天自己先返回老家。

晚上，吴青山怎么也睡不着，坐起来点上烟沉默良久，下了最后通牒道："你明天到底走不走？""不走，坚决不走！""那我一定要你走呢？""你敢！"吴青山见妻子铁了心不走，便怒吼道："干脆离婚！""可以！你去找我爸爸，他可以代我离婚。"妻子毫不示弱。话刚落音，雨点般的钢管便落在了她的头上。他将长期以来的苦闷和对十年前妻子不忠的愤懑歇斯底里地发泄了出来，待醒悟后，老婆早已命归黄泉。吴青山这才恍然大悟，老婆的脑袋不是山里的土坷垃，杀人偿命自古皆然，吓得他仓皇逃遁。

1994年3月16日清晨，新华路派出所接报后，警方迅即赶至案发现场，调查后获悉：死者王小凤系安徽打工妹，年龄30岁。据小店经理反映，一周前死者丈夫从老家赶来逼她回去，但她不愿再回穷山沟。侦查员还了解到，死者妹妹嫁给了一个上海人，住在徐汇区。警方随即找到其妹妹了解情况，案件很快明朗化，杀人凶手非死者丈夫吴青山莫属。警方连夜赶至凶犯老家安徽泾县琴溪乡。在当地派出所徐所长的指点下，翻山越岭，赶了几小时山路总算摸到了荒凉偏僻的吴家，然而，吴青山自知罪孽深重，早已远走高飞。

警察在大山深处苦守数日，仍不见其踪影，无奈只能委托徐所长协助缉拿凶手，空手而归。

一个月后，负责侦破此案的迟副所长又亲自率员二赴安徽缉捕凶犯。迟所长一行星夜兼程赶至山坳里，迅速包围吴宅，持枪冲进屋内，逃犯还是没回来，却见屋内两个衣衫褴褛、瘦骨嶙峋的古稀老人和一双蓬头垢面、光着身子的孩子。他们正围桌吃饭。那位干瘪沧桑的老翁一见警察，便禁不住喟然长叹："孽子啊！孽子，自己作了孽跑了，扔下这对可怜的娃子，让我两老怎么办啊？"老翁干咳两声，又声音沙哑地道："老伴有腰痛病瘫痪在床，我有乙型肝炎、哮喘病和气闷心跳，自己也顾不过来，拿什么来养活这一对娃子啊！"老翁说到伤心处，禁不住老泪纵横，唏嘘喟叹："儿子为了找老婆回来，把家里唯一的一头耕牛也卖了……"老翁泣不成声。

躺在床上重病缠身的老太，木木地瞪着浑黄的眼珠，默然无语。

迟所长发现才5月天，这对山娃子就光着身子，骨瘦如柴、又黑又脏，两双小泥手捧着脑袋般大的破碗，瞪着小鹿般受惊的眸子，愣愣地瞅着警察。桌上那一大盆水煮的菜皮权作菜肴。抬头扫视一下客堂，这是一间用泥巴和茅草糊起来的简棚陋屋，屋内除一张破桌和几张木凳外，空空如也，脚下则是凹凸不平的泥地。望着这样破败不堪的凄凉惨况，迟所长一行心里震撼了，倘若不是亲眼目睹，他们真不敢相信，已是90年代了，中国还有如此贫穷的地方！是的，解放快半个世纪了，革命老区还如此赤贫，实在是让人痛心疾首。

四处流浪，亡命天涯何处是生路

魂不守舍的吴青山漫无目的地一口气逃到一座桥边，坐在桥墩上放声痛哭，哭罢抬头望着茫茫的黑夜，心里更茫然。他绝望地仰天长叹一声，便一头撞向桥墩，顿时眼冒金星昏厥过去。清晨醒来，树丛里传来了清脆的鸟鸣声，一种对生命的留恋本能从心底升起，就这么离开如此美好的尘世吗？吴青山又犹豫了，转念想到上有年迈父母，下有年幼儿女，求生的本能使他艰难地爬了起来。

他不敢走大道，只穿小巷，恍恍惚惚走了三四天，也不知饥渴。荷锄的农夫见他那副惨状都回眸惊瞥，吴青山做贼心虚，便来到小河边，取出毛巾将脸上的血渍洗去，又用湿毛巾想擦去衣服上的血迹。他开始感到饥肠辘辘，便溜进地瓜田，也顾不上生熟，饿狼般地啃了起来。

偶尔听到马路上传来警笛声，他以为是来抓他的警车，如丧家之犬拔腿往小巷里躲。待警车绝尘远去后，他还躲在房后吓得不敢喘气。路上见了警察便慌忙转身溜之大吉。他不敢在城里久留，一个劲儿地向空旷的地方走，渴了就到水沟里喝水，饿了便向老头老太乞讨，又怕人家听出他的安徽口音，便装哑巴，拿着大碗伸手向路人乞食。路人见他满脸污垢，衣衫肮脏，有时会同情地倒给他一碗干饭，运气好时还可以讨到吃剩的鱼和肉。

有次，他路过一个村庄，进了村口的几户人家，还没乞讨就被驱赶，无奈只得从房后走。突然他发现一个猪圈，食槽里有各种发馊的猪食，便不顾一切地爬进去直往嘴里塞，几头肥头大耳的猪嗯嗯地向他直叫。主人从房里出来，见状拿起锄头杀将过来，吓得他撒腿便逃。

当然他也遇到不少善良淳朴的农民。有次他来到一户农家，向一位满脸沧桑的老太太乞讨，老太太给了他几根玉米，感激之际他发现对方双目失明，便主动帮她挑了一大桶水，又帮她砍柴。还有一次，他乞讨至一乡村时，见一草棚失火了，他来到草棚前发现里面有头耕牛，他明白这是农民的命根子，便不顾一切地跳进去，牵出老牛拴在了附近一棵树上。不久主人赶来救火，见这个陌生人救了自家的老牛，感激地拉着吴青山来到家里，备了丰盛的酒菜请他吃了顿晚餐。吴青山没敢喝酒，怕酒后失言，但他足足吃了三大碗饭和一碗红烧肉。临别主人还给了他一大杯子米饭和佳肴，吴青山便心满意足地又漂泊而去。

一个深秋的黄昏，吴青山饥肠辘辘地来到一条小道上，只见前面几个小女孩蹦蹦跳跳嬉闹着，突然一个小女孩被推下路基，女孩疼得“哇哇”大哭。吴青山见状，扔下包袱，一个箭步跳入水沟，将女孩抱上路基，替她擦去嘴上的血迹。吴青山愣愣地望着女孩们的身影消失后，触景生情，他突然想起了自己的儿女，不知他们现在如何？还在读书吗？生活没来源，是否饿死了？想到这些，他禁不住抱头痛哭流涕，哭声在深山沟里回荡，却无人理会。

警察捐款，孤儿亲属跪谢大恩大德

尸体停放在医院一天的开支就是 100 元，罪犯潜逃，一时结不了案，总不能无限期地停放下去。于是，新华路派出所指导员王雅清给死者的家属去了一封信，请他们立刻来上海料理后事。

信投出去近两个月了，却杳如黄鹤一去不返。王指导员又打电话给当地派出所徐所长，委托他催问一下，到底怎么回事？第二天徐所长告知，因为死者的家属是贫困户，实在无钱去上海，正在为丧事犯愁。王指导员果断地说：“你带他们先来上海吧，一切费用由我们支付，马上就来。”

几天后，徐所长带着死者的父母和公公赶到了上海，派出所为他们安排了吃住，又尽心为他们操办丧事。

死者王小凤因被钝器所击，脸部、后脑以及颈部又肿又烂，面目狰狞。民警生怕家属见了死者残破的面容难以承受，便请化妆师为死者精心整容化妆，又买了寿衣为其换上。虽然脸上的伤痕被天衣无缝地遮掩过去了，然死者的亲属见到亲人的尸体后，还是痛苦不堪，号啕大哭。当民警得知死者生前从未照过相时，又立马找来摄影师，免费为其照相，并支付了一切丧葬费用。

王指导员听说并且目睹了老区百姓的贫困现实后，深感震惊，又得知死者还留下一对无力抚养的幼儿后，深感担忧。如果公事公办让他们回去，这对孩子一定会失学，甚至到处流浪。想到自己的孩子每天有牛奶喝，有学校上，而这一对孩子却从小失去了父母，将来怎么办呢？王指导员越想越担心，动了恻隐之心。想补助他们，但派出所里经费有限，她便默默地捐了 200 元。这一义举犹如沉石投入平静的湖面，掀起了层层波澜。于是乎，派出所的民警都默默地将同情化作爱心行动，呼啦啦，民警们一下子就募捐了 5600 多元，除去死者家属吃住开销外，最后捐款还剩下 5000 余元。

如何处理这笔款子，王指导员犯难了，交给死者家属吧，孩子们住在爷爷家，自然得不到捐款；给男方家属吧，万一他们不花在孩子身上怎么办？王指导员踌躇了半天，最后与柳所长商定，将这笔捐款交给泾县教委，作为孩子们读书的费用。

当晚王指导员向男女方家属和徐所长宣布了这一决定，并让双方家属和徐所长签了字，当场将 5000 余元捐款交给徐所长，委托他转交给县教委。几位老人听罢这一决定，均表示同意。为了来上海办丧事，死者的家属变卖了牲口，才凑足了 300 元钱，小心翼翼地用手绢包好，又用针缝在上衣兜里，恨不得将一分钱掰成两半花，未料这次来上海吃、住、行和丧葬费开销分文未花，这已是感恩不尽，谁知又天外飞来这么一大笔“横财”。望着这一切，他们简直不敢相信眼前的事实。几位老人倏地跪倒在地，不住地叩首：“上海警察真是大菩萨，大好人！我们代表娃子谢谢你们的大恩大德！”

老人们长跪不起，叩首不止，王指导员将他们扶起来，拉着吴老翁的手说：“以后两个孩子遇到什么困难，可以写信来告诉我，我们一定会像对待自己孩子般关心帮助他们。”

吴老翁紧握王指导员的手，老泪纵横，喃喃不止。

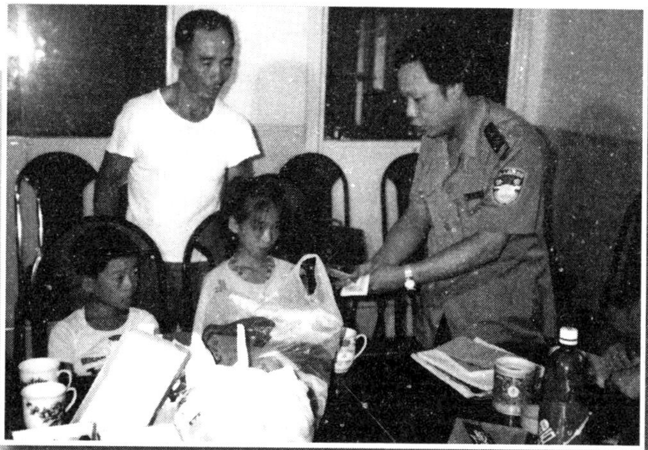

△ 柳爱国所长给孩子们捐款

雨中忏悔，逃犯病中凄凉无人问津

几个月没洗澡身上奇痒无比，但吃饭都成问题，自然顾不了其他了。夏天尚且好过，热了跳进水里洗个澡，饿了钻进地里吃瓜果，只晚上睡觉成了问题，蚊子如轰炸机一般“嗡嗡”不断轰来，吴青山只能穿长衣睡觉。到了冬天更为难过，寒风刺骨，只能躲到水泵房里避寒。但他又不敢在一处久留，只能“打一枪换个地方”。

有次，在途中他发现了一座破庙，便如林冲一般躲进去住下。躺在草堆上听着“呼呼”的北风，望着窗外的明月，往事不堪回首。王小凤没考上大学心情郁闷。初中毕业的吴青山劝慰她不必难过，条条道路通罗马。只要好好干，干什么都有前途。王小凤感到只有吴青山能理解自己。时间久了，两人便恋爱了。1982 年春节前夕，王小凤家造房子，吴青山去帮忙，他既能吃苦干活，人又英俊机灵，王家见小伙子不错，也就默认了。倒是吴家父母犹豫不决，感到女方是高中生，人又长得漂亮，怕靠不住，还是找个老实巴交的省心，并为他介绍了一位水灵的闺女。但吴青山一口回绝，死活要娶王小凤，血气方刚的他一定要打破传统习俗。

1982 年春节，这对恋人热热闹闹地举行了婚礼。亲戚和乡亲们都很满意这桩婚事。小夫妻俩恩恩爱爱，先后生有一女一儿。因靠种地为生，日子过得有点窘迫。这时乡里办了个水泥厂，交 1000 元入股便可进厂当工人。这对为生计犯愁的小夫妻凑了 2000 元进厂当了工人，小日子过得红红火火。未料当化验员的妻子红杏出墙，晚上经常加班晚归。吴青山虽有点纳闷但他深信妻子。一次他有事提前回家，进门发现妻子正与水泥厂的副厂长睡在床上，他见状顿时怒从中来狠揍对方，副厂长把矛头转嫁到厂长身上，说是她和厂长上床被他撞个正着，才以此要挟好上的。吴青山一听老婆还与厂长有染，更是怒火万丈。厂长还是自己的老师，曾教导学生正派做人。岂料为人师表的老师却是个人面兽心的伪君子。吴青山找到厂长痛斥他“畜生”！厂长反问他你有什么证据？吴青山被问得哑口无言，气呼呼地跑回家找老婆算账，未料老婆早已不辞而别回了娘家。

吴青山理直气壮地找到老婆的娘家，老婆非但不认错赔罪，反而掷地有声地甩出一句话："离婚！"一听离婚他一下子软了，委曲求全地说："我已原谅你了，看在孩子的分上求你还是回家吧。"岳母说："先让小凤在家休息两天再说。"吴青山无可奈何地回了家。

吴青山又找到乡长反映，要求严惩厂长。结果厂长太平无事，老婆却被厂里开除了。怒火中烧的吴青山找到乡长评理，乡长一脸无奈地说："水泥厂是乡里主要的经济来源，一时没人顶他，只好牺牲小凤了。"吴青山无言以对。求天不灵，上告无门。为求破镜重圆，只能含悲忍辱。

不久吴青山接到法院诉状，面对妻子的离婚请求，吴青山感到如晴天霹雳，坚决不同意。最后法院虽未予判决，但二人从此却埋下了仇恨的种子。

吴青山梦里见到死去的妻子披头散发、鲜血淋漓地向他走来，惊叫着从梦中醒来，心想是妻子索命来了，吓出一身冷汗。此刻门外雷电交加，大雨滂沱。吴青山一头冲进大雨中，伸出双臂对着雷电大声疾呼："千不该、万不该杀了老婆，结果落得如此境地，上不能尽孝，下不能养小。老天啊，求求你宽恕我吧！"吴青山在大雨中跪了许久。

雨淋寒冷加上郁闷饥饿，牛一般健壮的他终于发烧病倒了，迷迷糊糊地在破庙里昏睡了三天，没吃没喝无人问津。第四天他醒来后浑身疲软，渴得难受，嘴唇起了泡。他硬撑起来，扶着树枝踽踽跚跚来到附近一农家要了一大碗水和几个地瓜，吃下去后好受了许多。

中午太阳朗朗地晒在打谷场上，吴青山躺在谷堆上晒太阳，享受着阳光的温暖。一群孩子嬉闹着用石子扔他，还上来踢他，吴青山本性暴躁，但不敢还手，只得忍气吞声地离去。

领养孤儿，上海警察义举引起当地轰动

一年后王指导员派民警储明湖一行赴安徽再次追捕逃犯。他们途经泾县，吃罢晚饭已是 9 时许。来到深山沟孩子家，徐所长打着手电叫醒了住在客堂里孩子的爷爷吴老翁。储明湖气喘吁吁地说："我们是特意来看看孩子们的，老大爷还认识我吗？"

吴老翁从梦乡中惊醒，揉着惺忪的眼睛，愣怔了片刻，激动地跳起来，双手紧紧握着民警的手，脸上荡漾着粗糙的笑，一个劲儿地道："认识认识，大恩人怎会忘记？坐，快请坐！"

老翁扯开沙哑的嗓子招呼老伴儿和孩子的乳名，民警止住道："让他们安静地睡吧，不打扰。"民警看看熟睡的孩子们便心满意足地走了。

民警们返回所后，向王指导员和其他几位所长谈起了看望孩子的情况，王指导员不无忧虑地说："女孩子才 10 岁，男孩子仅 8 岁，两位老人风烛残年，自顾不暇，又没生活来源，一旦老人倒下这对孩子的生活就没着落了。干脆好事做到底，我们派出所领养这对孩子算了。"所领导一致点头同意，最后商定按时给孩子们寄去生活费，还决定等孩子们放暑假后，邀他们来上海玩，与大家见见面。

1997 年 8 月 8 日，在新华路派出所的盛情邀请下，吴老翁携孙儿、孙女一路颠簸来到了大上海。派出所早已为他们安排了住宿。细心的王指导员见孩子们蓬头垢面、脏乱不

堪，赶紧带他俩去修剪头发，并“彻头彻尾”地给两个孩子洗了澡。换下的衣服是又酸又脏，王指导员又去买来了新衣给孩子们“包装”一新。经过一番“改头换面”后，两个孩子与来时判若两人。

第二天，民警开警车带孩子们逛市容，两个孩子在雄伟壮观的南浦大桥、举世闻名的外滩及繁华热闹的中华第一街南京路拍摄了照片。他们边吃着冰淇淋，边瞪着大眼睛愣愣地望着鳞次栉比的高楼大厦，仿佛进入了安徒生的童话世界。

第三天上午，孩子们来到派出所会议室，望着一屋身着警服的叔叔阿姨们，激动中掺杂着几分紧张，低头抿嘴，拨弄衣角，胆怯地坐在主席台前。王指导员代表所有民警嘱咐孩子道：“你们一定要好好学习，今后有什么困难写信告诉我们，警察叔叔、阿姨会尽力帮助你们渡过难关。”说罢，王指导员郑重地递给女孩新捐的500元钱款，又递上新书包、新皮鞋、新衣服，各种礼物像小山似的堆在了孩子们面前。女孩望着眼前五彩缤纷的礼物，激动得泪花闪闪，嗫嚅地说：“谢谢警察叔叔阿姨们，我一定好好读书，来报答你们……”说罢泣不成声。小男孩低头抿嘴，将自己精心构思描绘的一幅五彩缤纷的画送给了王指导员，以示感激之情。王指导员看着他画的民警阿姨敬礼图，关切地问他：“你喜欢画画吧？”小男孩羞涩地点点头。王指导员摸着他的头道：“你好好画吧，将来考上美术学校，我们一定资助你。你放心好了，不用为学费发愁。”

在场的警察们见之无不动容。孩子们在大上海欢欢喜喜地尽兴玩了三天，而后带着上海警察叔叔、阿姨们的深情厚谊和“大包小包”满载而归。

1998年3月初，王指导员提升为长宁公安分局副局长，她临别前郑重地关照新上任的指导员王耀和：“我马上就要离开了，你要继续好好照顾这对孩子，一定要负责到他们读完书走上社会，最好是读上大学。”王耀和郑重地点点头，接下了这个任务。

当年6月，王耀和带领几位民警驾车八小时，一路颠簸来到深山沟探望吴月、吴华姐弟俩。已经上中学的姐弟俩见到上海警察叔叔们，欢快异常。他们接过新衣新鞋、学习用品喜不自禁。吴月将要初中毕业，但她想早点工作，以资助弟弟读大学。校长告知民警，吴华酷爱画画，将来想当画家，并让吴华取来了他画的素描。警察叔叔欣赏着一张张画，惊叹孩子的才华。指导员当即表态：“只要姐姐想考大学，经费不够，我们将一如既往地捐款资助。”民警们临行时，村民们倾巢出动欢送，小车被堵得寸步难行，小路两边站满乡亲，一双双手不停地挥动。他们纷纷从家里取出各种土特产，直往小车里塞，其场面之热烈，犹如当年欢送新四军一般令人动容。

贸然回乡，真情感召痛下决心走向新生

吴青山装聋作哑沿街乞讨，一路经过了浙江、福建、江苏、四川等地，过着颠沛流离的日子。他曾想到一死了之，但为了能再见一面朝思暮想的父母孩子，只得继续流浪为生。

当他从四川来到一小镇上听到乡音时，心里一阵激动。虽不是少小离家老大还，但毕竟已是五年半之久。他来到一农舍前，问一位抽旱烟的老大爷：“这是什么地方？”老大爷告知：“这是黄山。”吴青山听罢兴奋不已，知道离家不远了。他又问：“芜湖是哪个

方向？”老大爷用烟斗一指。吴青山激动难抑地向着家乡方向星夜兼程，虽心存惶恐，但早已被思乡之情淹没。

1999 年 9 月 25 日黄昏，如血的残阳映照着崇山峻岭，一缕炊烟在熟悉的茅舍上袅袅升起。流浪了五年之久的吴青山钻出树林，凝视着熟悉而又陌生的小屋，感慨万千，后悔不已。他深知杀妻罪孽深重，不敢贸然回家，等到残阳隐入大山后，才趁着月色悄然潜回家中。

他先敲开隔壁弟弟家的门，弟弟出门见夜色中一个满脸污垢的黑影，惊慌地问："你找谁？你是人还是鬼？"对方悄声道："我是你哥哥吴青山啊。"弟弟愣了半晌，认出哥哥后，冲上前去，两人紧紧抱在一起痛哭流涕。弟弟赶紧将哥哥拉回家中，弟媳烧水让吴青山洗澡，又为他张罗饭菜，吴青山痛痛快快地饱餐了一顿。他感叹道："五年多来，我没有吃过一顿饱饭，没有洗过一次热水澡，没有睡过一个安稳觉。"

因怕老母过于激动，弟弟没敢惊动老母，悄悄地叫来老父。老父望着兀立眼前满脸络腮胡子的流浪汉，愣怔片刻，一把抱住儿子失声痛哭。老父心疼地问："你这几年是怎么过的？"吴青山急切地说："你先别问，把两个孩子叫来。"儿女听说日夜思念的父亲终于回来了，冲出屋来到叔叔家，三人哭成一团。吴青山抚摸着坐在膝盖上的一儿一女，问："你们恨爸爸吗？"孩子们摇摇头。吴青山知道他们懂事了，有苦难言，心里更为难受。

他潜逃流浪五年后实在熬不住终于冒险回家探望，未料父母安然健在，儿女健康成长，都未辍学，心爱的儿子还学得一手好画。老父深情地告诉他，这一切都是上海新华路派出所热血相助的结果。吴青山边翻阅儿女在上海高楼大厦前留影的彩照，边听老父儿女动情地叙述，禁不住热血涌动，泪水涟涟。

老父的一番话，使失魂落魄的吴青山被深深震撼。在外漂泊五年之久，他被精神的十字架压得失去了生活之勇气，原准备此次回家最后瞅一眼挂念的父母和担心的儿女，便走上不归路一了百了。然而，上海警察的真情相助使他感动不已，麻木的心开始冰释。两个孩子拉着他的手苦苦哀求："爸爸，上海的警察叔叔阿姨对我们这么好，你不去自首对不起他们的一片好心。你只有去自首，才能得到宽大处理，免于一死。"

吴青山听罢踌躇不定，在老父和弟弟苦口婆心晓以利害的规劝下，不知所措的吴青山终于痛下决心，决定随他们去上海向警方投案自首。

翌日清晨，吴青山来到老母榻前，望着白发苍苍的老母，跪在地上失声痛哭。哭声惊动了老母，老母从梦中醒来后，见儿子兀立眼前，以为还在梦中，当朝思暮想的儿子拉着她的手时，她才信以为真，拉着儿子的手激动得老泪纵横。儿子将头埋在母亲的怀里哭喊道："娘，儿子不孝，对不起你的养育之恩。"老母抚摸着儿子的头泣不成声。

1999 年 9 月 26 日上午 9 时许，新华路派出所值班民警接到吴父从安徽长途汽车站打来的电话，告知儿子马上前来自首。民警们听罢顿时沸腾起来。是的，几年来热情相助的爱心行动终于感化了铁石心肠的逃犯。他们估计这些路途七八个小时便可抵达，全体民警下午在会议室等待着激动人心的一刻。分局王副局长闻讯也匆匆赶来焦急地等候着。然而，另一边吴青山一行因路途上发生交通事故，被堵了两小时，抵达上海后又到路边小店饱餐一顿，之后才打电话告知派出所。民警接到电话后急得直喊："你们就在长途汽车站等着，千万不要动，我们马上就赶到。”民警拉响警报迅即赶至长途汽车站，吴青山见到警车上下来的警察，自觉地伸出了罪恶的双手。

王副局长见到吴青山的一刻，动情地说：“你知道你爸爸为你操了多少心，你的孩子吃了多少苦，我们派出所的民警为你担了多少心？”

吴青山泪流满面：“我都听说了，谢谢王副局长和民警们的大恩大德。我父母和孩子之所以有今天，全靠你和派出所的民警关心，谢谢！”说罢突然跪了下来。王副局长赶紧拉他起来：“吴青山，你不要这样，这是我们民警应该做的。你今天主动上门来自首，是对我们民警的最好报答！”

王副局长又紧紧握着吴老翁的手，动情地说：“谢谢你规劝儿子主动前来自首。”吴老翁淳朴地说：“应该做的。”她见吴老翁脸色灰暗，马上嘱附韦所长：“明天送老人到医院去检查一下，好好治病。”第二天，警察开车将老人送到部队医院，医生得悉情况后热情相助。而后为了感谢吴老翁的厚道相助，派出所每两个月为他寄一次药，直到其2008年病故。

临别，王副局长拍着吴华的肩膀，表态说：“如果你考上大学，我们将资助到底，直到大学毕业。”2005年，吴华通过刻苦努力，如愿以偿地考上安徽科技大学，他是全村第一个大学生。派出所履行承诺，每年暑假派储明湖驾车去大学给班主任送一万元捐款，作为吴华的学费和生活费，直到其五年后毕业。

2000年11月，上海市第二中级人民法院根据吴青山投案自首的情节，判处其无期徒刑。监狱根据其积极表现，先后四次减刑，并于2016年将其释放。吴青山出狱后取得了驾照，找到了工作，并找到了另一半，准备建造新房，开始新的生活。■

▷ 2018年夏，吴华给老民警储明湖送喜糖

珠宝公司员工监守自盗，用网上定制的莫桑石调包真钻石，上演了一场“狸猫换太子”的闹剧。

真假钻石

■王 芸

△刑警登记假钻石

一

2020 年 11 月的上海秋高气爽，蓝天白云。在这样的好天气里人的心情自然不错。可某珠宝公司陈总却心情灰暗，头皮发麻。他刚走进办公室，就接到了生意合作伙伴张总的一通责问电话。

电话刚一接通，对方的话语就像连珠炮似的，气咻咻地说：“陈总哪，最近你生意上是不是遇到什么困难了？有困难你可以直接说嘛，玩阴招就没有意思了。咱们可是多年的老朋友，合作过多少次了，你要动歪脑筋也不能动到我身上啊。兄弟，你说是不是？”

一番话把陈总呛得有点发蒙，他愣怔了一会儿，忙不迭地问：“张总，你这一番话不知从何说起，我真不知兄弟哪里做得不到位。你就明说吧，你发这一顿飙，我真是一头雾水哪！”听他这样说，张总平缓了一下语气说：“陈总，咱们也不绕弯子了，打开天窗说亮话，你上次抵押到我们公司一颗钻石我觉得有点问题，外观、规格、编码等方面都看不出啥，但一上秤重量明显比真钻轻了不少，我怀疑是假的。”

陈总哈哈大笑，自信地说：“张总，我们的钻石都是从正规渠道进的货，绝对是行货，都有鉴定证书的，这一点你完全可以放心。”

张总还是不依不饶，语气依旧不客气：“陈总，你们进货情况我是知道的，但我手里这一颗钻石肯定有问题，我们在电话里也不要打口仗了，要不，你自己拿回去仔细鉴定一下再说，是真是假，不就清清爽爽了？”

话说到这个份上，陈总也不好说什么了，答应派人去把那颗钻石取回来。

抵押给张总的是一颗 3.09 克拉的钻石。钻石拿回来后，陈总戴上手套，把钻石对着阳光仔细端详一番，看不出有什么问题。他又称了称分量，显示的结果让他吓了一大跳，确实分量比真钻石差了不少。陈总心里猛地一沉，钻石莫不是被人调了包？这事非同小可，这一颗如果被调包了，那么公司其他 500 多颗钻石呢？是不是安全？想到这儿，陈总惊出一身冷汗，脑子里像钻进了不少马蜂，嗡嗡直叫。他深吸了一口气，让头脑清醒了一下，接着考虑下一步的对策。到底有多少颗钻石出了问题，看来兜底翻是不可避免了。他马上吩咐手下的员工停下所有的工作，集中精力对公司所有的钻石进行彻底大盘点。一番昏天黑地的忙碌之后，结果报到了陈总这里。钻石的总量账物一致，没有缺损，但冒出来了一个新问题，多颗钻石的 GIA 证书和 NGGC 证书不见了。这里需要解释一下，GIA 证书是美国宝石学院出具的钻石等级证书，是全球公认最权威客观的鉴定证书。NGGC 证书是国家金银制品质量监督检验中心出具的钻石等级证书，在中国境内通用。证书相当于钻石的身份证，上面标注了每颗钻石对应的各种参数。钻石和证书配套在一起，就可以在黑市进行畅行无阻的交易了。陈总又被惊出了一身冷汗，接下来该咋办呢？他也没有招了，唯一的办法只有报警了。

二

3.09 克拉钻石怀疑被调包，价值近 10 万元，可不是个小案子了。上海市公安局青浦分局刑侦支队刑九队接到报案后，立即会同属地派出所徐泾所到珠宝公司了解情况。九队队长刘峰今年刚满 40 岁，在刑侦这条线摸爬滚打多年，侦查经验相当丰富。在他多年的办案经历中，这种类型的钻石案也是第一次碰到。他仔细了解了珠宝公司对钻石从采购、保管到展览的工作流程。

公司从国外采购进来的钻石，都是有 GIA 证书的，证书编号刻在钻石的腰棱上，也就是说从源头上排除了是假钻石的可能。钻石买到手后，先是由采购部员工经手，填写相关表单，签字后放入保险箱保管，放入时由库房经理和采购部员工两个人共同操作，一人刷脸，一人输保险箱密码。遇有展览或需要销售时，再由库房经理和销售人员一同把钻石取出，进行布展和销售。收工时，再由销售人员和库房经理对钻石清点数量后放入保险箱，不作真伪鉴定。

钻石是不是真的被调包，口说无凭，必须得有权威部门出具的鉴定报告，拿到确凿的证据才能着手进一步立案侦查。

根据刘峰队长的建议，珠宝公司分批次对所有钻石进行了鉴定，鉴定结果让陈总顿时傻了眼，总共有 7 颗钻石被调包成了莫桑石，价值 700 余万元人民币，这个结果也让刘峰惊得瞪大了眼睛。

莫桑石，虽然与钻石“样貌”极为相似，但却是合成产品，学名叫“合成碳化硅”，价格与钻石有着天壤之别，一般只有钻石的十分之一甚至百分之一。

7 颗钻石，700 多万元，真是桩物小价高的惊天大案。当日，刑九队即立案侦查。刑科所的刑技人员也来现场勘查，可对钻石保管场所里里外外勘查一番后，发现并无任何外部入侵痕迹，而且莫桑石的腰棱处也有编号，且与调包的几颗钻石证书编码只有首字母不同，后面号码完全一样，这不是用巧合就解释得了的，因为外人是无法知晓证书十几位编号的。据此，刘峰判断应该是内部人员作案。

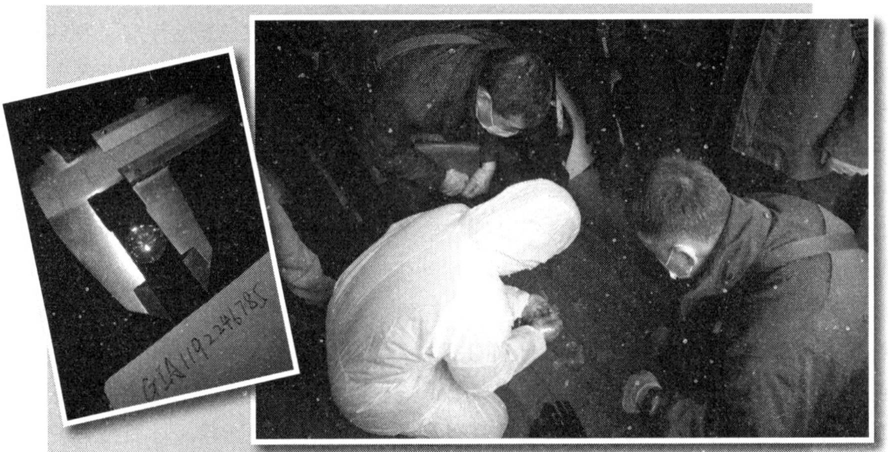

△ 民警鉴定真假钻石

虽然案件性质初步明确了，但这个案子难度可不小。调包所用的莫桑石从外观、规格、编码等信息上看与真钻石极为接近，即使是专业人员也需要借助仪器进行鉴定；珠宝公司最后一次清点失窃钻石的时间是 2019 年 11 月，距案发时隔近一年，确定嫌疑人作案时间并非易事，更无现场痕迹可以提取；珠宝公司 500 多颗钻石，每日根据顾客需求取出查看的次数较多，加上钻石体积小、易携带等因素，更加剧了破案难度；珠宝公司内部虽然监控探头覆盖密度高，但保存时间只有一个月；此外，2020 年间，珠宝公司员工多次携带钻石外出展览，且所带钻石不一，前后接触过钻石的人员较多……种种不利因素的叠加，致使案件的侦破难上加难。

刘峰知道这次遇到了难啃的硬骨头，但在刑侦战线磨砺多年的他血液里早已多了股不服输、直面挑战的因子。

三

既然是内部人员作案，刘峰等人就把工作精力放在内部员工的排查上，近期突然离职或经济反常的员工都是重点排查的对象。

侦查开始没多久，就跳出了两个嫌疑对象。男的叫胡祥，女的叫王芳，两人都有珠宝鉴定资质，从事珠宝销售工作。当营销经理声称近期要进行货品盘点时，两人突然就离了职，而且员工中私下里还流传着这样一个说法，胡祥迷上了赌博手头比较缺钱，王芳需要回老家买房。这个线索一出来，侦查员一阵兴奋，认为这个案子八九不离十了：两人都缺钱用，有充足的作案动机。营销经理说要盘点，两人吓得没了方向，怕露馅儿所以才脚底抹油了。

但侦查员深入调查后，发现情况并非如此，两个人的嫌疑也一一被排除。大家一时没了方向，急得直挠头。

刘峰想，嫌疑人是因为缺钱才对钻石垂涎欲滴的，得手真钻石后，必然要出手变现，不变现的话，几颗钻石在急着用钱的嫌疑人眼里就是一堆晶莹剔透的“碎玻璃”而已。他想到了调查钻石的去向。如果能调查出被调包的钻石已经流入了市场，再溯源反推是谁把这颗钻石卖出来的，顺藤摸瓜，就可以揪出嫌疑人来。理想很丰满，现实很骨感。刘峰等人到钻石市场转了一圈，发现市场里鱼龙混杂，私下交易也屡见不鲜，追查钻石的去向几乎不可能。

这也无路，那也碰壁，侦查工作一时陷入了僵局，这道数学题看似一时半会儿找不到好的解题方法。刘峰那段时间食不知味，夜不能寐，脑子里整天想着怎么找到突破口。

灵感有时候就在电光石火间迸发。既然钻石的去向不好查，那就查谁买了作假用的莫桑石。如果能证明是他买的莫桑石，而且莫桑石跟本案有关联，或者说就是他的作案“道具”，那铁板钉钉他就是嫌疑人了。

侦查思路一调整，很快，案件就迎来了曙光。一个入职仅 7 个月且于 2020 年 6 月离职的男性销售员王力进入了侦查员的视线。

通过进一步侦查发现，自 2020 年 1 月起，王力多次在某网店定购莫桑石，而且还在莫桑石的腰棱上打了编号。

网店在广东，侦查员又出差到了广东，找到了出售莫桑石的网店店主。由于出货量巨大，加上时间太长，店主想不起来关于王力的一些细节，但提供了两份至关重要的证据：一份是购买记录，王力购买莫桑石的尺寸、腰码、分量都与珠宝公司被调包的钻石相一致；一份是快递寄送记录，分别是王力在网店留的送货地址以及王力本人的手机号码，而送货地址正是王力租住的地方。

据此，王力有重大作案嫌疑。掌握了这些确凿的证据，专案组对王力进行了抓捕，并对他租住的地方进行了依法搜查，但遗憾的是，里里外外都没有找到那些钻石的下落。

四

王力到案后，起初对盗窃珠宝公司钻石的行为百般抵赖，但当侦查员抛出了他的网店购买记录等铁证时，他不得不缴械投降，交代了作案动机和犯罪事实，随后侦查员在王力租房衣橱里的一条西裤口袋里起获了 6 颗被盗钻石。

回头看看王力的心路历程，不禁让人唏嘘，一个拥有本科学历的大学生，竟然干下了这等荒唐之事。

2019年12月，王力应聘到某珠宝公司从事销售工作。在平时工作中，销售人员会用镊子练习夹取锆石。有一次，他们几位员工在讨论锆石和钻石有啥区别时，胡祥就和他们说，有一种莫桑石的人工钻石和钻石极为相似。他还开玩笑说，如果是他的话，就用莫桑石把钻石调包，神不知鬼不觉的，公司肯定发现不了，钻石到手后就拍屁股走人。

说者无心，听者有意。王力把胡祥的话记在了心里。他那个时候经济比较拮据，老婆还在读书，房租、孩子花费、日常开销的压力都在他身上，对钱的极度渴求让他萌生了罪恶的念头。他开始上网搜索莫桑石与钻石的区别，学习钻研了钻石的相关知识。

有了一定的理论储备之后，王力开始付诸行动了。他先在网上找到了一家店铺，老板说他们店可以定制莫桑石的尺寸、纯净度及腰码。第一次作案，他不敢太大胆，看中了一颗1.5克拉的钻石。他在公司内部系统里查询这一颗钻石的分量、色度以及GIA编号，用手机拍下来，然后发给网店老板，要求定制一模一样的莫桑石，老板开价360元。一周后，网店老板通过快递发货给他。王力拿到莫桑石以后，用单位配发的显微镜粗粗看了一下，还是很满意的，虽然腰棱上的号码是CIA打头，在色净度上也有点小瑕疵，但足以以假乱真了。

王力把那颗莫桑石带在身上，他在等待着一个调包的绝佳机会。不知道煎熬了多少天，终于等来了机会。这一天，营销经理通知他们准备好钻石外出展览。趁大家在二楼会议室埋头专心地整理钻石时，王力偷偷地将那颗1.5克拉的真钻石调了包，然后将钻石拿回家藏在衣橱西裤口袋里。

做了坏事自然心虚，刚开始几天，王力坐卧不安，心里七上八下，怕被公司发现。但过了不少天，什么都没发生，一切风平浪静，他悬着的心才放了下来。他在网上找到了一家二手奢侈品回收公司，对方客服给了他一个地址，于是他就带着钻石过去谈价钱，最终卖了93800元，得来的钱很快就被他挥霍殆尽。

有了第一次“成功”经验做铺垫，王力的胆子越来越肥，把罪恶的目光瞄向了更大分量的钻石。他如法炮制，先在网上定制相同规格的莫桑石，然后趁公司组织销售员到哈尔滨、昆明外出展览的机会，趁人不备又分两次调包了6颗钻石，分量从2.2克拉到6克拉不等，在犯罪的道路上越滑越远。

得手后，王力便立即提出辞职，不明就里的领导也就同意了他的申请。最为可笑的是，为了瞒过家人，他每天假装正常上下班，却躲在家门口附近的商场里一边刷手机、打游戏消磨时光，一边盘算着什么时候再把那6颗钻石变现。直到被抓的那一天，他的妻子才知道自己的丈夫居然背着自己已经辞职了将近半年，而且还犯下了重罪。

人一旦被贪欲蒙蔽了双眼，就看不见自己所付出的代价，即便是走向悬崖也浑然不觉。王力就是被一时的贪欲迷了眼昏了头，向本不属于自己的财物伸出了罪恶之手，结果使自己陷于不能自拔的深渊。

等待王力的将是年数不会少的牢狱之灾。■

（文中涉案人员均为化名）

昭陵，位于陕西省礼泉县东北的九宗山上，其规模恢宏，于世罕见，有“天下名陵”之称。除唐太宗李世民的陵寝居高临下，坐落在陵园北面的山上，因其险峻未被盗窃之外，昭陵的皇亲国戚和文臣武将陪葬墓多被盗掘。墓中珍宝，也被洗劫，其中唐韦贵妃墓内的壁画，被盗走15幅之多。是谁盗走了这些价值连城的珍宝？

唐昭陵壁画蒙难记

■ 郭 群

△ 被盗的部分珍贵壁画

生命代价世间没有后悔药

枪声响了。

接连三枪，回荡在渭北九宗山昭陵旁边的陕西省礼泉县城。

三个人面朝黄土应声倒下，扑在地上。他们依次是罪有应得的李少、高卫、苑冬。

时间是2000年1月30日上午10时。

至此，惊动中外的盗窃唐昭陵博物馆馆藏唐韦贵妃墓出土壁画案，历时六年艰苦曲折的侦审，终于尘埃落定，宣告结案。

掰着指头算来，离过年不过只有四五天吧，可惜，他们终究没有挨过新世纪的第一个龙年春节。

在早，李少估摸，无非是盗了 15 幅壁画呗，大不了判上几十年徒刑；后来，一审判决下来，他吓了一跳，不仅自个儿，还有高卫、苑冬几个，竟都判了死刑，他的心就冷了。

他们不服，分别提出上诉。可他清楚，已经无济于事。这个案子，即使枪毙一个，也只能是他。他是主谋、首犯，不杀他杀谁？

那时，他只盼着早点毙命拉倒，反正必死无疑，省得活着受罪。然而案子一拖再拖，竟然又是几年。

看来，即使是他们这样的有罪之人，国之大法仍然是慎重的。人头落地，毕竟是收不回来的。

关在看守所的日子里，他渐渐感到，活着仍然是好的、美的。哪怕是这种失去自由被严加看管的活。监狱里有电视，每天都组织学习教育，他仍然能知道这世界上的事。

他昏吃昏睡，日子过得噩梦一般，心里默默地祈愿，多活一天算一天，总比死了强。

他不迷信，知道并没有另一个阴间世界。死就等于完蛋，一堆臭肉很快就会腐烂。而活着，至少可以闭着眼睛，回味为非作歹的过去，花天酒地的享受……

可是，最后的时刻还是来了。这天早晨，他一听问他想吃什么就傻了眼。那碗瘦肉臊子干拌面，按照他的意愿端了上来，可他看了一眼，却一直没有去吃。

后来，他就被拉出了号子。

好好看看吧，这就是你生命最后的日子所待的地方。

看守几乎是哀切地正告他：记住，下一辈子好好做人，可别再到这地方来呵！

下一辈子？真的还有下一辈子吗？扯淡！

李少你感到悔不悔啊……他一脸死灰地翻一翻鱼肚白眼，不语。

他已然木雕泥塑，铁石心肠，冷面死心了！

荷枪实弹的武警押解着他，一步一惊魂地走出看守所。

蓦然回首，最后一瞥，大门两旁的标语赫然映入眼底：遵纪守法，校正人生方向；珍重生命，勿做历史罪人。

突然，不知为什么，他的眼泪一下涌了出来。这是他少有的最后的眼泪。

他哭着，身不由己地被架上刑车，忽然开口说话，狠狠地骂了一句：狗日的李少呵，是你糟踏了自己……接着，囚车里便响起鬼哭狼嚎般的号啕……

千年瑰宝冷落壁角遭浩劫

昭陵，位于陕西省礼泉县东北的九宗山上，陵园总面积达30多万亩，有200多座陪葬墓。其规模恢宏，于世罕见，有“天下名陵”之称。

唐太宗李世民的陵寝居高临下，坐落在陵园北面的山上，俯瞰着成扇形布展在南面山坡和平原上众星拱月般的陪葬墓群。

昭陵陪葬，多是李世民的皇亲国戚和文臣武将。著名的谏臣魏征，以及房玄龄、程咬金等人，都埋在这里。

历史迁延，时间久远，除了太宗之墓由于巍巍乎高高在上，独出心裁地修建在九宗山的险峻之处，因而至今未曾被盗之外，其余陪葬陵墓，历朝经代，多被盗掘。墓中珍宝，也被洗劫。

壁画得以留存，那是因为绘在墓内土墙作壁上观，既不好拿走，更可能少有人识得其历史文化特殊价值，从而被历代盗墓贼遗漏。

解放以来，特别是近 20 年间，国家有关部门有计划地对昭陵一些被盗的陪葬墓，进行了清理或抢救性挖掘，先后出土壁画 84 幅，共 200 多平方米。

这些壁画在陕西乃至全国文物界影响很大。因它不仅数量颇大，更在于历史悠久，距今已有 1300 多年，属于唐代宫廷壁画的早期作品。

这些壁画的人物千姿百态，形象各异，有婀娜多姿的侍女，翩翩起舞的乐伎，来自域外的使者、雍容富贵的宫女、游僧方士、武官和卫士，等等。

其色斑斓，线条明快简洁，风格雄健遒劲，又不无细腻精致，是中华民族弥足珍贵的历史文化遗产。

壁画的珍贵，还在于它的“孤本”性质和剥离揭取的困难，稍不小心，就可能粉碎，顷刻间化为尘土。

1990 年，昭陵博物馆请来专家，对唐韦贵妃墓进行清理挖掘，从墓道的墙壁上取下壁画 27 幅。

壁画夹在木板当中，并没有得到应有的重视，临时存放在该馆东展室一角，久而久之，连保管员也将其遗忘。

说起来几乎令人难以置信。当时的昭陵博物馆东展室里，有用玻璃柜加锁陈列展览的部分出土壁画的复制品，而宝贵的文物真品壁画——那 27 幅出自韦贵妃墓的瑰宝，却被扔在展柜与后墙之间一米多宽的夹道之中。仅仅是在夹道两边各安装了一扇木门，上了两把铁锁而已。由于顶部完全敞开，如同一个没有盖子的方盒，实在谈不上多么安全。如此珍贵的文物，为什么没有及时存放进保护措施严密的仓库?

按照正常管理规定，每个展室有两道门，一道木门，一道铁门，两把钥匙也分别由两个人保管，只拿一把钥匙是无法进入展室的。

唯一的解释，只能说是这里原来的领导管理混乱，而保管人员安全意识还不够强。

因为东展室陈列的真品较少，加上壁画让人感到是一块土坯，没有引起足够的警惕和重视。值夜班的保卫人员，从来就不去那里巡视，展室内更没有报警设备。

几年间，博物馆领导和东展室保管员几易其人，多次更换，但他们之间没有起码的交接手续，以至于新来的保管员尚不知展柜后边还有个临时性仓库，而库里沉睡着的正是 27 幅极为贵重的壁画真品!

真是有眼无珠，守着国宝不识宝啊!

与此相反，在此期间，却有一双虎视眈眈的贼眼，牢牢地盯上了这些国宝，并且在管理人员的眼皮下面，神不知鬼不觉地偷了大半壁画。

那是 1994 年 11 月 23 日，为迎接咸阳市文物系统开展的“四优”活动检查，当时的保管员周某开始打扫东展室的卫生，当他扫到临时仓库时，眼前的情景立马让他目瞪口呆了：27 幅壁画，只剩下了 12 幅。

那些丢失的壁画，曾经由国家文物鉴定委员会技术鉴定，分别属于国家一级文物的6 幅，二级 7 幅，三级 2 幅。这些壁画，因为是研究初唐绘画艺术不可多得的原始资料，同时对于唐代政治、经济、文化风俗等方面的研究，有极高的史料价值，加上它不曾重复的独特性，更决定了它是没有定价的，是故，也是无法用钱衡量的无价之宝。

恶夫恃强拉妻入坑成罪人

相隔一天，11 月 25 日，咸阳市公安局才接到礼泉县的报案。

主管刑侦工作的副局长、刑警大队大队长，以最快速度赶到昭陵博物馆，并会同县公安局，当即组成了专案组。

现场勘查和内查外调，以博物馆为中心向外辐射，很快展开。根据痕迹，勘查中发现，在展柜顶上的一只不完全的脚印，其上面覆盖着一层灰尘。

侦查员们判断，案发至少在一年以前。

又根据丢失壁画较大（最大相当于双人床面积）较重，断定作案至少在两人以上。

于是，侦破工作就有了一个相对的具体范围。即：对周围情况熟悉，有东展室钥匙或能接触到拿钥匙的人，具有相关文物知识或了解文物行情，胆大妄为可能有过前科劣迹，年龄在 20 岁至 35 岁之间，等等。

这天下午，专案组在摸到的 30 多条线索中筛选，疑点定在了一个叫李少的人身上。李少是礼泉某供销社职工，后停薪留职，闲混社会。他的妻子吴燕燕在博物馆工作，他本人也在馆内居住。群众反映他近来暴富，仅为其父过寿就花去四万元。

11 月 26 日傍晚，馆外调查组带回一条重要线索，有人反映，礼泉县赵镇个体运输户刘某，前几个月给李少往广州运过一车货。

为避免打草惊蛇，专案组连夜传讯刘某。据其交代，1994 年 8 月 14 日，李少让他用卡车载一辆马自达轿车去广州修理。车到西安纺织城后，李少的朋友，西北国棉某厂工人苑冬，又往车上放了 20 多个纸箱。到广州后，有两帮人还为接货发生争执。为此，李少的三哥李辉，还专程到广州调解。

一次吃饭时，有一自称港商的人告诉刘某，这批货值 60 多万元。刘某问是什么货，港商附耳低语，说是古董。

专案组连夜出击，但只抓住李辉和李少之妻吴燕燕。

一连两天，吴燕燕要么一言不发，要么独自垂泪。一直等到第三天，她的防线才告崩溃，终于供出了那个让她又爱又恨的男人：壁画是李少偷的。说起自己的丈夫，吴燕燕心里就像打翻了五味瓶，她爱他，因为他是她的丈夫。在她所受的教育中，丈夫是一个家庭的顶天大柱。但她对他更多的却是恨。因为他让她饱受屈辱。

李少停薪留职后，就开始放荡不羁，不仅不经常回家，还在外面和不三不四的女人鬼混，曾因嫖娼被咸阳市公安局渭城分局收审。对这样屈辱的生活，吴燕燕只得逆来顺受。因为李少是礼泉北屯乡一带有名的恶人。

李家兄弟五个，除了老大忠厚老实，其余个个都是横行乡里的混世魔王。一人有事情，兄弟齐出动，不打得对方跪地求饶决不罢休。老五李少不仅生性凶残，而且诡计多端，是他们的狗头军师。自停薪留职后，李少手头越来越紧，就整天盘算怎样想法儿弄钱。

要想富，先挖墓，一夜成个万元户。一句当年颇为流行的顺口溜儿，一下子让他灵醒。自己老婆就在昭陵博物馆，正好掌管东展室的钥匙，干吗不从这里入手?

1992 年秋天，在外游荡很久的李少回到他在博物馆的家里。一天，吴燕燕值完夜班，李少对她说："把钥匙用一下。""你要干啥？""拿两张壁画。"这可不是闹着玩的。身为博物馆工作人员的吴燕燕，知道事情的严重后果。她坚决不给他钥匙。李少立即露出了凶残的本性，他一把将妻子推倒在床，双手掐住她的脖子，恶狠狠地说："再不给就掐死你。"吴燕燕知道他会这么做的，她流着眼泪交出了钥匙，看着丈夫急匆匆冲出门，一头扎入漆黑的夜色之中。

贩真造假贪念膨胀不可收

李少蓄谋已久，拿到钥匙，鬼鬼祟祟来到博物馆的东展室。

他的同伙儿郭大、高卫、武社、李峰早已在那里等候。按照李少的安排，高卫等三人用钥匙开门进入东展室，提出三幅壁画，由李少及馆墙外的武社接应，将壁画用车拉至郭大家。

初秋的深夜，寂静清冷，沉沉夜色拉起帷幕，把这一罪恶掩藏了起来。

翌日，李少和西安的文物贩子苑冬取得了联系，苑冬立即驱车到郭大那儿拉走了三幅壁画，并留下一万元钱。李少等五人，各分得数千元赃款。

至此，开始还千方百计阻止丈夫偷画的吴燕燕，在得知李少盗窃得手后，却表现异常，出奇地镇静。她守口如瓶，并在其后两年案发之时，为李少通风报信，协助其潜逃在外。最终结果可悲可叹，她堕落成为协从和参与李少等人盗窃的共犯，受到了罚款二万元并处以有期徒刑三年的惩罚。

此后不久，苑冬主动找到李少，说壁画脱手很快，让他想办法再搞几幅。李少提出加价，苑冬满口答应。李少便找到东展室另一名姓窦的保管员，说是借用钥匙去展室取个东西。

因为是同事的爱人，窦保管员不假思索，就把钥匙拿给了他。李少拿了钥匙，飞快地骑摩托到镇上配了一把，然后若无其事地又把钥匙交还窦某。

后来，李少多次盗壁画，就是用的这把钥匙，来去自由，如入无人之境。而窦某竟毫无戒备之心，案发后李少交代出钥匙来源的时候，他却把这件事忘了个一干二净。

有了钥匙又有了上一次的盗画经验，第二次盗壁画李少等人就毫不费力，简直是轻而易举又偷出了两幅。

第三次他们来盗窃展室壁画是 1993 年 6 月，李少当时竟悠然自得地点起一支香烟，甚至粗心大意地将打火机掉到地上，直到第二年，他们第四次故地重游，才意外地发现，这个打火机还在原处。

如此这般，从 1992 年 8 月底至 1994 年 8 月，短短两年时间，李少等人先后四次窜入东展室的临时库房，共盗取珍贵壁画 15 幅。

与此同时，在他们第一次出手所盗壁画之后，李少等人就打起了另外一只如意算盘：既然能冒这么大的风险偷取壁画，为什么不能做些复制品来卖？

于是，李少通过关系，认识了西安美术学院附中的刘某和西安冶金学院建筑班的学员贾某。李少重金请两人到博物馆“参观学习”，仔细研究壁画的创作风格，然后在墙壁上复制壁画，通过做旧使其达到以假乱真的程度。这两人共为李少复制壁画 40 余幅。

此间，李少又看上了昭陵博物馆的美工卢某，他复制的壁画自然是巧夺天工，因为博物馆内展出的复制壁画，全出自此人之手。而卢某这些年在工作之余，也复制了多幅壁画，于是两人一拍即合，李少以每幅壁画 4000 元的价格购买卢某的复制品。

在不到一年的时间里，李少先后从卢某处购买复制壁画 21 幅，给卢某 4 万元现金，另欠 4 万元。案发后，卢某的非法所得理所当然全被没收，还落得个关押两年的下场。

伙同李少盗窃壁画的郭大，虽然只有初中文化程度，却自幼喜爱绘画。当他看到李少让人复制壁画也能卖个好价钱时，不免心动手痒，他用泥土石灰制作墙皮，然后在上面仿制壁画。经过一番特殊加工，制作出一幅唐代侍女图，竟也能够以假乱真。画中侍女体态丰腴，神清气爽，尤其是侍女所着衣裙迎风飘逸，颇有点吴带当风的味道。可惜百密一疏，郭大万没有料到，他和泥时不小心将一颗麦粒砌进了墙皮，这一颗小小麦粒却让他大大吃了苦头。

李少经手，将这幅假壁画以 60 万元人民币的价格卖给了一位港商。那港商对这幅画钟爱有加，想着这一转手，必定卖他上百万元，就喜不自禁做起发财梦来。他拿起放大镜仔细揣摩起画来。突然，一颗染白的麦粒映入眼帘，港商大吃一惊，恍然明白了这是一幅假画。此后不久，几名香港黑社会的人找到李少，要杀他。李少苦苦哀求，才以退还 60 万元购画款外加 60 万元补偿费的代价保全了性命。

气急败坏的李少如法炮制，手持利刃来找郭大，也是要立马砍他不可。郭大惊慌失措，指天誓日向李少保证，亲自去偷两幅真品壁画谢罪，这场风波闹剧才得以平息。

噩梦成真终究走上不归路

逍遥法外的日子没过多久，盗窃一案东窗事发。

公安民警进驻博物馆的当天，家在馆内的李少惶惶如丧家之犬，随即逃窜。

这天，他和同案犯高卫来到西安，在火车站附近的尚德路宾馆，径直找到了女服务员李庭。李庭是李少在西安的一个情人。三人嘀咕一阵后，便小心翼翼地离去了。

李庭带着这两个人，登上开往蓝田的班车，首先来到蓝田大寨乡胡家巷村她姑姑家。其姑正给孙子过满月，家中人来人往，宾朋满座。他们一看家中人多，怕出意外，未敢久留，就又转往旬阳李庭的表姐家中藏身，却被婉言拒之门外。无奈，李庭只好将两人带回其老家镇安县，在村外的一个空房里暂且安置下来。

这是陕南山区一个偏僻的小村。村民各守着自家几亩薄田瘦山，落后封闭，对外界事一贯漠不关心。终日龟缩在小屋里的李少，暗自庆幸找到了一个好的藏身之地。

与此同时，专案组抓捕案犯的工作也正紧锣密鼓地展开。然而查遍李少的亲朋好友，却丝毫没有进展。

这时，咸阳渭城分局的一宗案卷，使专案组迎来“柳暗花明的又一村"。

李少贩卖文物后生活腐化，每到一处都和不良女人鬼混，曾留有案底。专案组以此突破，找出与李少有关系的七八个女人审讯，但仍无人知其下落。

后来，他们又查出和李少过从甚密的西安尚德宾馆服务员李庭突然神秘失踪，便找到李庭在西安的姑夫，方得知他孙子过满月那天，李庭去过蓝田他家。可等到侦查员赶到蓝田，李庭又早不知了去向。

大家分析，李庭极有可能回到镇安老家躲藏。

12 月 14 日，群山环抱的镇安县城大雪初霁，显得分外洁净美丽。但大雪也给侦查员的千里追逃带来了极大的困难。

李庭的家位于半山腰的梅花乡乡仲村。为了赶时间，侦查员找到当地派出所两名民警，在他们的带领下直奔目的地。隆冬季节，白天特短，没走几里，周围已是夜幕笼罩。他们借着微弱的手电光，艰难地爬行在羊肠山道上。

带路民警看到他们四人气喘吁吁实在辛苦，建议休息一下。可是案情重大，容不得片刻耽搁，他们硬是汗流浃背地赶过这 12 里山路，于深夜 12 点到达李庭的家。

敲开门后，屋里只有李庭的兄嫂，他们对民警说：“李庭根本就没回来。”

机警的民警叫醒睡梦中的孩子，问道：“你姑干啥去了？我们来给她送点东西。”

孩子脱口而出：“我姑和爷爷奶奶到山上老屋去了。”

原来，李庭这天刚将案犯李少转移到山上的老宅，此时正和父母给两犯安排住处。民警连续追击，继续往山上爬。走到中途，听到对面有女人说话，他们迅速埋伏下来，将来人逮住。

来人正是李庭和其父母。民警们给李庭口里塞上毛巾让其带路，很快来到一旧屋前，破门而入，发现床上躺的正是李少和高卫，床前还放着一把二尺长的斧头。两犯迷迷糊糊被逮后很是吃惊：“你们是咋跑到这儿来的？”

在西安，一场围剿苑冬的行动也在加紧进行。苑冬曾在咸阳渭城分局犯案，此刻正取保候审。

西安警方找到他的保人，保人透露说，他前一阵曾和女友陈某通过电话。

陈某说：“如果想知道苑冬的下落，我可以把大姐的传呼给你。”

“大姐”何许人也？原来是陈某前夫的桂林老乡。陈某目前在西安经营一家歌厅，和老板曹某同居。

12 月 20 日，侦查人员将陈某押回咸阳，终于得知“大姐”的地址。

21 日，两名民警飞往桂林，可陈某所说的地址正在拆迁，谁也不知“大姐”搬往何处。

陈某被抓后，曹某惶惶不安，主动到西安市公安局投案，说出了苑冬在桂林的地址。

恰巧苑冬派人从桂林来西安打探风声，曹某随即报告了公安机关。

西安市公安局派民警押着来人，在桂林将苑冬一举擒获。

与此同时，12 月 17 日，另一名嫌犯也在新疆落入法网。

1995 年元月，郭大在礼泉被捕。

◁ 盗画主犯李少受到法律制裁

▷ 盗画主犯高卫受到法律制裁

1997 年 3 月，李峰被捕。

至此，除武社在外逃窜，几名主要案犯全部被擒。

在广州警方的配合下，咸阳警方从澳门等地追回壁画 19 幅，其中真品 2 幅。

痛心疾首诸多谜团几时解

唐昭陵壁画被盗，教训深刻极其惨痛。

案件侦破审理艰难，多次反复，历时六年，动用警力、物力不可计数。

此案惊动全国，也引起了国外有关方面的关注。

英国伦敦珍贵文物艺术研究中心先后多次与我国文物管理机构取得联系，主动为失窃的昭陵壁画免费上网，全力帮助寻找流失海外的国宝珍品。

令人扼腕痛惜的是，在待追回的12幅壁画之中，只有9幅上了网，其余3幅，因博物馆没有真品照片，而无法入网访问。

另外一幅真品，不久前被西安市文物稽查大队追回，现存于该大队。

原为西北某棉纺厂职工的文物贩子苑冬，是这些壁画的主要出手之人，也是李少等人犯罪的直接诱导。李少经人介绍认识苑冬，并出资让其网罗同伙为他盗掘古墓，后又唆使其盗窃昭陵馆藏壁画，先后指使其将11幅真品和20幅复制品出售给广州及港澳文物走私贩子，从中牟取暴利。

这出悲剧终于在六年之后，以他们应得的严惩而落下帷幕。

咸阳市中级人民法院依法判处主犯李少，及其同伙高卫、苑冬、李峰死刑，高林死缓，郭大无期徒刑。涉及本案的被告人吴燕燕犯盗窃罪，李庭等六人犯窝藏罪，分别判处了五年以下有期徒刑。

一审判决之后，李少等人不服，分别提出上诉。

陕西省高级人民法院二审审理后，依法改处李峰死缓，高林无期徒刑，其余维持原判，同时核准了李少、高卫、苑冬判处的死刑。

与此同时，陕西省暨咸阳市文物管理部门，对昭陵博物馆有关领导及责任人进行了严肃的查处，先后有三位馆长、副馆长受到行政处分。

据有关方面分析，12幅尚未找到的昭陵被盗壁画，大多已转卖他乡，流落海外，这不能不说是遗憾多多，痛心疾首。

更令人迷惑不解的是，李少等罪犯盗窃的15幅壁画全部被卖到了广州，可两年后居然又在西安出现了一幅真品。

事情是这样的，1996年7月，不法分子肖某在西安市倒卖一幅文物壁画时，被警方人赃俱获。

经省文物专家鉴定，确认此壁画属昭陵博物馆被盗的馆藏壁画之第9号（系国家二级文物）。

据肖某交代，这幅壁画，是一个名叫李兴的人，因欠他一万元，于1994年2月抵押给他的。

而李兴早已在1994年“6·6”空难中亡故。于是，该案便成为“死无对证”的“无头”案件。

李少等人所盗的15幅壁画，均已全部运往广州，因为那边出售价钱要比西安高出许多。

陕西省高级人民法院结合审理此案，曾对此做过深入细致调查，但否认了还有其他人曾盗窃昭陵壁画的嫌疑。

同时，进一步核准并确认了此壁画正是李少等罪犯1994年6月盗窃昭陵博物馆壁画中的一幅。那么，这幅画又究竟是怎么“回”到西安来的呢?

此悬疑依旧悬疑，或要随同我们跨越世纪。

人们不禁要问，难道真的要成千古不解之谜吗！■

他们认为，一具无头无手的残缺尸体被特快列车运出北京，就如同把他们的罪恶一起运走一样。然而，两个月后他们就落网了，并随着京城第一起杀人碎尸案而出名。

血迹下面的神秘号码

■ 穆玉敏

△ 27 次特快列车到达丹东站

无主行李引出解放后北京第一起碎尸案

1979 年 2 月 25 日上午 8 时，从北京开往丹东的 27 次特快列车到达丹东站。乘务人员对车厢进行清理时，发现 6 号车厢的行李架上有两个无人认领的行李包。其中一个是灰色人造革旅行袋，另一个是白塑料布裹成的行李卷。

两件包裹被送到车站派出所，警员开包检查，不禁大吃一惊：两个行李包里竟藏着一具无头无手的男性尸块。丹东市公安局和铁路公安分处的刑侦技术人员接报后立即赶赴现场进行勘验。同时，以北京市公安局为主，组成了专案组，全力侦破这起新中国成立后北京第一起碎尸案。

装尸块的灰色人造革旅行袋长 60 公分，宽 22 公分，高 28 公分，两边分别印有北京农展馆和美术馆图案，拉锁的一端有北京产红卫牌黑色挂锁一把。袋内装着人体双上肢和双下肢，用一块白底绿条褥单布包裹，尸块切口处用棉花堵塞；肢体均被锐器切割断离，两下肢大腿外侧和小腿汗毛浓密；脚长 23.9 公分。

白塑料布行李卷长 70 公分，宽 40 公分，用一根三段组麻绳捆扎，最外面套着一个蓝白线织的网兜。刑技人员在白塑料布上发现一个雨鞋印，鞋前掌有波浪花纹，后跟有两条 13 毫米的突起花纹。塑料布里还有一块 5×3.5 尺的平纹紫布和一条 5×3.5 尺的旧棉套；躯干穿有 95 公分的圆领短袖针织衫一件；下垫有半张报纸和一件灰布长袖衬衣。躯干上有五处锐器切割造成的断离面，分布在颈下部、两肩、两髋。胸腔内上口塞有少量棉花。腹部凹陷，右下腹部有外伤手术疤痕，在躯干背侧有暗紫红色的尸斑。解剖后，经对内脏各部进行检查，除右肺尖有陈旧性的结核病灶已钙化外，未发现中毒及其他异常现象。死者血型为 B 型。

尸检表明，两个无主行李包里的无头尸块为同一尸源，因为缺少了头颅和双手，无法通过面貌特征和指纹确认死者身份。

专案组决定首先查明碎尸包裹上车的车站。27 次列车于 2 月 24 日 16 时 51 分由北京站发出，途经天津、唐山、山海关、锦州、沈阳、本溪、凤凰城等 11 个停车站，行程一千余公里。

为了加速工作进程，专案组下又分设了三个调查组：北京、丹东和沿途调查组，分别负责在北京始发站、丹东终点站以及沿途各站调查工作。

北京调查组首先在北京车辆段开展调查，走访 200 多名工作人员，均未发现线索。调查组把调查范围扩大后，工人郭兰新提供，2 月 24 日下午 16 时许，她在北京站一层中间大厅自动电梯下，曾见一个身穿深色棉衣的二十多岁的男人，腋挟一个又长又沉的塑料布包裹，乘电梯上到二楼。由于当时旅客很多，郭兰新没能提供挟包人的面貌特征。

沿线调查组的侦查员访问了列车经停的每个停车站，获悉坐在尸包下 28、29 号座位上的，是两个穿军装的人。

根据此线索，丹东调查组找到了坐在尸包下的军人。军人回忆说，他是从北京站上的车，上车后，行李架上已放满了行李，他见座位上方的灰色人造革旅行袋和白塑料布行李卷摆放宽松，想挪动一下放自己的旅行袋，挪了几次都因很重没挪动，他感觉行李软乎乎的，应该不怕压，于是就把自己的旅行袋压在软乎乎的行李卷上。一路上没有人动过这两个很重的包，直到他在丹东下车时，依然没人动。调查小组的同志拿出两个尸包的照片请军人辨认，军人确定就是一路没人动的那两个行李包。

专案组由此确定，碎尸包是在北京被放上火车的。

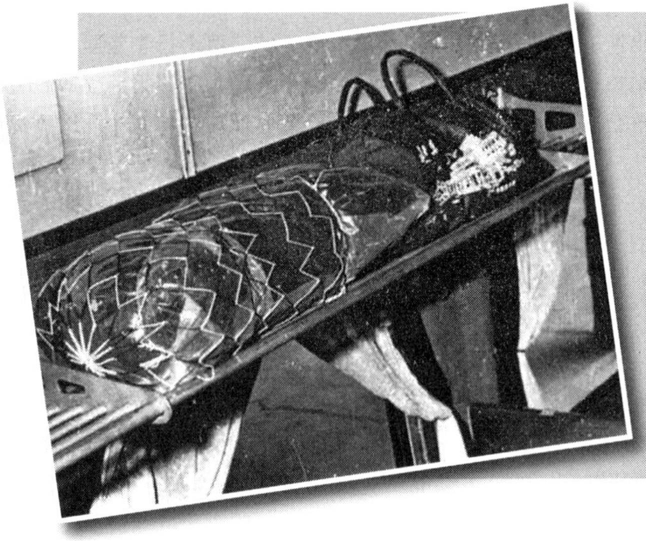

◁6号车厢行李架上两个无人认领的行李包

无头尸患过肺结核做过盲肠手术

进一步调查发现，包碎尸的灰色人造革旅行袋、红卫牌锁头、灰布长袖衬衫和死者身穿的圆领短袖针织衫，商标都是北京地区的产品。而尸块包装物的绝大部分，也都是北京生产或加工的。比如捆包裹的三股细麻绳是北京黄木厂生产队生产的，销售范围仅限于北京；蓝白网兜是北京丝线厂 1977 年的产品，全部投放北京市场；白底绿道床单布、紫色被面布也都是北京生产或印染的。碎尸包裹里的半张报纸，经人民日报社认定，是 2 月 20 日人民日报副页的北京版；包尸用的旧棉套，经朝阳区综合修理部关东店弹花门市部的老师傅比对鉴别，认定是该门市部生产的机织网套网。

专案组认定案件是在北京发生的，并且以朝阳区以及和该区相邻的东城、崇文两区可能性最大。

从碎尸包装物的品种多、件数多来看，不像是事先准备好的，而像是杀人肢解尸体后，随手拿来用于包装的。再从碎尸包装物看，大部分是室内生活用品，如果携带这么多东西到室外作案既不方便，又要担很大风险。据此分析，第一现场应该在室内，而且可能是周围比较僻静的楼房单元或独门独院。

根据尸斑、尸僵、血液以及内脏无明显变化等情况，结合北京地区的气候条件和碎尸包裹里报纸的出版时间等情况进行分析，被害人的死亡时间约在 2 月 24 日送上火车前的 48 小时以内。

法医经对尸块解剖认为，死者年龄在 45 岁左右，身高在 1 米 65 至 1 米 70 之间，轻度驼背，生前曾患过肺结核，做过盲肠手术，脚趾重叠明显。

由于在走失人口中未发现与死者特征相近的，专案组推测，死者可能是外地来京人员。从作案人杀人碎尸后隐匿头、手部分分析，凶手与死者可能是熟人，死者可能还有前科。从碎尸包裹的件数、体积和重量上分析，作案人数至少两人。凶手杀害死者的动机可能有两种：一是图财害命，二是由两性关系引起杀人。

专案组首先从两个方面进行工作：一是进一步对尸块包装物进行广泛的调查，从中发现可疑线索；二是在走失人口和来京探亲访友、看病、上访和出差人员中查找死者线索。

包尸用棉套虽是朝阳区综合修理部关东店弹花门市部网织的，但该门市部成立20多年了，弹网的棉套不下数十万个。经三天三夜紧张工作，专案组查了一万多本发票存根，未能发现线索。

装尸用的旅行包、麻绳、网兜、锁头，由于销售量大，进货有登记，无销售记载，虽经多方工作，也未能发现线索。

堵尸块切口用的棉花，看上去质量好于市场供应的棉花。经土产公司认定，不是投放市场的普通棉花。专案组进一步去棉麻仓库、棉纺厂、纺织科学研究院、北京纺织科学研究所、棉花检验所等单位请教，均认定此上乘棉花只供应军队和作为“特需”品使用。专案组又去北京市特需门市部、解放军总后勤部等处调查了解到，均未购进过此种棉花。专案组由此确定，尸包里的棉花是外地产的棉花，来源有两种可能：一种是南方有亲友代买或赠送的，另一种是私自贩卖而来。

尸块包装物调查收获甚微，而在走失人口和来京探亲访友、看病、上访和出差人员中查找死者的工作，也未获得有价值的线索。

血迹下发现神秘号码

侦破工作止步不前，专案组组织全体人员再次对案情进行分析。经反复研究，大家一致认为，原来确定的侦查方向没错，还应该在尸包的查验上下功夫，力图找到物证。

侦查技术人员再次对尸块包装物上的痕迹进行检查。在包尸的塑料布血迹下面，发现了几滴类似蓝色油漆的模迹。经化验，是重油混合漆。在包尸塑料布的暗褐色血迹下面，发现了一些模糊的字迹，经仔细辨别，认出是“77.3115”“77.2187”两串数字，数字后

▷裹尸布上的电话号码

面有一个“陈”字。

技术人员还对包尸用塑料布上几处不清晰、不规整的痕迹反复分析，确定是两种鞋印。一种是藤状花纹，系北京产三羊牌塑料底布鞋。一种是后跟为波浪纹的雨鞋印，经调查是广州橡胶二厂的产品。

侦查员很快查明，两串数字是朝阳区饮食服务管理处双井基层店的两个电话号码，这无疑是十分重要的线索。专案组立即去双井基层店调查。

双井基层店地处北京东郊工业区，77.3115 为该店一楼营业室的电话号码。使用这个电话的，除内部职工外，还有双井基层店下设的旅馆、饭馆、理发馆以及附近的京郊饭馆内部人员。

而 77.2187 是该店二楼办公室的电话号码。使用人主要是基层店内部职工。两个电话号码同时留在一处，侦查员分析，只有内部职工才具备使用这两部电话的条件。于是，调查摸底的重点放在了双井基层店内部职工上。

该基层店下设旅馆、饭馆、理发馆十多家，共有职工 200 余人，其中姓陈的男女职工有 22 人，经对全部陈姓人审查，排除了 21 名，只剩下该店干部陈克浩。侦查员提取了陈克浩的笔迹材料，经技术人员做鉴定，认定尸包上的电话号码和“陈”字，与陈克浩的字迹特征相同。

陈克浩，男，55 岁，中共党员，河北省丰润县人，原北京市委行政处干部，1969 年下放到朝阳区饮食服务管理处，先是做过一段保卫工作，后又被下放到该基层店工作。经了解，陈克浩因工作不负责和生活作风不好，屡次受处分。早在 20 世纪 60 年代初，陈克浩在北京市委行政处工作期间，与当时在市委幼儿园当临时工的刘敬芝关系暧昧。1966 年，刘敬芝与丈夫被遣返原籍前，陈克浩利用职权将刘敬芝留在北京。不久，陈克浩离婚，与刘敬芝结合。1978 年 6 月，陈克浩又与刘敬芝离了婚。有知情人反映，陈克浩与刘敬芝离婚后一直保持来往，陈克浩有时还住在刘敬芝家里。反常的是，从发案后，陈克浩再没去过刘敬芝家。

通过访问陈克浩的亲友和与其有来往的人员，专案组发现，刘敬芝身上也有许多可疑之处。刘敬芝虽然当年走后门儿留在了北京，但从此失业。与前夫离婚后，两个儿子与她共同生活，大儿子还患有智障。刘敬芝属于女人里聪明胆大者，经常从事倒卖布票、粮票、油票等活动，这在当时属于破坏社会主义经济犯罪的投机倒把行为。刘敬芝还非法搞过长途贩运，被人举报后，当地派出所按“投机倒把”的罪名给她戴上坏分子的帽子，但她仍继续偷偷摸摸倒卖票证赚钱。

据街道居委会和群众反映，专案组 3 月 4 日向群众公布案情，刘敬芝家从 3 月 5 日起连续几天大搞室内卫生，铲墙皮、刷地板、擦门窗和家具、冲下水道、粉刷房间等。刘敬芝家平日里脏乱差在周围是出了名的，突然大动作讲起卫生来，很是反常。

证据完备锁定真凶

上述迹象表明，陈克浩、刘敬芝有重大嫌疑。专案组报请上级领导批准后，对陈克浩、刘敬芝采取了跟踪和监控措施。

侦查员很快发现，陈克浩与刘敬芝经常暗中接触，仅在3月12日至16日的短短几天里就悄悄见过四次面，并且两人都显得很紧张。3月16日上午8时，侦查员发现，刘敬芝手提一个白布包出了家门，在钱粮胡同口与陈克浩碰头后，一起去了白絮弹花社。侦查员调查后得知， 刘敬芝在弹花社弹了一个棉套。4月10日，刘、陈二人又一起在安外弹花门市部弹了一个棉套。

跟踪监控中发现，刘敬芝还几次与一个留小胡子的青年男人接触。经调查，留小胡子的是刘敬芝的侄子刘京生，24岁，是市煤建公司一厂的仓库保管员。

侦查员还发现，刘敬芝家的阳台下有一个小饭馆，小饭馆的房顶上遗落有一个碎花布包，疑似刘家丢到窗外的。侦查员取来检查，包内的一块平纹紫色布，与包尸用的平纹紫布在褪色程度和磨损程度上都一致。

专案组获悉，刘敬芝与前夫因负担两个儿子，特别是负担智障儿子的生活费而发生纠纷，案子正在东城区法院调解期，于是专案组借法院调解之机进入刘敬芝家暗查。在接下来的秘密搜查中，侦查员在刘敬芝睡的南屋双人床下发现一双三羊牌塑料底棉鞋，在北屋橱柜的抽屉里发现一块紫色布，在缝纫机针线抽屉下发现了几滴血迹，还发现厨房的煤气灶新刷过蓝漆。

经技术鉴定，三羊牌塑料底棉鞋花纹，与尸包上的鞋印特征完全相同；紫色布与包碎尸用的紫色布，在经纬密度、支数、褪色程度上完全一致；血迹与死者血型相同；蓝漆的有机成分和无机成分均与尸包上的蓝漆成分一致。

然而，死者是谁，专案组还是没有收获。

身份查明凶案水落石出

根据刘敬芝有投机倒把前科，专案组在东城区公安分局和东风市场“打击投机倒把办公室”的材料里，发现了一个叫张跃华的人。张跃华曾因与刘敬之一起倒卖赃车，1978年10月被东城公安分局预审科调查。张跃华是北京市人，42岁，1954年因流氓盗窃罪被判刑，后送兴凯湖农场服刑；1969年刑满后，被安置在黑龙江省林甸县红旗公社阳光大队当社员。东城公安分局预审科把张跃华交给收容站，收容站于12月6日把张跃华遣送回林甸县红旗公社阳光大队。

据张跃华在北京的姐姐，以及张跃华服刑的兴凯湖农场管教干部提供，张跃华曾患过肺结核，做过阑尾手术，有点儿驼背，脚趾重叠，这些特征都与尸体特征相符，身高和血型也与死者相同。赴林甸县红旗公社阳光大队调查的侦查员获悉，张跃华于1978年12月被北京的收容站遣送回村后不久，就又擅自离去，一直未归。专案组由此确定，尸包里的尸块就是张跃华。

专案组决定立即逮捕刘敬芝、陈克浩。在证据面前，刘敬芝被迫交代了作案经过，并供出其侄子刘京生一起参与了作案。刘敬芝供认，碎尸后，她随手拿了家里的褥单、旧棉套、平纹布等物包尸块。陈克浩和刘京生也在大量人证、物证面前低头认罪。专案组从刘敬芝、刘京生家中分别起获了杀人凶器，包尸用的棉花和死者的棉衣、绒衣等物品。

1978 年 3 月，刘敬芝在北京站倒卖布票时与张跃华相识，张跃华把刘敬芝家作为落脚点，两人沆瀣一气，共同从事倒卖活动。此时，已经与陈克浩离婚的刘敬芝，与张跃华基本上属于同居生活。而陈克浩虽然已和刘敬芝离婚，两人却仍保持性关系。所以，陈克浩对张跃华与刘敬芝的暧昧关系心怀不满，便到派出所去检举张跃华倒卖自行车，以赶走张跃华。民警在调查张跃华放在刘敬芝家的一辆来历不明的自行车时，怀疑刘敬芝与张跃华有乱搞两性关系问题。同年 12 月，张跃华被遣送回黑龙江省林甸县红旗公社。

但张跃华于 1979 年 1 月又从黑龙江跑回北京，继续纠缠刘敬芝。刘敬芝害怕再与其鬼混被公安机关调查，将其拒之门外。张跃华向刘敬芝讨要他的钱财，声称她不答应就到派出所揭发她倒卖的违法犯罪行为。刘敬芝便起了杀人灭口之意，她想，张跃华没有北京户口，又是个劳改释放犯、社会渣滓，弄死他也不会有人过问。她唆使儿子和侄子刘京生，把张跃华骗到外地杀死，未得手。

刘敬芝又找陈克浩商量计策。陈克浩一方面想和刘敬芝复婚，另一方面又因曾检举过张跃华，怕张跃华报复他，遂与刘敬芝二人一拍即合。担心两人不是张跃华的对手，刘敬芝又找来她的侄子刘京生帮助，先给侄子 50 元钱，承诺事成之后再给 100 元。

2 月 22 日上午，张跃华又到刘敬芝家要钱。刘敬芝叫来侄子刘京生先稳住张跃华，然后又疾速叫来陈克浩。刘京生趁张跃华不备，把张跃华绊倒在地，并且掐住张跃华的脖子，刘敬芝上去按住张跃华的胳膊，陈克浩则左手掐张跃华的脖子，右手用擀面杖猛击张跃华的脑袋，又与刘京生一道，用绳子勒住张跃华的脖子，把张跃华勒死，尸体藏在刘敬芝的双人床下。

之后，三人又共同策划毁尸灭迹，刘敬芝购买了旅行袋和橡胶手套、塑料布、棉花等物。2 月 24 日上午，陈克浩和刘京生在刘敬芝家里，把尸体肢解成 10 块，刘敬芝在门外放哨。怕张跃华在公安局存有案底，他们割下人头，剁下双手，将躯干打成行李卷的模样，把四肢装入旅行袋，于当日下午把尸包送上北京开往丹东的 27 次特快列车。张跃华的头颅和双手，于次日晚被刘敬芝扔到朝阳区高碑店附近的污水渠里。

他们认为，一具无头无手的残缺尸体被特快列车运出北京，就如同把他们的罪恶一起运走一样。就算有人过问，行李包里的两堆臭肉也绝认不出是张跃华，警察一辈子都查不到他们头上。

没想到，案发两个月后，他们就落到警察手上。他们大概更想不到，因为制造了北京新中国成立后第一起杀人碎尸案，他们会随着这起恶性案例而出名。■

切断跨越太平洋的“毒”链

——可卡因跨国走私系列案侦破纪实

王希泉

一艘让民警费尽周折的货轮

2017年7月23日，山东省日照市，位于岚山港码头的监控室内，人们紧张地盯着大屏幕上的两艘货轮。它们从南美某国出发，辗转行驶了数月，终于在此停靠，相继进入泊位，卸下铁矿石。紧盯这两艘货轮的人，有公安部禁毒局领导，也有当地公安机关的民警。他们关心的不是铁矿石，而是运送毒品的目标船是否就在其中。

据有关线索，南美的贩毒分子将数百千克毒品可卡因藏在一艘开往中国的货轮内，送货人与接货人在内地某港口交接，然后转至香港。

根据这些十分模糊的线索，在公安部统一指挥下，各地公安机关精诚合作，抽丝剥茧，追踪寻源，认定此船极有可能已经停靠在日照。

然而，停靠在日照，不一定就能在日照找到它。

日照辖区内，有国际货运码头两个——岚山、岚桥。它们是国内著名的散装货物码头。查一艘船看似简单，但涉及众多部门。为使工作顺利开展，日照市公安局负责人始终在一线指挥协调。经过多方合作，在各部门紧张工作下，寻找的范围缩小到两艘20万吨级货轮。

这两艘船也不简单，船体长约200米，满载时几乎整个船体都在水中。在这样的船上，即使知道货品的位置都未必能找到，何况是刻意隐藏。

交接这批毒品的人员已经从不同的地方赶往日照。

时间向前推数日，一个名叫山导的印度人拿着简单的行李抵达中国。他是这次毒品交易的买方代表。2017年7月23日，他买了一张机票，从上海直飞日照山字河机场。下飞机后，他打了一辆出租车，拿着手机定位，告诉司机到位于岚山港附近的舜海蓝天宾馆。

山导的同伙从一家水上运动俱乐部租用了潜水衣、氧气瓶、水中助推器等物品，租了一辆出租车，长途奔袭上千公里来到这里。警方发现，他们对外宣称的目标是青岛，然而径直到了日照，在宾馆等待山导到来。

在山导上下飞机的时间里，上海警方与日照警方已经完成了工作交接，日照市公安局禁毒支队副支队长徐福到机场暗中“迎接”，随后驾车一路“护送”。山导入住之后，民警在距离宾馆数十米处的一个 20 多米高的灯塔塔顶上设置了监视点。

山导的三个同伙中，一人与山导住在同一家宾馆，另两人住在另一家宾馆。这两家宾馆的前台服务员中，也有装扮成服务员的女民警对他们暗中监视。23 日下午，山导一行四人带着两个背包走出宾馆，背包里装着潜水器材和水中助推器，助推器每次可携带 25 千克货物。他们在码头租了一艘渔船，直奔岚山港，围着港内的两艘南美货轮转圈，但是没敢靠近。他们与船老板约定，晚间再行动。

他们的行动，灯塔上的民警看得清清楚楚，码头监控室里的人通过探头也看得清清楚楚。距离两艘货轮不远处停着一艘渔船，船上的民警也把他们的行踪拍录得清清楚楚。

看来，这四人找的一定是这两艘船中的一艘。

这天夜里，岚山港的一艘南美货轮已经卸完货开走了，此船将离开中国开往菲律宾，另一艘名为“南方智慧”号的货轮开始卸货。山导等四人还在岚山港未动，这说明“南方智慧”号上藏着可卡因。

问题又来了，船上是否有内线接应?

然而，船上船下的人在整个白天里没有任何可疑动静。到了傍晚，山导等四人早早就到了租用的渔船上，催着船主往“南方智慧”号的泊地驶去。刚到岚山港附近，他们却看到“南方智慧”号已经启航，向着远方驶去。

如果早来一小时，山导等人就有可能上到船上，找到毒品。

然而，一切都晚了。

民警一路“护送”毒贩北上唐山

山导等四人眼看着船离开却没有办法，只能打道回府。警方却没闲着，从有关方面获得的信息显示：“南方智慧”号的下一个停靠站是河北省唐山市曹妃甸港。

四名嫌疑人的下一站是哪里? 他们回到宾馆后一夜无活动。第二天早晨，他们当中的香港人朱某突然找到宾馆老板，要他帮助找一辆出租车，去唐山。

警方立即掌握了这一情况，看来他们是要紧追“南方智慧”号而去。

当天中午，宾馆老板告诉朱某，车找到了，是一辆白色的依维柯，有两名司机。朱某非常警惕，问：“为什么是两个司机?”一个司机回答：“长途开车，还要赶夜路，必须用两个司机，轮流开。”

山导等人带着背包上了车。别看他们只有四人，背景却非常复杂：一个秘鲁籍的男子有很好的潜水技术，说英语，在此次行动中负责从船上找到毒品交给山导；山导是印度籍，可用英语、粤语和南亚的语言与人交流；另一名男子是来自巴基斯坦的东拿。此时朱某得到他“老板”的指令，没有随同伙一起北上，独自返回了香港。

依维柯汽车沿高速公路向北走，山导等人事先准备了充足的食物和水，就在车上吃喝，除了两次解决内急不得不休息外，一路狂奔。他们在车上很少说话，说话时各种语言夹杂，声音又很小，但是这一切都没能逃出警方的关注。原来，两名司机都是警察，一个是日照市公安局禁毒支队支队长李治，一个是日照市公安局岚山分局的民警。李治能听懂英语，方言听不懂没关系，用手机悄悄录下来，发送出去请后方帮助翻译。沿途在治安检查站，他们也没有遇到过多的盘查。山导等人心里很“踏实”：看来没引起中国警方的注意。然而他们不知道，有数辆警方的车一直在前后左右“关照”他们，而且总是先他们一步到检查站，请那里的民警“高抬贵手”，检查时简单看一下就行了，不必认真。

三次下潜寻找藏匿的毒品

经过 10 多个小时的奔波，2017 年 7 月 26 日凌晨，依维柯汽车驶进唐山市，山导等人住进鑫丰宾馆。为防止山导等人发觉，日照警方与唐山警方的交接工作安排在 100 多公里外乐亭县的一个小宾馆进行。26 日天亮之后，狡猾的山导等人毫无征兆地突然更换宾馆，住进了昌盛大酒店。但对警方来说，对方的一切行动都在视线之内。27 日中午，接替朱某的香港人蓝某到达唐山，与山导等人会合。半个小时后，他们一起直奔码头去租渔船，他们与船主约定，晚上 8 时出海。看来他们真是有点迫不及待了。

2017 年 7 月 27 日深夜，四人坐着租来的渔船在海中航行了两个多小时，向“南方智慧”号行进。此时的“南方智慧”号停在锚地等待进港，尽管蓝某一再要求向前靠，渔船还是在距离大船 100 米左右的地方停下了。船主告诉他们不能再靠近了，不然大船有个小动作，掀起的浪头就能把渔船打翻。秘鲁籍潜水员跳进海中不见了踪影，一个多小时后，他两手空空地回到船上。第二天凌晨，他们上岸回宾馆睡觉。

2017 年 7 月 28 日，渔船船主进入日杂店，购买了钩子、棍子、绳子等物品放到渔船上。当天晚 8 时许，他们再一次出海，驶向“南方智慧”号停靠的锚地。到达之后，这些人仍旧重复上一次的行动，只是下水的时候带着白天购买的物品。然而，结果也依旧与前一次相同，没有取回毒品。第二天，“南方智慧”号离开锚地进港卸货。这天下午，四人第三次乘着租来的渔船到“南方智慧”号停靠地，由于港口工作人员众多，而且有各种穿着制服的执法人员，在距船更远的地方，潜水员带着钩子、绳子、助推器入水，却再一次空手而归。

毒品究竟在哪儿？毒贩能否“如愿”拿到毒品？

只有专家才能知道的毒品藏匿部位

山导等四人每一次出海，警方都要布置相关的抓捕方案。海水潮涨潮落时刻在变化，他们出海的时间也随之变化，登陆的地点也随时会发生变化。民警只能随时观察渔船的航向，判断他们的登陆地点，然后布置警力，这些工作要在半个小时内完成。从公安部禁毒局领导到每一名参战民警，都枕戈待旦，没睡过安稳觉。唐山市公安局禁毒支队支队长赵文自嘲地说：“上厕所的时候，也得闭上眼睡会儿，真困呀。”

山导等人一次次出海，却空手而归，不禁让人疑惑：这些家伙在干什么？难道他们千里迢迢，就为给船主送点钱花？或者试试有没有警方在监视他们？

“南方智慧”号卸货完毕驶离，8 月初，驶进了位于上海崇明的一家船厂进行检修。

山导等四人也离开唐山，追着“南方智慧”号到了上海。他们租车租船，在船厂附近，远远地看到了停在船坞上的“南方智慧”号。至此，他们明白，再想取到毒品的可能性几乎为零。于是，四人作鸟兽散。由于没有拿到确凿的毒品证据，公安部禁毒局领导指示，不要打草惊蛇。

这一场毒品交易就这样没有结果地完结了。毒品藏在船上已经是不争的事实，但藏在哪里？在公安部禁毒局指挥下，上海市公安局有关部门对船进行了仔细检查，此时的“南方智慧”号完整地露出水面，可以清楚地看到，船身上没有任何物品，也没有暗柜。在船上也没有发现可疑迹象。负责此案的上海市公安局刑侦总队缉毒处领导请来船厂的专家，向他们介绍情况后，请他们协助查找毒品。专家对民警说，能够潜水藏东西的地方还真有。在专家的指导下，民警来到舵机舱内，终于找到藏匿其中的毒品可卡因，净重 22.3 千克。

毒品找到了，案件并没有结束。三个月之后，暗藏着毒品的船只和各路毒贩再一次进入唐山，双方展开新一轮较量。

毒贩空陆两路到达唐山

2017 年 11 月 15 日，一个叫乔梁的人从香港乘飞机到达上海。他此行的任务是找到网约出租车，与两个俄罗斯人列基、冯寺和一个西班牙人召草接头，租用潜水工具，北上唐山接取毒品。在上海，准备工作完成，与司机谈好价钱，他们便日夜兼程北上。17 日，他们到达唐山。此时，山导已经在唐山等他们了。山导与乔梁在香港就已经相识，并为此次接取毒品进行了密谋，二人商定在唐山会合。山导早他们一天乘飞机到天津，转乘出租车到唐山，住进昌盛大酒店，毒贩就这样分空陆两路，最终在唐山集合，他们的目标与上次一样，还是“南方智慧”号货轮。

在此之前，我国警方接到有关部门通报：“南方智慧”号从南美启航时，就被贩毒分子暗藏了大量可卡因，毒品买卖双方将在中国境内进行交接。

此刻，“南方智慧”号已经停在唐山曹妃甸工业区附近的锚地上。唐山公安局的缉毒警察摩拳擦掌，要大干一场。

上次，民警历经千辛万苦，但由于破案时机不成熟，只能眼看着山导等人从眼皮底下走掉，实在心有不甘，这次毒贩又大摇大摆肆无忌惮地来了，真是十分猖狂。

向学是唐山市公安局禁毒支队一大队大队长，听到这个消息的时候，他正在警院脱产学习，他立即请求回单位参战。领导不同意，他就软磨硬泡，找领导说自己必须参战的理由。他的理由也确实充分：全程参与了上次的侦破工作，熟悉案情。

“南方智慧”号在 2017 年 11 月 6 日进港卸货。此时的北方已经入冬，寒风呼啸，海边的风更是掺杂着潮湿，像刀子一样割着负责监视“南方智慧”号的人员。大家穿着最厚的衣服，仍旧无法抵挡寒冷，夜晚还要抵抗困意。支队长赵文知道大家的辛苦，也知道大家对这次缉毒行动胜利的渴望。他对一直在前线指挥的领导半开玩笑半认真地说：“别再让我们白忙一场啊。”领导看他一眼，说道：“最起码也是练兵吧。”此时，领导的心情也很复杂。面对如此纷乱的案情，谁能说得好呢？此时，警方只知道毒品藏在船上，谁来取毒？如何取？何时来取？一切都还是未知。

11 月 9 日，“南方智慧”号卸完货申请离港，这对警方的决断提出极大的挑战，是像上次一样让船离开，然后见机行动，还是将“南方智慧”号稳在这里？但无论如何，毒品必须收缴。经过多方考虑，公安部禁毒局领导果断决定：上船，缴获毒品。当天下午，在唐山市有关领导的指挥协调下，由唐山市公安、海关、边防等多部门组成的检查队登船进行检查。支队长赵文带人直奔重中之重的舵机舱，要求船方配合检查。他们找到了 5 件黑色物体，缴获可卡因共计 94.6 千克。

收缴了毒品，初战告捷，唐山公安的缉毒警察也算出了一口胸中的闷气，但是毒贩却迟迟不肯露面，似乎在和警方比耐心。警方断定，对手几次跨境运毒失败，肯定着急，而且此次运毒数量巨大，他们决不肯轻易撒手。

警方张网以待。“南方智慧”号驶离卸货码头，停进锚地。终于，毒贩们再也按捺不住，出动了。得到毒贩的有关情况汇报后，公安部禁毒局领导、河北省公安厅禁毒总队领导迅速赶到唐山市公安局，现场指挥破案。

布网海滩一举围歼

山导、乔梁等人会合后，直接给上次来唐山时租用过的渔船船主打电话，告诉他要出海。2017 年 11 月 17 日晚，毒贩们登上渔船，列基把“南方智慧”号的位置给船主看，船主告诉他，你搞错地方了，此次船停在曹妃甸的锚地，不是上次的经济开发区锚地，两地相距数十里，他的船太小，去不了，要换大船。18 日这天，山导的老板一个劲儿地催促，山导向老板解释：天亮，锚地船多眼杂，只能等到天黑。下午 4 时，他们再次来到码头，山导在岸边等候，其他人带着钩子、绳子等登船。两个多小时后，他们到达“南方智慧”号附近。乔梁、列基在船上接应，冯寺、召草下水。但是没游多远，两个人便返回，海水太凉了，冻得他们直打战。列基非常生气，二人只能再次下水。但由于风大浪高，海水冰冷，两人的潜水技术较差，只能再次返回船上。列基抬手打了召草一个嘴巴，骂道：“把你们扔海里去。”

无奈之中，他们只得返航，计划第二天再来。在距离“南方智慧”号不远的另一艘船上，警察监视着他们的行动，随时向上级报告。公安部禁毒局有关领导根据情况，认为斩断这条跨越太平洋贩毒链的时机已经成熟，指示唐山市公安局收网。

然而，收网的地点还不能确定，此时已经开始退潮，渔船不能停靠在出发的码头。经过向当地渔民请教，渔船极有可能在捞鱼尖码头靠岸。在海上负责监视的民警也报告，载有毒贩的渔船正驶向捞鱼尖码头方向。唐山警方紧急调动各方力量，向捞鱼尖码头进发。

已是子夜时分，一阵渔船马达声从远处驶来。此时，载着山导的出租车也向这里驶来，停在岸边，等待着同伙归来。列基等四人上了岸，海风把他们吹得周身颤抖，他们快步小跑着冲向出租车，然而，就在此时，从周边的渔船里，跳出了缉毒民警，将他们包围起来。山导见势不妙，催着司机赶快开车，周围却突然出现了数辆警车，他们已经无路可逃。这些家伙纷纷扔掉手机，民警们早有防备，一把将他们的手腕拧住，戴着手套，将他们的手

△民警连夜登船检查

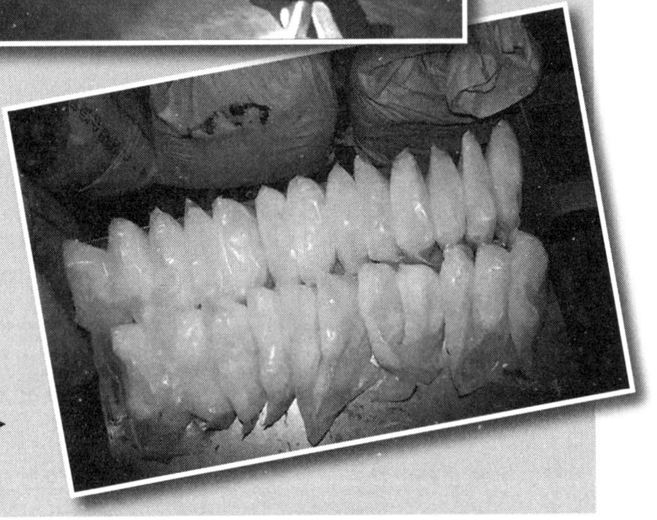

缴获的大量毒品▷

机缴获，装入早就预备好的塑料袋内。

这场在海滩上的围歼战仅用了几分钟，贩毒分子全部被抓。民警们立即对他们租用的渔船进行搜查，发现了他们用于潜水取毒的氧气瓶、助推器等物证，还有长达五米的铁钩、木棍和绳子。

返回的路上，赵文使劲儿地捶了自己一下："解气！真解气！破获了唐山公安机关有史以来最大的一起毒品案，熬夜受累，不白干。"

根据山导等人的交代，公安机关初步查清了这几起走私贩运可卡因案件的来龙去脉，远在南美的贩毒团伙将可卡因藏匿于舵机舱内，在中国大陆境内交接转运。山导等人在唐山取可卡因时为何要购买铁钩和绳子？原来是第一次在唐山取毒品时，他们看到了可卡因，由于位置太高无法拿到，只能借助铁钩和绳子。■

（文中办案民警、犯罪嫌疑人均为化名）

二十多年前一起扑朔迷离的案件，一直萦绕在我的心头。退休后，将记忆的碎片整理成文后，感到一种欣慰。

第八个是真凶

■ 王根根

△作者在江苏警官学院讲课

一

1992年2月11日，新春佳节前夕，上海正沉浸在喜迎新春热闹喜庆的氛围中。

时针已指向下午5时20分。静安公安分局华山路派出所的朱副所长，刚忙完公务回所，只见一个愣头愣脑的小青年将骑着的自行车往院里一扔，气喘吁吁地闯进派出所，上气不接下气地报告："住在延安中路上的陈莹老太死在家中，居委干部叫你们快去看看。"

这位青年叫诸晓勇。朱副所长前些年当过这个地段的户籍警，对那里的情况烂熟于胸。他见报称陈莹老太死于家中，心想莫不是身患癌症多年的陈老太终于踏上漫漫西行路了？

便吩咐值班民警前往陈老太家中查看。

值班民警刚消失在华灯初上的夜色中，朱副所长突然想起，在他当户籍警时，陈老太曾对他说起，她手头积攒了一批“黄货”，有人要动她脑筋。如果她哪一天被人弄死，肯定是对方贪图她的“黄货”。莫非应验此言，横遭杀身之祸？

朱副所长不敢怠慢，飞身跨上自行车，穿过闹市中心鳞次栉比的宾馆酒楼和繁华的商业区，来到延安中路上的一条僻静弄堂内，和刚赶到的值班民警一起进入现场。只见陈老太神情痛苦地横倒在自己小房间的血泊之中。

朱副所长火速拨通静安公安分局警用呼叫专线，分局长赵树强等领导和刑侦队队长徐步兄，迅速率领十几员精兵骁将赶赴案发现场。

现场勘查：这是幢坐西朝东的房屋，现场是底层一大一小两间房。小房间狭小无窗，光线偏暗；大房间里凌乱不堪，橱门洞开，桌椅倒地，衣物散乱。

小房间桌边，64岁的退休女工陈莹老太，呈仰面躺在地板上，全身上下溅淌着殷红色血污，嘴巴里塞着揉成一团的白细布，左眼凹陷，惨不忍睹。经市公安局法医鉴定：死者系左眼被锐器刺穿眼球致脑组织、睢板粉碎性骨折，造成弥漫性出血，加之嘴巴被异物塞住，形成合并性窒息死亡。从胃内容物分析，死亡时间应在中午时分。

大房间内，靠墙桌上置放着三杯茶，其中一杯用的是印有“机电局”字样的陶瓷茶杯，其余两个茶杯则是透明平口玻璃杯。令人纳闷的是，每只茶杯里竟不多不少只漂浮着两片茶叶。

靠窗的床上留有两把刀，床上搁放着被兜底翻得乱七八糟的破箱子，其余柜橱均被翻乱，写字台的抽屉锁周围被刀切削得伤痕累累，坛坛罐罐散开一地，靠东北角地板也被撬起，大房间外天井的落地窗上有擦血痕迹。经死者亲属辨认，小房间内非死者的遗留物有一副玳瑁架宽边近视眼镜、一副黑色人造革血手套、一只花布自行车座垫套。

小房间外的公共走道墙面上，有零星点状滴血，灶间散落一地的油塔菜下、走道踏脚台阶上均可见揩擦过的斑斑血迹。显然，这是一起杀人劫财的恶性案件。与现场勘查同步进行的现场访问正在有条不紊地展开。

邻居甲反映：案发当日上午9点刚过，她们去各家贴“卫生之家”红条时，透过门缝见陈老太正在招待客人，听声音是一对夫妇带着一个小男孩。

邻居乙反映：死者生前曾多次说过，住在本弄堂隔壁房屋的侄女应秀华平时待她不怎么好；案发前11点30分左右，还听到陈老太的说话声，而此时，其侄女恰恰到过现场。

邻居丙反映：死者养母的侄子黄大杰曾对死者恶狠狠地扬言：你早晚得死在我手中。

子夜时分，分局召开了第一次案情分析会，侦查员们争先恐后地汇报了各自了解到的情况。队长徐步兄在综合各路信息的基础上，陈述了自己对案情的分析和破案构想。一，从现场情况分析看，死者和罪犯有过一段时间相持，诸多场地留有血迹可以印证此点。二，从现场翻动情况看，罪犯似乎是既知情又不尽知情，所以可以基本排除流窜作案的可能。从知情人员情况分析，死者侄女应秀华及其养母的侄子黄大杰最具作案可能，他们程度不同地知道死者家中藏有“黄货”，应作为重点嫌疑侦查。三，破案的突破口先从死者家中的三杯茶的来龙去脉开始，嫌疑人很可能是那三杯茶的“客人”。

然而，这三杯茶却使侦查人员百思不解。按常识，为客人沏茶端水，是寻常礼节，茶叶或多或少都很正常，可为什么三杯茶都只有两片茶叶呢？这是什么样的客人呢？难道是从事宗教职业的客人？

根据邻居反映，案发前往死者家门上贴“卫生之家”红条时，曾听到一对夫妇和一个孩子在做客的情况，侦查人员寻踪觅迹，多次辗转访问查找，终于有了突破性进展。

那天上午到过死者家中的三位客人，是死者的大侄女应娟华和丈夫及9岁的儿子。他们全家落户安徽，适逢春节举家来沪探亲，暂住沪西母亲家。

徐队长当即决定，立即接触应娟华夫妇搞清情况。

首先是找应娟华谈话：“你们是什么时候到死者家中的？”

应娟华：“我们是那天上午9点多去探望姑妈的，10点45分左右离开的。”

侦查员：“死者是否招待你们吃了什么？”

“我们只是彼此寒暄了几句，姑妈一向很节俭，没招待什么。”

“有没有倒过茶？”

“没有。”

“那你们离开姑妈家后，又到哪里去了？”

“我们一家三口从姑妈家后门出来后，穿过斜对面的木材商行，商行里有几个职工都看见的，然后就坐车回曹家渡娘家。”

“肯定是坐车回家的吗？”

“肯定是坐车回家的。”

另一路对应娟华丈夫的发问也在紧张地进行着，二人所说当日上午进出死者家的时间均一致。

“死者有没有为你们倒茶？”

“没有。”

“你们从死者家走后，又到哪里去了？”

“我们从姑妈家走后，是一路走回曹家渡岳母家的。”

“你能肯定是走回曹家渡岳母家的吗？”

“千真万确，肯定是走回曹家渡的，我哪能跟你们公安人员寻开心，这是性命关天的事啊。”应娟华的丈夫竭力辩解道。

两路侦查员向徐队长作了简要汇报，又马上找到木材行职工，可当天当班的职工均矢口否认在那段时间里有三口之家从店堂里穿过。

侦查员再次找应娟华夫妇谈话，仍然是一说坐车回曹家渡，一说步行回曹家渡的；仍然坚持从木材行穿过。

应娟华夫妇的嫌疑骤然上升，口口声声说木材行职工能证明他们在案发前离开姑妈家，而木材行职工则矢口否认见过他们。说明他们有作案时间上的可能。

两位邻居透过门缝见桌上明明摆着三杯茶，可应娟华夫妇却说没有，说明他们心虚。疑点更大的是，经反复提醒，对回曹家渡是坐车还是步行的，夫妇俩的答案如此大相径庭，很有可能在离开死者家后，夫妇中一人又折返回来作案。

侦查员们经过分析，认为要解开这个谜，只有找应娟华 9 岁的儿子阿林进行核实。

也许是因为幼童的记忆因子特别活跃的缘故，阿林像背书般地述说：“那天，我和爸爸妈妈从姑婆家中出来，从木材行过道穿过，店里职工正聚集在墙角落里嘻笑着聊天，没人注意到我们三人经过。”至于是如何回曹家渡外婆家的，阿林说从姑婆家出来后，大家都说走回外婆家去，顺便逛逛大街。走了一段路后，我和妈妈讲走太吃力了，就坐公共汽车回外婆家了。

稚童无戏言。真是一半海水一半河水，硬给搅混了。应娟华夫妇横竖只讲半吊子话，弄得侦查员啼笑皆非。

“那姑婆有没有倒茶给你喝呢？”

“没有。不过我刚进门就看见桌上有三杯茶。当时我就觉得好奇怪哎，怎么姑婆事先知道我们三个人一起去？可又怪了，姑婆倒了茶却没让我们喝那茶……”

应娟华母亲证实：因其事先关照，那天应娟华一家是 11 点 10 分赶回来吃中午饭的。至此，可以认定应娟华夫妇不具备作案时间。

然而，死者家中那三杯茶像个解不开的疑团依然萦绕在侦查员心头。

二

应娟华夫妇被排除作案可能，疑点又很快集中到死者养母的侄子黄大杰身上。

经查证，死者养母在世时，曾多次想把黄大杰的户口报进来，以便日后继承房产，而死者始终竭力反对，意欲报进自己亲侄子的户口。缘此，黄大杰与死者抱有较深宿怨。

一年多前，死者养母谢世大殓那天，黄与死者又为户口一事发生激烈口角，恼羞成怒的黄大杰指着死者当着亲戚面扬言：“你这个老太婆早晚得死在我的手上！”

黄大杰生性暴躁，案发当日适逢厂休，具备作案时间条件。

可深入地区、单位排摸调查，案发前夜黄大杰曾喝酒喝得酩酊大醉，被他人送回家后，一直睡到第二天上午 10 点，当天起床后又一直在弄堂里做木工。提供证明的，足足有一个班的群众。

黄大杰报复作案的可能又被排除。

于是，侦查员将重点移向死者另一侄女应秀华身上。她居住在死者同条弄堂里，在一家出租汽车公司担任财务工作。她对案发当日的情形作了如下陈述：

那天中午 11 点 35 分左右，我利用午间工休时间，匆匆来到姑妈家。因前一天姑妈曾约我这天帮她作斋日祭奠先人亡灵。

“姑妈。”我推开灶间的后门喊了一声，没人应声，心里好纳闷。哎，姑妈约我来的，她自己人到哪儿去了？再一看，厨房里烟雾弥漫，焦气扑鼻。原来姑妈烧在煤气灶上的饭和红烧肉均已烧焦。我见此便将已烧成焦炭状的一锅红烧肉用冷水浸后倒掉，锅中焦饭则挑挖出一碗尚可吃的，就端回了隔壁自己家中。

我在饭碗里夹上点自己家的剩菜后，又端着饭碗来到姑妈家，见姑妈家小房间门仍锁着，遂又回家拿了钥匙打开姑妈家小房间门，进屋后便在小房间饭桌上吃起来，还顺手将桌上一副平日里未见过的黑色人造革手套合在一起，当时感到上面黏糊糊的，因急于吃饭后回家做事，也没在意。在姑妈家饭桌上扒完饭，洗涮碗筷后仍未见到姑妈，我就转回自己家中。

12点30分时，我上班前又来到姑妈家，这次，我走进了大房间，见大房间里零乱不堪，箱翻柜倒，床上还有两把刀。我猜想肯定是姑妈正在打扫卫生，清洁房间。因姑妈脾气乖戾，不喜欢别人动她东西，我便关好房门把钥匙交给邻居季阿姨并关照："若碰到我姑妈就交给她。"然后匆匆上班去了。

下午4时，我下班回家，因中午几次没见到姑妈放心不下，便再一次来到姑妈家，仍未见有人，我便向姑妈家前门弄堂口的公用电话间阿姨打听。

电话间阿姨一边在收电话费，一边对我讲："今天好像是没见到过你姑妈。"

我心里不由"咯噔"了一下，对电话间阿姨说："我到姑妈家三四次了，都未见到姑妈，会不会姑妈出事了？"

电话间阿姨马上接过话茬儿："那你还不赶快去居委会报告？"

我这时预感姑妈可能出事了，腿脚也不听使唤，隔壁邻居诸晓勇热心地陪我来到居委会，我们和居委干部一起再次来到姑妈家。打开大房间门后，居委干部一看房间里的乱状，便说可能出事了，果然在小房间里，发现饭桌下藤椅边有一大团黑乎乎的东西，不由惊吓得喊出来："那是什么？那是什么？"我循声上前一看，天啊，这不是姑妈吗？只见姑妈血流满面仰躺在地上，我不由得一阵眩晕大哭起来。

在旁的居委干部见状，连忙到公用电话间打电话报警，因一时忙音打不进电话，便对诸晓勇说："你年纪轻，脚头快，赶快去派出所报案。"

听完应秀华的详细陈述，侦查员们不由疑窦丛生：

案发当日中午，应秀华在死者小房间饭桌上吃饭，死者就仰躺在距桌边一步之遥的地方，且有浓烈血腥气味，她竟然没有发现，令人难以置信。而据应秀华单位同事反映，其在单位是会计，平时眼明手快，做事心细。

应秀华说案发当日进入姑妈家大房间时，见房中箱翻柜倒，零乱不堪，大床上还有两把刀，之所以未引起警觉，是误以为死者在打扫房间。如此反常情况，应秀华却木然到误以为姑妈在打扫卫生，同样令人无法释疑。

应秀华四进现场未见姑妈，煤气灶上烧焦了饭菜她不在意，灶间散落一地的油塔菜上沾着血渍也视而不见，而小房间光线暗淡的桌上，一副深色的手套却怎么看得清清楚楚？

应秀华与姑妈家是贴门近邻。死者年轻时不幸沦落风尘，同时积攒了不少黄金首饰。"文化大革命"期间，死者曾两次将金银首饰藏于应父家中，应秀华肯定有机会见过。但死者在应秀华结婚时都未赠送过一二，应秀华很可能怀怨在心。

种种迹象表明，应秀华的陈述是欲盖弥彰，难以自圆，具有极为重大的嫌疑！

三

然而，法医鉴定结论死者左眼凹陷，眼眶睢板散裂，系拳击造成。这一拳击的力度，却是身体瘦弱的应秀华无法达到的。

莫非应秀华与男性青年结伙劫财杀人？

侦查员们分别跨上摩托车追风般疾驶在大街小巷、市区农村，对应秀华在闵行工作的丈夫及其他关系人进行了深入调查，遗憾的是均被排除作案可能。侦查工作陷入山穷水尽之困境。难道这起凶杀案就此成为一桩悬案吗？

侦查员们除夕之夜、新春佳节、元宵节都顾不得和家人团圆，接到命令后，立即兵分几路，开始地毯式排队摸底侦查。

一路侦查员奉命赴江苏、安徽等地对死者的200多名关系人进行调查，未能发现有价值的破案线索。

一路侦查员对死者生前工作单位的同事及其子女进行侦查，近百名有作案可能者被过滤掉。

一路侦查员对死者生前在静安公园锻炼身体结识的“拳友”及其子女展开大范围排查，都被排除。

侦查工作大规模展开的同时，赵局长主持召开了第三次案情分析会，决定复勘现场，争取发现重点侦查方向。

复勘现场时，侦查员意外地发现在死者的一本书中夹着几封陈旧无署名的信和一张纸条，纸条上面有死者抄写的字迹。内容大意是：祭奠先人时，恩重者应用质地高贵的祭品器具，恩浅者则可用普通器具。祭奠只是一种形式，不可铺张浪费，可用清茶一杯，茶叶两片薄奠。

经核实，死者遇害那天，正在做斋日祭奠先人。三杯清茶之谜终于水落石出。

死者的身世十分令人伤感。她本姓应，因家境贫困，3岁时被亲生父母卖给陈姓人家做养女。养父平时待她不薄，而养母视她如摇钱树，13岁时她就被养母送到“堂子”里卖身。从此她备受肉体上的蹂躏，精神上的摧残，在忍辱含垢中煎熬。直到解放后，她才脱离火坑苦海，党和政府安排她到市郊一棉纺厂工作，直到1981年退休。因当时养母已80岁高龄，在沪无人照顾，且死者本人也身患癌症，地区派出所便帮助她报上户口照顾回沪，与养母生活在一起。

复勘现场时，细心的侦查员发现死者房中一只空落落的竹书架却非常沉重，仔细研究后终于在四只竹筒脚中发现死者藏匿的大量黄金首饰及许多现钞和存单，原来死者生前把四只书架脚竹节镂空，然后将金条饰件、现金存款统统塞入其中密封。难怪作案者连地板都撬了起来，却未能发现这批“黄货”。

接着，侦查员对现场留下的两把卷了刃的刀、一副玳瑁架眼镜、一副沾满血污的黑色人造革手套，以及一只花布自行车座垫套进行了认真分析，力图从这些遗留物上发现侦查线索。

侦查员们首先将现场遗留的两把刀送到上海钢铁研究所进行材料技术分析。得出的结论是，这种特种型号的钢材不宜作刀，而且这种特种型号的钢材只有上海钢铁研究所有。

侦查员的思绪中马上跳出一个人物：死者的邻居，那个来派出所报案的小青年诸晓勇的父亲，不正是在钢铁研究所工作吗？

侦查员们又将这两把刀送到诸晓勇父亲所在部门的专家手中，请他们分析是什么厂家生产的。

“噢，这是我们老诸做的。”研究人员拿在手中，翻看了几下，便不假思索地断言。

“您能详细谈谈吗？”侦查员信心陡增。

“老诸的钳工技术在所里是屈指可数的，这刀柄上的铆钉是老诸的绝活，具有明显的特征。”

侦查员疾速回局向领导作了汇报，侦查重心转移到诸父身上。

迅即又获悉：遗留在现场的花布自行车座垫套很像老诸妻子自行车上的，案发后未见。

然而，单位同事反映老诸待人和气，性格温顺，人缘不错。

周围邻居反映：老诸对妻子管教颇严，与邻居相处和睦。死者陈老太生前对老诸比较敬重，遇到烦心事总是找他诉说，甚至写信给老诸。

核对笔迹，那几封无署名的信正是老诸的手迹。再深入调查，单位证明案发那天，老诸在单位正常上班，午间休息时还跟大家天南海北闲聊了一番。

遗留在死者卧室床上的两把刀分明是老诸制作的，可老诸无作案时间，又会是谁呢？侦查再次陷入僵局。

此时，有人向公安机关反映，老诸的儿子诸晓勇平时手脚不太干净，曾有一次被死者陈老太在屋里迎头撞见，怒斥过一顿。

诸晓勇？就是案发那天报案“积极”的那个小青年？无巧不成书的是，诸晓勇偏偏在此时因偷窃自行车嫌疑撞进网来，被羁押审查。

老诸夫妇也被通知到公安机关，经辨认，老诸称那两把刀的确是自己在单位做的，可早已送给死者陈老太作菜刀用了；至于妻子的自行车座垫套，因坏了换了新的，坏的仍在家中。

当诸父谈完情况离开公安机关时，诸晓勇在审讯室里偶尔抬头，瞥见父母在窗前闪过，误以为公安机关把父母也抓进来了，不由心里发毛：有事我一人承担，不关我爷娘的事！于是诸晓勇承认：“人是我杀的！随便你们怎么处理！”

盼望已久的答案终于出现了，可这答案太爽快了。侦查员们兴奋之余不由面面相觑。

“你杀的？你为什么要杀她？”侦查员刨根问底。

“我需要钱嘛。”回答得更干净利索，合乎情理。

“讲讲作案经过。”侦查员敏锐地感到诸晓勇言中有隐情。

“我找陈老太要钱，她不肯给，我一抬腿往她肚子上踹了一脚。”

“就这样？”

“就这样！”

“再没别的了？”

“没有了。”

这是存心耍赖呢，还是戏弄警方？这与现场情况可相距十万八千里呢！侦查员继续发问：“其他罪可往身上拉，这杀人罪也能往身上拉吗？”

“是我杀的。”回答仍很坚决。

侦查员们陷入沉思，诸晓勇究竟是交代不真实，还是为掩盖他人而自己硬顶呢？

诸晓勇见侦查员沉默不语，便摆出一副死猪不怕开水烫的神态。

岂知这招露了马脚，侦查员立即判断出这是为自己的哥们儿义气得意扬扬呢。

于是，侦查员用了激将法："你说你一脚踢死老太，可你恰恰说错了，老太既不是被踢死的，也不是被刀捅死的。你诸晓勇讲哥们儿义气，但也不值得做刀下冤鬼。你不让别人明白，总得让你父母明明白白吧！"

一席话说得诸晓勇埋下了头。他步履沉重地回到监房，彻夜未眠。

第二天上午，诸晓勇终于摊牌了："其实那天我报案的时候，就已怀疑一个人了。"

"谁？"

"我表哥孙唯一。"

四

一年前，诸晓勇对其表哥孙唯一透露过，邻居陈老太有很多黄金，并商量一起去偷。而心狠手辣的孙唯一却说，找个机会把老太干掉算了。诸晓勇自然不敢，后来就一直没再提起过这件事。

"所以陈老太一死，我马上就想到可能是我表哥干的。"

经技术对比，遗留在现场的痕迹特征与孙唯一完全符合。

侦查员如出鞘之剑，警车呼啸着飞驶向孙唯一可能落脚的所有地点。

作案后惶惶不可终日，又仿效狡兔三窟，整天龟缩在朋友家里不敢露头的孙唯一，每天一听到警车声便吓得瑟瑟发抖。他的神经早已崩溃。

时间推移到 4 月 1 日，他觉得再不见见阳光，自己真要闷出精神病来了。于是，他来到五原路上散心。谁知刚露面，就被连续伏击守候两日的侦查员们擒获归案。

自知末日来临的孙唯一对侦查员提出，要见一下热恋中的女友。当女友出现在他眼前时，丢魂失魄的孙唯一怀着深深忏悔和无限依恋之情瞅着女友欲言又止，潸然泪下，向公安机关如实作了供述。

1992 年 2 月 11 日上午 10 时 50 分，被债主逼得走投无路的他闯进陈老太家厨房，先用旋凿逼住陈老太交出"黄货"，陈老太对这份自己用青春和血泪换来的财产岂肯拱手交出，于是双方呈僵持状。孙唯一恐被人发现，遂挥拳对陈老太猛击，当场致陈老太左眼眶睢板散裂，昏厥过去。他将老太拖进小房间，随即在大房间翻箱倒柜。这时陈老太清醒过来，发出了呻吟声，惊恐的孙唯一返回小房间，又用旋凿猛刺老太左眼球，见老太咽气后，又返回大房间继续翻寻"黄货"。正翻得大汗淋漓、猴急万分时，门外响起"咚咚"的敲门声，正巧是应秀华第一次到老太家。孙唯一吓得再不敢逗留，带着旋凿从前门溜之大吉。由于没有发现陈老太藏于竹书架中的黄金，孙唯一只偷到一只红色嵌宝石戒指。

孙唯一带着对女友的依恋，对生活的眷恋，带着破碎的金钱梦走向刑场。

案情真相大白后，死者的丈夫，一位憨厚的老人，深为侦查员破案的艰辛所感动。他把陈老太遗下的黄金首饰郑重捐献给静安公安分局作为破案奖励基金，徐队长婉言谢绝。于是老人又执意捐给了教育部门，以表示对祖国下一代的爱意。■

一个没有前科的少女怎么突然变成残忍的杀手？再有，另两位同样没有前科的高中生，为何心甘情愿地当她的帮凶？

少女缘何激变成杀手

■ 李雅民

15岁少女小梅的作案动机，成了公、检办案人员百思难得其解的问题——她的父亲对她还算不错，从未伤害过她，难道仅是因为和她母亲离婚，就成为她必杀的一个死敌吗？此外除了她父亲，为什么还要同时杀掉她父亲的一个朋友？一个没有前科的少女怎么突然变成残忍的杀手？再有，另两位同样没有前科的高中生，为何心甘情愿地当她的帮凶？如此众多疑团，是一句“父母离婚，因此对父亲怀恨在心”就能交代得过去的犯罪动机吗？

审讯结果出人意外

3月18日下午6时，河北省唐山市古冶区赵各庄某集贸市场一条乱哄哄的马路上，15岁的少女小梅手提一只塑料袋，和两个大她一两岁的男友杨某和刘某，若无其事地闲逛着，准备找个吃饭的地方。塑料袋里装着他们脱下来的血衣、血鞋，那上面染有两人的血迹，其中一个是小梅的父亲。头天晚上，他们一口气连杀两人，小梅还亲手在她父亲头上砍了两刀。

忽然，路边一辆轿车车门大开，三个强悍的男人冲出来抓住他们，“咔”地给他们戴上了手铐。抓捕他们的人，是唐山市路北区公安分局的侦查员。刑警中队中队长李瑞龙奇怪：通常杀人凶手作案后都是恨不得跑得越远越好，而这三个犯罪嫌疑人，19个小时过去了，却还敢在唐山的地盘上闲逛，并且还敢明目张胆地提着一大兜足以指控他们杀人的证据——血衣和血鞋。

小梅被押到唐山市路北区公安分局刑警大队。

审讯室里，小梅刚一落座，便说：“我要抽烟，给我一支？”

侦查员递给她一支香烟，并且为她点着。

小梅使劲儿地吸烟，借以镇定自己的情绪。

证据在手，不必再绕圈子了，侦查员直截了当地问："3月17日晚，是你带人把你父亲杀死的吗？"

小梅回答非常干脆，说："是。"马上又追加一句："我杀的是'驴'。"意思是说她杀的不是她"父亲"，而是一个"畜生"。

"一名少女，如此仇恨生父，背后定有重大隐情。"侦查员们这样想，审讯室外那些监听着的领导们也如是想。

然而审讯结果却出人意外，犯罪嫌疑人供述说，杀死她父亲的原因，就是因为她父亲与她母亲离婚，抛弃了她们娘俩。但是，据了解，其父母离婚已有多年，其父并未直接伤害过她，也没有很过分的不尽责任的行为啊。

犯罪动因是侦查员们必须要弄清楚，也是将来法庭上法官必须要质问的一个问题。但此案犯罪嫌疑人交代的犯罪动因，简单得令人难以置信——父母早年的离异，会让一名少女变成杀人不眨眼的凶手，凶残到连她父亲朋友的性命也不放过？但若说不是，那么真正的原因又是什么？

从精神压抑到性格偏执

小梅出生于1992年7月，有过受父母疼爱的美好童年。不幸的是，她10岁那年，父母离婚，小梅随母亲生活，从此很少再享受到父爱。

如今社会上不少人把离婚的事情看得很淡然，离婚时只考虑个人的幸福与感受，不管会给孩子带来什么伤害。小梅的父亲就是这种人，小梅的母亲已是他的第二任妻子，再次离婚后，他很快又有了能让自己"幸福"和"快乐"的生活。

然而，尽管今日人们已把离婚视为平常，但单亲家庭仍在受到社会的歧视，特别是带着孩子的一方，两代人在各自工作和学习的环境中，通常都会感觉到一种无形的压力。小梅是一个自尊心非常强的孩子，特殊的家庭背景让她在同学中觉得低人一等，自卑心理油然而生，逐渐地，她开始变得敏感和多疑。

其实，这是所有单亲家庭的子女都会遇到的一个问题。这时倘若父母双方能够考虑到孩子情感的需要，尽管离婚了，但还继续给孩子以关爱，通过交流让孩子理解和原谅父母的离婚，那么多少还能减少一些给孩子带来的精神伤害。相反，假若父母离婚后无视孩子的存在，对他们的情感需求乃至心理变化表现得漠不关心，甚至还总是有意、无意地向孩子灌输对方是"坏人"、是家庭所有不幸之祸根的理念，则会扩大和加深对孩子的精神伤害。小梅的父母恰巧是后者，她父亲自离婚后很少再关心她的生活，从不主动打电话给她；她母亲总是倾诉对她父亲的怨恨，久而久之，小梅产生了仇父心理，而且不断地被强化。

据学校老师和同学们反映，小梅平时不爱讲话，对人对事敏感多疑，有时一点小事就能让她发怒，似乎是看谁都不顺眼。她好像很难与人相处，读到初三就再也读不下去了，辍学待在家里，或是在社会上闲逛。后来为找工作，她花钱进了一所电脑学校学习电脑操作，不久又因心里浮躁学不进去，再有就是和大家合不来，跑掉了。电脑学校里熟悉她的同学们说，总听到小梅像个“精神病”似的咒骂她父亲，称她父亲为“驴”，还总说要杀掉那头“驴”，弄得同学们都不敢理她。

日常生活的种种言行，透露出小梅的偏执型性格。这种性格的形成，从心理学角度说，自卑、易怒、多疑和仇恨是其主要原因。而其父母的离异，尽管已是五年以前的旧事，却是导致她自卑、易怒和多疑的根源之一。

偏执型人格又叫妄想型人格，其行为特点之一就是惯于把失败和责任归咎于他人，遇挫折不能正确、客观地分析，常会生出偏激的念头，严重到一定程度或突遇某些刺激事件时，容易产生出某种精神疾病的征兆，会对家人和社会造成危害。小梅的心理大概就是如此一个演变过程，自从她父母离婚，父亲在她眼里成了一个不负责任的坏人，随后她在学习和生活中遇到种种困难和挫折，绕来绕去她都能把原因归咎到她父亲身上，仇父的心理日益增强。最后，她要把积压在心底的，对社会、对家庭以及生活的种种不满发泄出来，发泄的目标自然就是她的父亲。如今回头纵观此案，小梅这种极其危险的犯罪心理其实早已多次暴露出来，她的母亲、亲友和同学都曾听她恶狠狠地说过要“杀死那头‘驴’”，特别是她的一位同学，小梅曾亲口跟她说过借钱也要干成这件事，可惜谁也没在意，都以为她是在胡言乱语。

最为可悲的是，小梅的父亲蒋某一点也不知道，他在女儿的心目中，竟是一个不除不快的仇敌。其实蒋某也并非不爱这个女儿，他在唐山市某兽药公司工作，几年来小梅去找他要钱，只要他手头上有钱，很少拒绝过她。小梅进电脑学校的四千元学费就是她父亲给出的。后来小梅要钱要得比较勤，带有处罚和报复的意思，她常说：“该他给的他就得给，谁让他是当爹的。”蒋某意识到这点，便变得不再像以前那么痛快。而这又进一步激起了小梅对父亲的鄙视和仇恨。

一日夜晚，蒋某酒喝多了，小梅又去要钱。蒋某借着酒劲，半醉不醉地发泄对小梅的不满，斥责她辍学，没出息，只知道要钱，不知道读书，结果分文不给，还骂了小梅几句。那一刻，小梅心里恨透了父亲。她特别固执地认为，她之所以落到今日这种地步，全是由她不负责任的父亲造成的，她父亲根本就没有资格骂她，而且还要为此付出代价！弑父的念头不由得更加强烈。

少女突然变成了“魔鬼”

小梅辍学后，常去的地方是网吧。她在网吧里时常一泡就是一天，夜深了都不想回家。她从父母手里要来的钱，多半花在网吧里。

小梅在网吧里，爱玩杀人的游戏，爱在网上与陌生人聊天。玩杀人游戏，她把她父亲当成是被她杀掉的人，借以排解对她父亲的愤恨；与陌生人聊天，能发泄出她对社会、对家庭，特别是对她父亲的不满。此时小梅已是一个存有严重心理障碍、亟须心理医生予以心理疏导的问题少女，可惜没人注意她。她的母亲总能听到她对父亲近似疯狂的言论，但她母亲总以为这是女儿的气话。同时女儿的感情立场与母亲一致，做母亲的还挺得意。因此她母亲对她业已表露出来的变态心理毫不在意。

3月上旬，小梅在网上遇到一位“知音”。此人姓杨，男性，17岁，唐山市古冶区某职校在读学生。与小梅一样，杨某也生活在单亲家庭，人生经历、人生态度许多地方与小梅相近，所以小梅的倾诉在他那儿立刻引起强烈共鸣，两人很快结成无话不说的朋友。

小梅和杨某在一起谈论最多的是对社会、对家庭，以及对父母的不满。一天小梅对杨某说：“我要杀了那‘驴’，你愿不愿帮我？”刚刚认识了十几天的杨某竟然答应了她。

两人从此开始研究如何作案。他们知道“杀人偿命”这一简单的道理，但他们就像要搬掉压在心上的巨石一样，欲罢不能，非要办成此事。心理扭曲到一定程度的人，容易把杀人当成宣泄自己愤懑情绪的渠道；同时他们蔑视法律，判刑就判刑，枪毙就枪毙，反正这样活着也没劲。

杨某思忖着单凭自己杀死一个40多岁的汉子恐怕不易，于是便叫了自己的铁哥们儿刘某。刘某16岁，唐山市古冶区某中学在读生，他倒不是单亲家庭，只是武侠小说和影视剧看得太多，满脑子“路见不平拔刀相助”和“甘为朋友两肋插刀”的侠客精神，只因铁哥们儿杨某说要帮一个女孩儿办掉一个“恶人”，他就同意了，还傻乎乎地觉得自己特英雄、特仗义。

3月17日，三个少年聚在一起，吃顿饭，喝点酒，把杯一碰，然后开始行动，那劲头儿像是要办一件多么正义的事情一样。

他们在唐山市古冶区赵各庄一个市场里买了两柄单刃尖刀，然后坐公交车直奔唐山市区。他们没什么计划，就想直接去找小梅的父亲，找到后就把他杀掉，简单得像是要做游戏。

路上他们觉得两把尚未开刃的新刀刀锋不快，担心“办事”时会有麻烦，记忆中荷花坑市场有一个磨刀的小摊儿，下车后他们先奔那儿，想把刀子磨快了再说。偏巧磨刀师傅那天不在，这时如果三人中有谁说上一句：“刀子不快哪行？等明天把刀磨好了再说。”兴许这场悲剧就能避免过去，夜长梦多，一夜时间也许会淡化了他们那过激的情绪。可惜他们就像着了魔一样，刀子不快也要上场。

当晚9时，三人趁黑摸到小梅父亲工作的地方——唐山市路北区常各庄某兽药公司。

杨某在外面望风。小梅和刘某先进去，一看她父亲不在，只有她父亲一个姓王的朋友在那里，小梅便与那人打个招呼退了出来。按说这又是一个可以延缓他们实施杀人计划的好借口——有外人在场，而且那人还认识小梅，改日再说吧。可恨的是三个少年鬼迷心窍，什么也不怕，就想当晚把人杀掉。

于是，他们在大街上瞎转，等到夜晚10点40分，小梅用公用电话摸清父亲已经回到公司后，他们再次奔向兽药公司。路上，刘某说：“不行，那个姓王的已经看见我了，我得把他干掉。”对此小梅和杨某谁也没有反对。关于这一点，至今人们难以理解，为什么三个没有前科的少年此时突然变成了恶魔，杀人的欲望那么强烈？

进屋后，小梅嘴巴很甜地喊着“爸爸”和“王叔叔”，介绍杨某和刘某说是她的同学。

小梅的父亲蒋某以为女儿又来要钱，不想小梅却说：“今晚我不回家了，我要住在你这儿。”

蒋某一听又以为是女儿和她母亲闹了矛盾，哪想到她是要支走王某，然后动手。

坐在旁边的王某，立刻很知趣儿地躲到院里，在给家里打过一个电话说今晚要回家里去睡后，然后便向蒋氏父女告辞。

小梅一看王某要走，赶紧说："王叔叔，我这两个同学要去网吧，正好跟您一起走吧。"

王某说"好啊"，便带着两个大男孩儿走出公司大门。小梅以送同学为名跟在后面。

街道很黑，寂静无人。走出200米，杨某突然发难，从背后用胳膊用力勒住了王某的脖子，使劲儿地往后背。王某被勒得说不出话来，急忙用双手拉那勒在他颈部的胳膊，不想腹部又被"扑扑"地扎了一刀又一刀。捅刀子的是刘某，他毕竟是新手，非常紧张，以致把刀子都掉在地上。这时小梅又递过来一把尖刀。刘某接过后继续猛刺，王某当即气绝身亡。王某死得太冤，他是被同事临时叫来帮忙的，夜里睡在公司里与蒋某做伴，不想赶上这场灾难。

杨某和刘某把王某的尸体拉向路边一个柴禾垛，扯几把柴禾胡乱遮盖一下，便和小梅重返兽药公司。杨某和刘某从未杀过人，他们配合得如此默契，是从影视剧里看来的。那血腥的杀人场面，居然一点也没有吓着小梅这个15岁的少女，弑父的念头竟然也没有动摇。

三人重新走进蒋某的住处。看到两个男孩儿没走，而且神色不对，蒋某有点起疑。小梅抢先上前搭讪说："爸，今天是几号？"

"3月17号啊。"蒋某回答。

"那今天是啥日子？"小梅又问。

蒋某想了想，摇头说："不知道。"

小梅说："爸，我给你带来一样东西，你猜是什么？"

蒋某苦笑说："那哪儿猜得着？"

背后刘某忍耐不住了，他一步跨到蒋某跟前，说："叔哇，别猜啦，我告诉你吧。"说着右手持刀猛然刺向蒋某腹部。蒋某腹部剧痛，他"哎呀"一声，双手抓住刘某右手，意欲夺刀，不想旁边又有杨某随手抄起一把剪刀朝他劈头盖脸地刺来。

蒋某拼命抵抗，但难挡两人前后左右的夹击。他双腿发软倒在地上，挣扎着滚到床铺底下，捂着伤口向他女儿求救，他说："闺女，救救我吧。"岂料女儿竟对他说："我也不想这么做。但我要是救了你，我们三个就没命了。"接着她又说了一句更加让人寒心的话，她说："你要是心疼闺女，就把银行卡密码告诉我，省得我跑的时候受罪。"

蒋某说："好，我告诉你，你的生日就是密码。"

小梅听了一愣，这足以证明父亲的心里还是有她的。但她不信，过度偏执的人就是这样，很难相信别人，又过于相信自己。此刻她想："你要是心里有我，还会那么对不起我们娘俩？"于是"唰"地抄起恰巧放在电视旁边的一把菜刀，说："这时候你还骗我！""扑、扑"两刀砍在她父亲的头上。

杨某和刘某此时也已缓过劲儿来。看到小梅如此，他们恶狼般拖出蒋某，刀剪齐下，凶狠地杀死了他。

是谁埋下了悲剧的种子

转天一早，到兽药公司上班的人们发现了死在屋里的蒋某，同时又有人发现了死在柴禾垛旁的王某。

连杀两人，手段残忍，这可是惊天大案！唐山市公安局和路北区公安分局的头头脑脑全部上阵，直接指挥侦查此案。

经查，凶手作案后有意破坏了现场，现场除有一把作案的菜刀，而且还是死者本人的菜刀外，未能提取到其他有价值的痕迹物证。

侦查员撒开大网，很快得到一条信息——兽药公司养有大狗一条，但案发当晚，邻居们却没有听到那条狗叫。也就是说，那条大狗认得凶手，凶手应该是死者的熟人。

侦查方向立刻转向熟人作案。结果调查刚一展开，侦查员们就有了线索——死者王某的妻子说，昨晚丈夫打电话给她说，蒋某的闺女带着两个男孩儿去那儿了，那闺女说要住在那儿，所以他要回来。可是等了一夜，也没见他回来。她给他打电话，没人接。

蒋某的闺女哪儿去了？为什么说住又没住？侦查员们立刻联想到尸检的结果，死者身上伤痕累累，菜刀、尖刀，甚至连剪刀的痕迹都有，说明至少是两人作案；同时伤痕分布的部位比较凌乱，且创口较浅，意味着作案人力度不够，有可能是少年或女人，而且是没有作案经验的人。侦查员立即把蒋某的女儿和那两个男孩儿列为重大怀疑对象。

侦查员立刻去调查小梅的母亲，其母说小梅近日情绪不好，神情不对，去向不明。侦查员走访小梅就读的电脑学校，有同学反映小梅总说早晚要杀死她那不负责任的父亲。与此同时，侦查员通过技术侦查，也已得知那两个男孩儿是杨某和刘某，全都住在古冶区的赵各庄。

3 月 18 日下午，唐山市公安局刑警支队副支队长袁来明、路北区公安分局刑警大队大队长边亚军率队赶到赵各庄，在当地派出所帮助下，查实了杨、刘二人的准确住址。他们打算等到夜里实施抓捕，可一想到他们都是少年，天性好动，极有可能夜不归宿，于是决定先让大家分头到街上转一转，便衣搜索网吧、饭馆和商场等场所，看有无他们的踪迹。

下午 5 时 55 分，侦查员李瑞龙、付伯谦和郑宇开车转到赵各庄东北部某集贸市场，一眼看到街边悠然走着两男一女三个少年，拿出照片来一对，正好是要找的三人。三位侦查员立刻掉转车头追过去，停在 20 米外，不动声色地等待着他们。

此时小梅已给她母亲打过电话，告诉她母亲："那‘驴’已经被我干掉了，你也可以出口气了。"她母亲一听差点儿昏过去。

杀"驴"之后，小梅常年积压于心底的怒气泄光了，但她一下子反倒不知该干什么了。他们幼稚地以为警方不会怀疑到他们头上，小梅可是死者的亲生女儿，同时他们还以为自己把案子做得很干净，唯一目击者王某也被杀掉了，即使怀疑到他们也没证据。所以他们还敢明目张胆地走在大街上，手里仍敢提着那袋子血衣和血鞋。

小梅被抓住了，对所犯罪行供认不讳。此案破得轻松，但侦查员的心情却很沉重，案由如此简单，却毁了两条性命，毁了三个少年的人生。■

（涉及人名均为化名）

警察手记

“南医大案子破了！”2020年2月24日，古都南京被一条消息惊爆了。有关报道铺天盖地，“人民网”“交汇点”等主要新闻媒体、新闻客户端发布转载相关报道，微信公众号发布相关文章上万篇，关注人数达10多亿。

南医大女生被害案采访手记

■ 许丽晴

△ 作者采访知情人

2020年4月1日 星期三 晴

采访班主任梁老师

早就听说南医大被害女生林伶的班主任是梁志军老师。上午，我们终于在南医大老校区党委楼一楼见了面。

青绿的爬山虎开始了起初的蓬勃，布满了深灰的墙体，叶茎跃跃欲试。他显然有些激动，几乎有些哆嗦着掏出几份资料：一份是当时南京市公安局的通告；另两份是当时十个班的名册，1 班到 6 班一份，7 班到 10 班一份。经过反复折叠，纸页中间横向折痕早已破损，分别用厚实的透明塑料膜护住夹好。

“这是全年级 301 名学生的名册。”林伶被害不久，梁老师就改行干了行政。“这么多年，我啥也没留，一直保留着完整的名单和公告。这是我的一个心结啊！”他的眼圈红了。他喃喃地说：“总算了结了。”

南京医学院是全省招生的重点院校。1988 年夏天，他和同事在常州武进宾馆招生点招生，林伶是其中的一个。当年林伶的宿舍在四楼，班主任办公室在二楼，几乎每天都会见面。在大家眼里，林伶既普通又不普通。说普通，林伶性格内敛，衣着朴素。说不普通，她的用功拼命是出了名的，每天早去晚走，可以说，她几乎是每天留在教室时间最长的学生，她的书上密密麻麻记满了笔记。

那天消息传来，梁志军手脚冰凉，整个人都蒙了。他清楚地记得，上周五，也就是林伶遇害的那天下午上课前，他还遇到过在学校北门外永庆巷的坡路上推自行车下坡的林伶，一向温和懂事的她和往常一样，笑盈盈地道声：“梁老师好。”他知道她这是去上临床课，地点在峨嵋岭 19 号总教研室。没有想到这竟成为永诀！一个活蹦乱跳的女孩子、一个努力上进的好学生，就这样眼睁睁地惨遭毒手，魔幻般地从眼前消失。他无法想象，更无法承受。他当年去过老山前线，战火中战友死的死、残的残，几乎都是年轻小伙子，他都亲眼见过了……可他还是不愿去现场，太惨了！

他记起 20 号那天，当晚学生告别演出彩排，师生在二楼朝北教室排练舞蹈，一直在跳跳蹦蹦。自己 9 点左右离开走廊，还经过 101 教室。天气很冷，风雨交加。他一路过去，回头看看，只见寒风阵阵，路灯摇晃。

那年送走林伶父母后，自己再也没有跟任何人提起这事，因为只要想到，都会揪心地疼。在搜集整理林伶生前的资料时，我发现从小学、中学到大学三个阶段，她在各方面一次比一次更努力。不是说女孩子到中学阶段以后潜力会下降吗？可在林伶身上似乎不存在，她像是愈加开足了小马达，一直拼命地向前，到了大学连续两年获得全校一等奖学金。虽然所得实际奖励有限，只是三四十块现金，甚至是饭票。

当年的年级学生会主席兼 3 班副班长王付生回忆，那时候，6 班学生参差不齐，有部分是油田来的在职委培生，有的人抽烟喝酒全来，林伶是全班成绩最好的，也是最老实的。自己其实跟林伶并没有太多交集，唯一的一次，是在什么地方答疑，跟她借了一下圆珠笔。作为曾经年级的学生会主席，他不时组织毕业周年纪念活动，2013 年在南京中山门酒店就组织了毕业 20 周年活动，当时也曾议过筹备入校 30 周年毕业 25 周年纪念活动，记不清是谁提到林伶案子一直没破，大家的心陡地往下一沉，他便放弃了这个念头。

“林伶母亲一直以为我是她的班长。她有心血管病，每年都来找我咨询看病，我也不说破。老人家真的不容易。”虽说不是同班，也算同学或是师兄吧。我说：“嗯，师兄。”他点点头。我突然想起麻继钢刚被抓获时，一时盛传的“师兄破案”故事。“难道指的是你？”他苦笑着点点头：“我已经退群了。”

2020年4月14日 星期二 晴

应该给你们送锦旗

“说好了，答应了！”一早刚打算出门，手机响了，是常州市公安局单主任。“什么时候过来？”我略一思忖：“马上出发！”

20分钟后，我和支队的小王已在通往常州的高速公路上。常州第二人民医院坐落在天宁区老城区市中心，与第一人民医院毗邻而居，略显陈旧的街道城区跟见多了的鳞次栉比的高楼大厦相比，散发出朴素温润的气息。肖蓉是这个医院血液科的主任医师。

在医院的一间小会议室里，瘦瘦小小戴着口罩的她虽看不出表情，但情绪分明有些激动：“希望凶手立即判处死刑！”她直截了当地声调高扬着，“如果身体健康的话，应该将他遗体器官捐赠出来！”她怒气冲冲。我向她说明来意，希望她配合我们，她仍怒气冲冲：“听说你们在搞什么文学创作？还有什么警示？我们不想再回忆这件事了，当年找我们谈过好多次话，你们案子不是已破了吗？再说，我们学生晚自修错了吗？不能晚自修了吗？”小王解释说：“破案前我们需要了解一些情况，破案之后案件审理中仍需了解一些情况，请理解。”我俩主动向她出示警官证。在她过来之前，我已让陪同我们过来的市局和分局同志回避，以减轻她的思想压力。

“林伶是我们公认的品学兼优的好学生，多年来一直都是一等奖学金……”我告诉她，她的心情我们很理解，警方28年来一直在努力，锲而不舍执着追凶，才能在数十年之后成功抓获犯罪嫌疑人。“你知道吗，疫情期间侦查人员也抓紧办案，以最快的速度依法将相关材料经市、省级检察院报最高人民检察院。请你相信，我们的目标是一致的，警方一直在努力，罪犯一定会得到严厉的惩处！”随后，我又告诉她，为了破获这起案件，各级领导非常重视，警方动用了太多的警力，先后制作谈话材料15601份，整理各类材料笔录卷宗121本，耗费的人力财力巨大，影响极大。在前期侦查目标逐步明朗、工作范围不断缩小的基础上，2月23日凌晨比对结果一出来，南京、沛县两路人马马不停蹄星夜兼程自沛县赶回会合，6点多在嫌疑人住处将其抓获。案件破获之后，原省委副书记顾浩（时任市委书记）等领导纷纷专门打来电话表示祝贺。

在我的初步计划中，这个案件采访主要三条线，一是警方，二是受害人，三是犯罪嫌疑人。事先我曾列出初步采访的对象和方向，时间上也作了大体安排。可是，计划总是不如变化快，首先疫情的持续让对麻某的采访大幅延期，毕竟远程视频的隔空对话如同隔靴搔痒，总不如直面相对交锋来得直接有力，更谈不上抵达人心深处。其次就是第二、第三条线相关采访对象的不必要的顾虑甚至误会……这两方面的因素将原本的时间安排大幅延迟。怎么办？干脆面对现实灵活调整安排时间，边协调采访边撰写采访手记及整理相关资料。至于有关人员及单位配合问题，在我看来，误会可澄清，顾虑也可打消，办法总比困难多。

4月1日上午采访林伶班主任梁志军时，梁老师建议对同学的采访以同宿舍女生为主，主要四年学习生活下来，彼此应该比其他同学了解更深入些。考虑到通过师生关系联系或许更方便些，我便请梁老师与其中两三名同学联系此事。可情况出乎预料，认真负责的梁老师后来几次告知，相关同学不愿接受采访。“不愿再揭伤痛。”我请梁老师转告她们，协助警方了解案情及相关情况，是每个公民应尽的社会责任，梁老师表示已经表达过，但她们还是不愿意。既然这个办法行不通，我立即按工作程序操作，通过所在单位辖区公安机关协调此事。林伶的五位室友目前两位远在美国，其余三位，上海、常州、南京各一位。为方便起见，我自然首先考虑南京、常州的两位。这就出现开头的一幕。

听完我的介绍，常州的同学情绪一下子稳定下来。

回想当年，她怎么能不伤感呢？当年她和林伶、林君、郭一萍、周秀蕾、徐丽江六人一个宿舍，除徐丽江外，她们五个人都在6班。她1971年年初出生，她们几个都是1970年出生。她和林伶还是上下铺。她在上铺，林伶在下铺。林伶是学习最用功，也是成绩最好的，她的书上密密麻麻记满了笔记。上课她总是坐在前排，也总是最后一个回到宿舍。那个时候，虽然科技文化没有现在这么发达，可省城大学生的课余生活还是比较丰富的，周末班上会组织去学校后面的五台山体育馆溜旱冰，同学之间会看电影、逛书店，买《读者文摘》《青年文摘》回来。班上组织跳舞时，她们几个虽然不会，却也会去看个热闹。林伶偶尔会和大家看电影，跟大家交换传阅那些杂志和各种名著，书中精彩的句子和段落，她会工工整整地抄在一个黄色塑料封面笔记本上。从1988年进校到1992年，将近四年时间，六个人处得姐妹似的，已经在做毕业实习的准备了，谁也没有想到会发生这种事情，谁会想到跟往常一样晚自修到最后才回宿舍的林伶，这一次永远不再回来！那天她还说要回无锡家里去的啊！

毕业时，肖蓉坚决地选择离开南京。

我打开手机，点出两张彩色照片，一张是林君手捧林伶遗像，五个女孩的合影，还有一张是全班同学与林伶遗像的合影。这是准备实习前，班主任梁老师为他们拍的。沉重，肃穆。一个都不能少。

她褪下口罩，默默地看着照片，久久不说话。然后抬起头，对我说：“应该给你们送锦旗。”

返程的路上，我拨通了政委宋敏的电话。他问我：“顺利吗？”我有点嘚瑟：“人家要给咱们送锦旗呢！”

2020年4月21日 星期二 阴

惠山脚下

过了惠元桥，穿过运河西路和青山支路，再绕过江南大学附属实验中学，汽车曲折不断往西，惠山终于远远地横卧在街区北侧，成了淡墨的山水画背景。

曾听说林伶家住惠山脚下，风景极好。今天一看，果不其然。虽然依傍山坡而建的老式小区陈旧不堪，院落、楼道处斑剥脱落痕迹比比皆是，但是，被掩映在浓荫蔽日的一株株高大的樟树之下，依然有着几分宁静的古朴。一路张望继续西行，猛地发现斜对面的小区，即左拐进去，仍是顺坡爬行而上，很快一块开阔的空地展现在面前，到了林伶的家。

这是20世纪80年代老式建筑。三室一厅一厨一卫，狭小的客厅，两间朝南的房间有十四五个平方，朝北的房间略微小些。朝南西侧的房间是主卧，也就是朱老师夫妇的卧室；

东侧房间通着阳台，当年林伶和奶奶住这间；朝北一间是朱老师儿子，也就是林伶的弟弟住。那个时候，朱老师夫妻恩爱，清华毕业的丈夫事业有成，儿女双全，不知让多少邻居羡慕嫉妒恨。

眼下，房子还是当年的房子，家具也还是当年的家具，甚至有些摆设还都和当年一样，可是，已物是人非。当年温馨幸福的五口之家，如今只剩下朱老师一人孤寂枯守。虽然孝顺的儿子每天电话问候牵挂，但仍无法弥补她内心深处的悲怆凄凉。

旧得泛白的长条藤椅、双人木架子床、熊猫缝纫机、大立柜，还有那张深褐色老式办公桌，那是林伶用的写字台。那时候，放学回家的她每天伏在上面做完各种作业，然后在奶奶的催促声中洗漱上床。林伶最喜欢的人其实是奶奶。当年妈妈生下她不久，奶奶就从福建乡下赶来，等她断奶就把她带回乡下去，一去就是两年，然后才回到无锡，一直陪着她。都说农村重男轻女，可林家不是这样，主要林伶是林家这一辈子孙中唯一的女孩，反而备受宠爱，加上林伶自小聪明乖巧，奶奶更是疼得不得了。一直到上大学，林伶和奶奶都睡一头。奶奶有次开玩笑说："你长大了，要自己睡了。""不行不行。"林伶坚决抗议，那天特地早早钻进奶奶的被窝。奶奶看在眼里，美在心里，自己一手带大的孙女，真是捧在手里怕摔了，含在嘴里怕化了，不晓得怎么疼才好呢！孙女一有头疼脑热，她急得直嚷。孙女放学稍晚，她赶紧到学校去接。遇到下雨天，她忙不迭一溜小跑送伞去。林伶遇害后，奶奶恨不得直撞墙，1997 年 4 月临终前声声呼唤着："伶儿！伶儿！"

3 月在南京曾对朱老师有过短暂的采访。交谈中得知，28 年来她一直住在案发时的住处，且保留着女儿的房间及相关物品。我当下决意，无锡必须来一趟。现在，面对眼前的一切，4 月的阳光照进昔日的光影里，我有些恍惚。我不知道，这是不是主人刻意为之，但我清楚，28 年前那场梦魇击垮了这个原本幸福美满的五口之家，把全家推入一个万劫不复的痛苦深渊！

林伶的学习用品多被收存在这个书桌，两侧的柜子里整齐地堆放着她的学校各科教材和课外阅读资料。抽屉里整齐地码着正方形或长方形的饼干盒和杂物盒，里面都是各种书写用笔和五花八门的绘画用笔。特别是长长短短各种型号品牌的彩笔，居然占据不少空间。还有几本小小的集邮册，一本旧书收藏的各种透明的糖纸，以及医用听筒。我不解地问朱老师："怎么这么多彩笔啊？""伶伶平时就喜欢写写画画，本来她是想学服装设计的。"我又打量下面柜子里堆得满满的泛黄的书，看得出来，她是个文学青年，《外国优秀散文选》《普希金诗集》《台湾当代爱情诗选》都被标注着笔记。五角丛书应该是她的最爱，二十多本单行册整齐地收存着，《人性的优点》《人性的弱点》《影响世界历史的 16 本书》《争鸣中篇小说 20 篇》《80 年代中国之最》……小册子陈旧而脆弱。那本乳黄色塑料封面笔记本，和当年很多怀揣文学梦想的青年一样，是林伶专门用来摘抄文学名著的，里面居然抄录了当代著名散文诗人，亦是我的良师益友，公安部宣传局领导杨锦的著名散文诗《冬日，不要忘了到海边走走》，淡蓝色圆珠笔字迹工整秀气，不疾不徐："冬天，不管有没有雪，有没有风暴，有没有远航的船，你一定要到海边走走，去看看寂寞的海，像看望久别的朋友或远方不知姓名的恋人，给海一点微小的安慰，不要让冬日的海在孤独中感到忧伤。"

柜子另一侧是几本订好的厚厚的台历芯，那是林伶父亲的习惯。我下意识一把抓起一本，五彩花卉拼图图案的封面上，“92”字样的标注让我的心猛地揪了起来。一月、二月、三月，我飞快地翻着，翻到那些日子，却猛地停住了——空白，或者说缺页，19号到22号，就这样消失了！

瞬间，一个看不见的巨大的黑色屏障向我们袭来，我的心头无端地压抑。一旁的王朋怔怔地说不出话来，朱老师接过台历，细细翻看了，颤抖着手递还给我，长长地叹了口气。大家都沉默着，谁都不愿多说什么。那道屏障又似无底的黑洞，深埋着无尽悲恸冤幽的过往。

我努力挣扎着，想把自己从“黑洞”中拽回到现实。我走到客厅朝北的窗前，凝视着不远处夕照之下青峰馥郁春色正浓的惠山，仍是一派宁静祥和。朱老师向我们介绍时，曾不无自豪地告诉我：“这是我家的后花园。”是啊，多么美丽的自然环境，多么幸福的家庭生活，怎么竟在一天之中就毁了呢？朱老师想不通，自家怎么就摊上这事儿呢？

2020年4月22日 星期三 晴

38年前的班主任

昨天梳理林伶的信件时，有两份未寄出的信，都是写给“胡老师”的。一封圆珠笔写的，一封蓝黑钢笔写的，字迹非常工整认真。

哪个胡老师？我问朱老师。“小学班主任。”她往西一指：“就住在那边楼上，不远。”她说我们可以去一下。我有些犹豫，几十年过去了，一位小学教师还能记得当初流水一般进出的众多小学生中的一个吗？可朱老师斩钉截铁地说，她知道。既是这样，于是说定，今天去拜访。

不知什么原因，平素并不认床的我，居然一夜没有睡好。一大早，我干脆起床踱出湖滨饭店时，我已无意中从房间的落地窗口领略了临窗太湖让人且惊且叹的秀美春色。出门左拐，绕过几株枝叶繁茂的黄杨和高大的百年樟树，回廊、水榭、朱亭……传说中美丽的太湖就在面前。无锡真是个好地方，有山有水更有丰沛茂盛的绿色资源，所到之处，樟树蔽日梧桐繁盛。都说苏南人大多不愿离开故土，除非情非得已。当初的林伶为了求学离家数载，却遭此劫难……

我在湖边渐渐温热的阳光下，静静地发了一会儿呆。

一名豆蔻年华的女大学生被性侵遇害，无论当初办案人员侦破过程的推理分析，还是普通局外人的习惯思维，都会首先对而且必对受害人与犯罪嫌疑人之间关系、有无交往、受害人社会关系、一贯人品等作出相应的判断。20世纪90年代初，社会风气逐步开放，大学校园尤其南医大这样一个位于省城闹市中心的名校自然也成为敏感区域。当年专案组成员、五处副处长操福初在组织大规模排查的同时，曾对林伶各方面情况进行全面了解。采访中，他感慨地对我说：“林伶确实是一位经得起调查的好姑娘，我们应该为她报仇申冤！”那几天，他在南医大党办高高的台阶上曾向情绪激动的同学表态，此案必破！几个月后决定受害人遗体火化时，面对肝肠寸断撕心裂肺的林伶父母，他紧紧拉住他们的手：“放心，案子肯定会破！”如今，案子终于破了，我，还有我们还能做些什么，或者说，还应该做些什么？我一直在想。

当初的育红小学就在由饭店去林伶家的马路上，校门朝南。从门口望去，校园开阔明亮，一株高大的雪松挺立在进门的左侧，很像是一位勇敢坚定的守护神，护佑着这些可爱的孩子们。我不由自主地想着。林伶和弟弟相差四岁，她爱弟弟也护弟弟，上大学之后隔三岔五就给他写信，告诉弟弟自己这边的情况和学习经验，关照他学习应该尽自己最大的努力，外语要多记，语文要多分析，数学要坚持，化学要努力，物理要更上一层楼，提醒弟弟少看电视，以防上瘾分散精力得过且过……每到寒风乍起的初秋，她都记着祝福弟弟的生日。她岂止是姐姐，更像是一位贴心的朋友和小老师啊。眼前这株苍劲高大的松树，当年一定见证过姐弟俩相携相依的身影，松风树影间也伴有姐弟俩的欢声笑语，只是寒来暑往春去冬来，今天的暖阳还能照进那些阴霾的岁月吗？

按照朱老师的指向，我们来到一座叫上里东新村的老式小区旁。几经周折，终于找到了最东单元上了三楼。深褐色木门紧闭，敲门，没动静。再敲门，还没动静。还是敲门，侧耳凝神探听，屋里还是一片沉寂，只有惊起的陈年灰尘在阳光下飞舞。我略一思索，从包里笔记本上撕下一页，让王朋留言，说明来意，并请回复电话。写完从门底缝里塞了进去。

中午正在朱老师家吃着盒饭和她专门准备的酒酿，我的手机响了，显示无锡座机号码。我纳闷着接了——原来是胡老师！“你们什么时候来都行。”胡老师快人快语，当即约好下午再去。

“怎么会发生这种事？可惜啊！”“我是林伶五年级的跟班班主任、语文老师。她是班级骨干，副中队长、语文课代表。”听说这事时，当年的老师们都很震惊，想不明白怎么回事啊。75 岁的胡老师长相端庄身材瘦削，可能是教师职业的特点吧，略微沙哑的嗓音说起普通话来一板一眼，头微微扬着。“多好的孩子，文雅，功课认真，老老实实的，”继而转向坐在沙发一侧的朱老师，“上天给你好女儿，可你没保护好她。只是学习好又有什么用啊？！”她惋惜着，恨恨地责怪着，埋怨眼前这个做母亲的没有教会女儿怎么保护自己。平时言辞犀利的朱老师这时竟也语塞。

我从包里拿出那两封折叠整齐，却没有寄出的信，递给了她。一封时间是 1982 年 1 月 29 日，即小学毕业的那个学期。另一封是当年国庆节后，林伶刚升入初中。这是林伶短暂人生中仅有的给老师写的信。

敬爱的胡老师：

您好！

时间像流水一样地逝去，我离开母校已有一个多月了，一直没到学校来看您，也没有给您写信，请您原谅！老师，您现在身体好吗？

我结束了五年的小学生活，踏进了中学的校门，开始了新的学习生活，然而，小学里的一幕幕却像电影一样，时刻出现在我的脑海里。

记得有一次语文期中考试，我只得了85分，当时我伤心地哭了。您看到了，对我说：“哭有什么用？眼泪能代替科学？科学的道路是崎岖不平的，时刻会遇到困难，但是你应该鼓起勇气克服它，战胜它。陈景润为什么能成为一名数学家？他就是不怕困难，勇往直前的。”您还说：许多登山运动员，他们用自己的勇气，战胜了许许多多困难，登上了一道道高耸入云陡峭的山。如果他们怕这怕那，怎么取得这些成绩呢？这些道理我都记着。

如今，我踏进了三十四中的校门，但是，我不能忘记老师，你们花费了许多血汗，使我从一个幼稚无知的孩子，成长为一名光荣的中学生。

……

真想回到已经离别一个多月的母校去看看，我也一定去看看。

老师，请您代我向母校的老师问好。

祝

身体健康、工作愉快！

您的学生　林伶

胡老师抬起头，两眼满是泪水。

2020 年 4 月 23 日　星期四　晴

青龙山公墓

青龙山公墓位于无锡河埒镇青龙山村，墓区依山而建。当年 11 月，林伶下葬于此。

4 月的太湖之滨清晨仍然清冷，阳光在空旷的郊外自是显得惨淡。顺着青龙山朝南的山坡往上走，林木先是稀疏地三三两两，渐渐地茂密了些，山坡也逐渐陡峭起来，堆砌而成的长方形水泥台阶粗砺灰暗。朱老师腿脚不好，我和王朋轮流搀扶着她沿着山道拾级而上。

上个月，也就是 3 月 19 日那天，我于中午、晚上先后两次前往南医大南楼林伶遇害地点，观察着地点及周围情况，陪同母子二人祭奠林俐。校区还是那个校区，南楼还是那栋南楼，那晚，我在那幢“回”字形老式教学楼里徘徊，脚步放得很轻很轻，凝神侧耳捕捉倾听着，希望能听到那位远去数年年轻姑娘的声音，哪怕一声叹息……夜色沉沉，南楼一隅，冷月之下烛光幽幽，草木深邃。我沉默着，凝视着母子二人烛光下的背影。

前天中午刚到无锡，我就告诉朱老师要去祭奠林伶，她眼里闪过一丝诧异，随后欣慰地点点头，我们约定后天下午去。

墓区松柏林立，顺着坡势挺拔生长着。从石板路左拐进去，林家墓园朝南而建，面积有十多平方米，左右两侧，三四棵高大的松树足足有好几米高。树影斑驳之间，“爱女林伶之墓”已在面前，相距三四米的右侧后方，是 1999 年病逝的林伶父亲林鸿生之墓。

1992 年林伶遇害之后，父亲林鸿生痛不欲生，几近崩溃。这个 1964 年清华大学毕业、1992 年享受国务院特殊岗位津贴的高级工程师后悔让心爱的女儿考到外地，后悔让心爱的女儿学医，后悔给心爱的女儿无形的学习压力，甚至后悔没有考虑让她找对象……他被这个从天而降的巨大噩耗击垮了，极度的自责和思念让他不能自拔。那些天里，他只得发疯似的不停地给天国的女儿写信。

“悲痛万分，心如刀绞，再也见不到活生生的女儿了。

“我们需要你。我们已 50 岁出头，需要你的温情，需要你的保健知识，还将寄希望你的服侍，我们也给你准备下一步生活行装，我不会吝惜的，可这一切也没有对你说，再也无处说了。

“伶儿，你太累了，三年紧张的学习已结束，你这位连续两年一等奖学金的高才生就这样消失了，冤枉啊！

“你的音容笑貌，腼腆的表情，丰富的内涵，爸爸暗暗作喜。

“早知今日，何不租个包房陪你畅快地聊天、玩耍，妈妈也没来得及呀！你说让妈妈在家休息够后来南京陪伴。哪知有今日。天哪！

“你关心爸妈身体，不让喝酒、不让吃腌菜、不要用染发剂，教爸妈胃保健、腰锻炼，句句情深，字字意切。

“我说过：这个家少了谁都不行。是台柱，但是还得有相随相伴的呀！天哪！

“伶儿，现在是晚10：39，按往常你5月2日乘348次车也该是这个时候回宿舍，可是，现在你在哪儿呀？

“伶儿，昨天弟弟来，本来一家在南京过‘五一’多好呀！如今弟弟来，给大家留下的是精神创伤啊！

“伶儿，弟弟要回去上课，妈妈要回家安排一些事，留下孤苦伶仃的爸爸到新街口打电话，凄凉到极点，该多需要你在我身边，可你就这么不明不白地没有了，我心不平呀！

“伶儿，你是那样地谨慎，那样地善良，可那个黑心肠的畜生对你下毒手，把我们好端端的家给拆了。

“我们本该是多么幸福的家！我有很美的构思还没跟你说，也没有听你的想法，我这个不称职的爸爸，女儿一天天大了也不懂得给予更多的父爱，我多无知呀！

“伶儿，我怎么也舍不得你，就这样不明不白地走了！可还有你弟弟未成人又未成才，还有破碎的家，否则真想陪你去。你一个人太寂寞了，没有人给你做主，可怜你一个人走了，你可要学会坚强，要做强者。

……

“伶儿，我就在你照片面前，你活过来吧！爸爸妈妈需要你，弟弟需要你，奶奶惦记着你，我祈求苍天有灵，把我女儿复活吧！我们需要林伶呀！她不能离开我们，没有了她，也等于杀害了我。

“伶儿，伶儿，你有灵就大胆地活过来，爸爸妈妈在等着你！……”

最后的那一篇，他甚至对女儿说：“这些爸爸已无论如何也无法弥补，只能到阴间再说。”

事实上，痛失爱女的林鸿生再也没能从那场梦魇中走出来。女儿是他生命中的那束光，他怎么能够没有她？只是他从未吐露，更未及表达过，他为之悔恨终生。几年后，抑郁成疾的他因胃癌离世。临终前，他拉住妻子的手，微弱却一字一句地对妻子说：“凶手抓到了，把情况写下来，烧给我……记住。”妻子点点头，泪如雨下。

我唏嘘不已。

我和王朋献上两束白菊花。祭台上，芒果、桂圆、饼干、林伶爱吃的乐口福，朱老师一一摆好，喃喃地说：“林伶，你还好吧，省公安厅和南京市局的同志来看你了。放心吧，凶手已经抓到了，一定，一定会为你偿命的。”

微风轻过，朱老师继续道："伶伶，你走之后奶奶和爸爸都走了，奶奶一直想你惦念你，爸爸也一直非常难过。你在那边遇到爸爸了吗？遇到之后一定告诉他，案子破了，凶手抓到了。"

墓碑后面矮墙上嵌刻着一块石碑，是南医大所立：

林伶，女，福建莆田人，一九七〇年二月二十一日生于江苏无锡，共青团员，一九八八年九月考入南京医学院临床医学系。

林伶是国家的好青年，有着远大的理想和抱负。热爱党和祖国，为人朴实，待人谦和。注意自身思想品德的修养，情趣高雅。

林伶是南医的好学生，立志献身医学，学习勤奋刻苦，学业基础扎实，成绩名列前茅。连年获奖学金，深得师生一致好评。

林伶於一九九二年三月二十日晚不幸遇害，这是国家、学校及家庭的一大损失。国家教委、省、市领导十分重视此案，我们为失去品学兼优的学生无比悲痛。

林伶同学安息吧！

南京医学院 谨立

一九九二年十一月

"谢谢你啊，许主任。"下山的路上，朱老师挽住我的右臂，轻声道。我没有吭声。其实，因为疫情的原因，今年一直没有回老家祭祖，只是借与表姐合著新书《花落花开人世梦——〈红楼梦〉里的诗和词》出版之际写了创作谈，兼作清明祭母之文，4月初在《文艺报》发表，也算聊表对故人的追思。但愿亲人见到我的这篇日记，不要怪罪于我。

"青山中学就在前面。"看时间还早，我们又随朱老师去了青山中学。这是林伶姐弟读中学的地方。林伶的高中班主任陈仲初早已从这里退休。下车之后，传达室工作人员照例拦住我们。疫情期间，本就错峰入学，对外来人员自是严格盘查。正一筹莫展，朱老师走上前，用无锡方言双方叽里呱啦一番对话，不一会儿出来一位行政干部模样的同志，问明之后让我们再等一会儿。我和王朋让到一边聊起支队参与侦办的高管性侵一案。不一会儿，朱老师高声说："电话有了。"我连忙试着拨打了手机号，语音提示已关机。好吧，有号码就好办，大不了回去电话采访。

回去的路上，我不断回头张望。青龙山这块墓地，是当初林鸿生为女儿专门选好朝南向阳的最好的位置，与夫妇俩的合墓一起，就是为了将来和女儿团聚。他们知道，女儿怕冷，更怕孤单。如今，不知父女俩在天国有没有相会？曾经痛不欲生、历经煎熬的父亲应该一了心愿了吧？

2021 年 1 月 19 日 星期二 阴

妈妈一直都在

"我可以闭眼了！"去沛县采访的路上，手机响了。朱老师轻轻地说。

时间已是 2021 年 1 月 19 日，下午 3 点，江苏省高级人民法院对麻继钢强奸、故意杀人一案进行二审宣判，裁定驳回上诉，维持原判，依法报请最高人民法院核准。

这时，距麻继钢被抓获归案11个月。

“我可以跟老林、伶伶他们团聚了。”朱老师又说道，“这么多年，老林一直在天堂保佑着我，让我撑到今天，等到这一天。”

我静静地听着。

虽然她语气平和，却依然能够感觉到内心的山呼海啸。

我又记起9月16日一审开庭那天，辩护人发言之后，老人激愤不已的控诉。

“28年，一万个日日夜夜，我每时每刻思念我的女儿。如今我80岁了，身体一年不如一年，世事难料，但我一定要挺住，支撑我活下去的唯一信念，就是要为我惨死的女儿申冤报仇，让被告人麻继钢一命抵一命，我的生命哪怕仅剩一天，只剩一口气活着，也要等待判决凶手麻继钢死刑立即执行的那一天。金山银山换不回我女儿的生命。如果这个案件不判死刑，谁判死刑？那我去死吧，我死给你们看！相信法律是公正的！盼望法律的公正判决！”

她一出现，身穿防护服，站在被告席中的麻继钢忙不迭转过身来，试着下跪，被法警拉住。

当天的不公开审理开庭，由三名法官与四名人民陪审员组成“七人大合议庭”审理，南京市中院院长孙道林担任审判长，南京市检察院检察长范群出庭支持公诉。检察、审判两院同时由最高领导出庭，这在历史上极其少见。10月14日，南京市中级人民法院一审公开宣判，被告人麻继钢犯故意杀人罪，被判处死刑，剥夺政治权利终身；犯强奸罪，判处有期徒刑七年，决定执行死刑，剥夺政治权利终身。麻继钢不服一审判决提起上诉。三个月后，二审裁定驳回。

2020年5月，全国两会在北京召开。在连线审议“两高”报告时，南京市人大主任龙翔转达“3·24”案受害人家属诉求，提出：“迟到的正义要实现，迟到的正义不实现，就不是正义。”呼吁严惩凶手，伸张正义。之前，龙翔主任专门安排秘书长邵建光到无锡林伶家中了解情况，对家人进行慰问。

2021年3月8日下午，十三届全国人大四次会议举行第二次全体会议，最高人民法院院长周强作最高人民法院工作报告，最高人民检察院检察长张军作最高人民检察院工作报告。张军在报告中说，对杀人、抢劫等严重暴力犯罪始终保持高压态势，起诉5.7万人，核准追诉“南医大女生被害案”等35起陈年命案。

“3·24”案作为典型案例被写入报告。这是近30年来，最高检察院工作报告首次出现核准追诉情况。

3月10日晚，仍在北京参加“两会”的龙翔主任的手机响了，是张军检察长的电话。

“非常感激您对‘3·24’案件的关心，我代表受害人家属转达她的谢意。”

“不是受害者感谢我们，而是我们应该致歉。”张检察长动情地说，“这么多年，受害人家属经历了太多的磨难和煎熬，承受了难以想象的痛苦，让人真的很痛心。我想请你转达我对受害人家属深切的慰问和深深的歉意。”检察长对老百姓充满感情，委托龙翔主任专程去无锡看望朱敏。

一年又一年。

那一年，丈夫的葬礼上，她木然地呆立着，任凭身边的亲人朋友的呼号哭泣不绝于耳。丈夫临终前的嘱咐不时在她耳边响起，眼神绝望着。她没有流泪，她的泪早已流干了，早已汇进滚滚的长江和浩瀚的太湖了。女儿和她心有灵犀，气息相通，不时出现在她的梦中，特别是第一次去青龙公墓，夜里就梦到女儿来厂里找她了，还跟小时候一样，穿着那件花格布衬衫，笑眯眯的，扑闪着一双大眼睛，安静地看着妈妈。她问女儿，伶儿啊，你过得好不好啊？伶儿并没有答话，定定地望着妈妈。她再问，伶儿偏了偏头。她朝那边望去，远处山高水低烟波浩渺……再回来，女儿已在异乡中。那幅全家照依然在床头，甜蜜、温暖，老林的额头饱满光洁，嘴角抿住的丝丝笑意从眼睛里掩不住地流淌出来。相框是天蓝色的，是伶伶最喜欢的颜色。夜深人静，她一次次端起来，跟女儿说话。现在，沉冤一直没有昭雪，可是，婆婆走了，老林也走了，他们一个个都撒手去了，只剩下她和儿子相依为命。可是，她不能倒下去，即使丈夫倒下，她也不能倒下去。夫妻 30 年，她和丈夫搀扶着，一点一滴搭起了这个四口之家，辛苦却快乐着，构划的生活前景多么幸福多么美好，可是却被毁于一旦了！丈夫走了，她知道他走得不情不愿，但她要对丈夫说，放心，我会接着走下去！她要对女儿说，女儿啊，妈妈要活着，好好活着，哪怕还有一口气，妈妈也要为你申冤，妈妈要活到凶手落网，活着看到凶手偿命的那一天！

从那一刻起，为女申冤、讨回公道成了朱敏此生唯一的信念。望着窗外日渐凋零的秋风落叶，花甲之年的她，艰难而又义无反顾。

从那个时候开始，整整 21 年，每年的 3 月 20 日，白发飘零的朱敏风雨无阻，踽踽独行在女儿的祭奠路上。

曾经，她觉得自己实在支撑不住了，于是，对接待她的梁志军老师说："梁老师，以后可能我不能来了，走不动了。"

可是，第二年第一场春雨过后，她苍老孤独的身影又出现在南楼天井里。

身体一年不如一年，一天不如一天。

胸闷、头晕，心慌、心痛不断发作，甚至无法站立。2019 年 4 月和 11 月，年已八旬的她连续三次住进医院，八粒速效救心丸才转危为安。她知道自己随时随地可能撒手离开，可是还是不愿放弃。

只要还有一口气，她都要跑下去。

林达担心母亲身体，多次把她接到深圳。她总是过一段时间就要回江苏，特别是 3 月那几天，更是雷打不动。儿子媳妇都孝顺懂事，她何尝不想跟孩子们共享天伦？可是，苍天在上，亲口答应了老林，自己已经 80 岁了，还有多少时间啊？

果果，好孩子，原谅奶奶不能天天陪在你身边，等到报仇雪恨，奶奶会一直陪你长大，送你上大学，送你出嫁。现在，奶奶有更重要的事情要做。

几次见面，我发现朱老师三样东西不离身，一是祭奠林伶的供品，林伶喜欢吃的饼干、话梅、巧克力、香蕉、苹果、花生等物；二是盛放药品的塑料袋，丁苯酞软胶囊、硫酸氢氯吡格雷片等十多种药品，心血管及老年病轮番袭击着她；三是兼做拐杖的二轮轻便手拉车，所有杂物一股脑儿装进其中，已 80 岁高龄步履艰难的她以车代杖，独自蹒跚挪移在申冤路上。这次相见，原先暗绿色的手拉车换成新的大红色的。"这就是我的拐杖。"面前红白相间的帆布袋亮堂耀眼，她声音洪亮，笑着指着告诉我。

多么坚强的老人啊！我百感交集。

五处的每位局领导都接待过她，她逐个记下联系号码，保持互动。每次告诉她破了案，她都跟上一句：“我的案子还没有破？”专案组重新启动不久，把工作情况做成视频给她看，她才放心些。

顽强的意志，深切的母爱，敏捷的思维，得体的修养，是我与朱敏相处一年来最深切的体会。即使在年老体弱身心俱伤的情况下，她仍然坚持为女儿奔波申冤；即使在案件一波三折濒临绝境的困境下，她仍然痴心不改执着等待，相信光明终究会到来；即使在奔走无望万念俱灰的绝望中，她也依然通情达理善解人意。这些年，每逢节假日，她都在微信中问候相关办案人员，不时为大家鼓劲。麻继钢归案后，她不止一次向参战民警表示发自内心的感激，感谢各级领导和社会各界对该案的关注和支持。在了解我的采访需求之后，她细心地主动帮我找寻、联系有关采访对象或是电话号码。梁志军、王付生、肖蓉等的号码就是她提供的。她至今保留着每天看《新闻联播》的习惯，正如当年老林自己装配一台电视机后，每周看《正大综艺》一样，关注时政，关心国内乃至国际形势，有着开阔的眼界和目光。

对于女儿被奸杀的事实，作为一个有着根深蒂固传统的女性，一位深爱女儿的母亲，她曾经讳莫如深，无法接受。但这毕竟是基本的法律事实，不仅无法改变，而且将成为犯罪分子定罪量刑的重要依据。在谈起此事时，政委宋敏一度有所顾虑，我只能表明自己的观点，并说明这个思想疙瘩必须解开，只能解开。正寻思着找个机会与朱老师聊聊，正好，没有几天，在一次沟通中她主动说起此事，表示对媒体记者的不满。我心里说着“正好”，连忙接上她的话头。“这个事情应该是这样的，朱老师您先听我说。”我开始了表述，“这是基本的法律事实，必须尊重，任何人不能改变，也改变不了。”她愣住了，一时无话。“除非当初不想破案。”我又跟上一句，并作了解释。她嘤嘤地哭了。从此，绝口不提此事。

从无锡回来之后，她时常给我发微信，跟我说说心里话，问问不明白、想不清楚的事。

我耐心地一一告诉她，更鼓励她，保重，挺住。

她坚定地说：“我年纪大了，身体又不好，世事难料，但我要挺住，强烈要求判决凶手麻继钢极刑，为女儿报仇，我才能死得闭眼。”

我紧紧握住她的手。■

退休

■ 戴 民

△ 作者在高邮古驿站前留影

入冬，接到市委组织部退休谈话的通知，驱车前往的路上淫雨霏霏。组织部坐落在寂静的高安路，路旁浓郁的梧桐树随风落下片片焦黄色树叶，那是年轮即将更替的景致，放在此刻，却耐人寻味。一场庄重仪式的退休谈话，原想当在暮色绚烂的黄昏，而非氤氲细雨的下午，蓦然想起多年以前提拔到市公安局治安总队总队长岗位上的谈话也是在一个风雨交加的下午，幻想和现实多半大相径庭，恐怕就是一种常态。恍惚中，车外滴滴答答的雨声，此刻听来觉似一种有节律的音符，像在安抚又像在慰藉。

年轻的女部长笑容可掬，端上一杯热气腾腾的茶水，没有例行的客套，如同老朋友一样切入话题。女部长告诉我，市局的主要领导与组织部门之前沟通过，本来早在几个月前该办理我的退休手续，只是因紧张的安保工作需要而推迟至今。我感谢组织部门的信任，让我有机会再经历最后一次考验，天随人愿，进口博览会安保工作安然有序，那天全市安保总结表彰大会上，我代表全局治安部门上台发言，权作是职业生涯一次很有体面的告别。

谈话间有片刻，我端详着眼前的玻璃杯，杯中不知名的茶叶浮浮沉沉，让我浮想联翩，人生莫非杯中一片茶叶，沉浮一世，最终都要沉淀落定，安顿了便好。女部长话语里多半是关切和鼓励，显然她很擅长与人交谈，我过往的经历她都知道，从军旅到从警生涯，她娓娓道来，替代了我一吐衷肠的爽快，须臾间，原本郁闷的心结像杯中的热气尽散而去，人也忽然变得轻松自如，恍若在家一样，我们之间的谈话，仿佛是亲人之间饭后茶余的聊天，压根儿没有正式场合压抑凝重的味道。整个谈话中，我们之间说了什么，我还真记不得多少，但最后她的道谢这句话，如沐春风，深深打动了我。

谈话过后这些天，亲朋好友多半问我退休后有什么打算，其实扪心自问，无非是换一种“活法”。从前，你活在别人的眼里，退休了，你便可以活在自己的心里。在位时，你必须以众人的眼光来处世为人，小心翼翼地接受他人挑剔的眼光，在乎别人的眼光，你必然活得很“累”也很“痛苦”，退休便是一种洒脱；在位时，你拥有权力，而权力是“一匹狼”，权力愈多愈大，风险愈多愈大，所有的日子都得战战兢兢，退休了，远离权力，不再与狼共舞，也是一种解脱。子曰：“六十而耳顺。”退休的日子就是远离尘嚣得以耳顺的时光，子超先生在《白说论语》中解读，耳顺乃心顺。心顺了，所有的日子都是开心的。

也有朋友不断地问我，退休了，不感到失落吗？我理解这种失落大概是再也得不到在位时别人对你的尊重，这问题很有意思，其实，在我心里早有答案。职业生涯中办理过一起至今陈列在公安博物馆的大案，让我终身受益。有个叫毛相信的杀人魔狂，被麾下逮住后，连审三天没有吐过一个字，最后当队长的不得不出马，我换了一种出人意料的方式，双方都坐在小板凳上，彼此相视，平和谈话。杀人现场有五个女人惨死在他手下，而他居然神情若定，一副玩世不恭的模样。犯罪现场都有迷惑性，掩饰与伪装是罪犯惯常的伎俩，每次站在犯罪中心现场，通常我不会专注核心部位，如果要从那里获得关键信息，你应当逆向思维，真实的东西往往在与现场关联的地方，那里有他们擦不掉的作案痕迹。凶犯貌似坦然，正是笃信对手尚未拿捏到他内心最隐匿的痛处。前一天，我找到了与他相处的女人，那个羸弱不堪且谨小慎微的山里妹子与虎背熊腰的丈夫简直天壤之别，只能容得下一张床的屋檐里，床头角居然码着一堆乱七八糟的情色杂志，名堂就在这里。成天埋在声色犬马的字眼里，身边却躺着弱不禁风的自家女人，雄性荷尔蒙勃发难抑岂不酿成一场骇人罪案？我似乎以一种理喻的口吻对他说，你家的女人满足不了你，才让你蠢蠢欲动？他听完这句话，好半天怔怔地望着我，蓦地，眼眶泛出忏悔的泪水，随后嗫嚅说，我虽然犯了不可饶恕的天条，你却把我当人看。我先交代一起你们没有掌握的，松江县那个入室强奸杀人案也是我做的。我微微一怔，这个时候，803 的弟兄们正在松江泖港蹲点侦办这起疑难案件，想不到罪犯已落在手中。

那天，他一口气吐出十多起惊人大案，让沪上名探 803 当家人张声华惊喜不已，他在电话那头对我说，你是一名福将啊！我却在想，即便是穷凶极恶的罪犯，也应尊重他的人格，审讯问话，却平起平坐，常人难以想象，而事实却是你用一种最质朴简单的力量撼动了一颗凶残冥顽的心。从那一刻起，我懂得了什么叫作平等，什么叫作对人性的尊重。对他人的尊重即是对自己的尊重，坚守这般信念，终将赢得一生的尊严。退休了，如若你感到失落了，证明你理解的尊重是权力与地位的异化，除非过往你崇尚别人膜拜权力垂涎地位，让你不知天高地厚，徜徉于莫名的自尊自恋之中，那无疑面临悬崖。

退休了，而大多数人如同平日里一样看待你，那才是人生最大的成功。大凡在位时你没有权势熏天、颐指气使，你不会媚上欺下，敢说真话，你宽容大度、处事公道，平等而善待每一个人，问心而无愧，你又何来失落？如此，充其量有些失重罢了。工作意味着生活在固有的程序中，退休意味着既有秩序的改变，失重是难免的，失态却大可不必。最欣赏《青玉案·元夕》词章这么一段："众里寻他千百度，蓦然回首，那人却在灯火阑珊处。"工作了大半辈子，才揣摩出人生的端倪，少时，登高远望；年轻时，砥砺前行；中年时，衣带渐宽；直至暮年，方知人这一辈子就是在学做人。人生有一项程序无法改变，"泥步修行"，永远在路上。

退休了，在我看来，不急着云游四海，也不忙着保健养生，头一件最想做的是腾笼换鸟，推陈祛旧。大半辈子，脑袋瓜里窝着一大堆杂乱无章的东西，在职的时候忙得屁滚尿流都无心去打理，闲了，有大把时间可以打扫清洗，要赢得"泥步修行"的正果，先得腾空脑瓜，把坐禅冥想的房间梳理一番，以便盛下新的东西。摆在书架上的一摞摞装帧漂亮的书籍，平时懒得光顾，如今再也没有无暇阅读的理由，新的东西就在那里，新的生活也在那里，那里将延续生命新的乐章。

退休了，到了人生的一座驿站，歇马盘点，抚今追昔，难免有许多愧疚，最大的莫过于辜负亲情。从前，单位与家浑然一体，安享朝夕相处亲人的挚爱，得以全身心地工作，事业和家庭却掉入"修昔底德"陷阱，"混"了大半辈子，透支了无数的亲情，"债"终是要还的，家是后半辈子最后的港湾，现存的秩序再也不可挑战。如今，事父母尽孝赡养，夫妻间相濡以沫，饴儿弄孙，滋养情分，这些与铁血男儿大不着调的习惯，是你新的生活彼岸。

退休了，心存感恩，此种感恩用言语难以表达，用肢体也难以呈现，感恩父母，生我养我；感恩老师，孜孜教诲；感恩组织，培育关怀；感恩同事，风雨兼程；感恩朋友，志同道合；感恩妻女，同甘共苦；感恩天地，风调雨顺；感恩自己，生逢其时。人生就像一次空中远航，不在于飞得多高，也不在于飞得多远，无论你飞到哪里，圆满落地便好。是以斯文向我的亲朋好友道谢敬礼！■

深夜抓人遭遇法情碰撞，执法如山却又柔情似水；回看当年街头诈骗奇观，骗术可笑缘何上当受骗？往事悠悠，听老警慢慢细述……

派出所万花筒

——老警手记之六

■ 陆伟斌

△ 作者在汪曾祺故居前

法情碰撞

这天值班，陆陆续续事情不少，但处理还算顺利。到24点许，大家手头的活儿基本了结，大茅甚至开始安排人去买夜宵了。如果不出意外，吃好夜宵，除了值通宵班的，其他人都可以去寝室休息了。

但派出所就是很魔幻。即使到最后一秒，都不会让你自信这一秒肯定在你的掌控之中。这不，买夜宵的前脚刚去，后脚就进来了几个警察同行。看上去面色陌生，应该不是本分局的。一问，果然是闸北的。说是有个打群架伤害案的嫌疑人躲藏在我辖区，请求协助抓捕。据他们提供的信息，躲藏地应该是大海的管段。

跨辖区抓人需要辖区民警支持配合。闸北来了两人，力量明显单薄，我们配合的力量就要加强。

抓人是大事，值班组长大茅必须“亲临一线”。大海作为管段民警，肯定也要参加。大茅还觉得力量欠强，眼光便在我身上打转。

自从我兼任天桥管段警后，我的“备胎”身份越来越名不副实，因为我自己变成了一只喷火冒烟的“风火轮”。所以，平时大茅这里的事我已很少掺和了。但班头上我们还是常常“同舟共济”的。最后决定我们 3 人加上闸北 2 人，5 人抓 1 人，形成相对优势。

盛夏季节，白天闷热，夜晚落了几滴雨，空气渐渐凉爽起来。大茅说，老天帮忙，下雨降温，乘风凉的都进屋了，这样有利于抓捕。

活是要干的，只是委曲了咕咕叫唤的肚皮：已在路上的生煎馒头不能享用了。

出所后，大茅看到隔壁饮食店正在上门板准备打烊，立即上前成就了老板娘最后一笔生意：所剩十只菜肉大包被他一举拿下，正好每人两只。冒着热气的包子散发阵阵香气弥漫整个车厢，大家吃得津津有味。虽然我脑子里有生煎在诱惑，但生煎虚无缥缈的时候，大包的魅力充分凸显出来……肚子饱了，想想生煎也就这么回事了。于是食欲悄然隐退，剩下的就是心无旁骛地工作了。

据闸北民警介绍，对象是跟一个叫“油葫芦”的邻居去闸北某小区斗蟋蟀的。双方蟋蟀目测反差较大：“油葫芦”的个儿小，牙缝大，看上去很猥琐；对方的个儿大，大板牙严丝合缝，乌亮闪光，气宇轩昂。不料一开打，“猥琐”的不按常理出牌，避开“气宇轩昂”的板牙，直奔其大腿而去，然后紧紧咬住又甩又滚，硬生生地把对方一条漂亮的大长腿咬断。“气宇轩昂”哪见过如此阵势，顷刻乱了方寸，落荒而逃……

这一结果除了“油葫芦”外，其他人都感意外。“气宇轩昂”一方指责“油葫芦”“作弊”，用了违禁品，否则“猥琐”不会如此“亢奋”“野蛮”，出现如此怪异表现。“油葫芦”则矢口否认，坚称自己清白。可恨斗蟋蟀无尿样检测，双方口说无凭，最后打了起来。打得也不算很离谱，不知怎么就把对方一人的脾脏打破裂了，构成重伤。当时双方参与的有十几个人，场面比较混乱，究竟是哪位“好汉”下的重手还没查清。眼下先要把人抓齐，再作进一步深查。

大海的管段都是五层老公房，涉事人家住二楼，是对象的同学家。

此刻夜深人静，难得的雨后凉爽让白天备受高温煎熬的人们进入了甜美的梦乡。为了不惊扰大家的好梦，更怕打草惊蛇，我们都蹑手蹑脚，围绕涉事房子观察地形，排局布阵。

根据楼房和地形特点，最后商定大海带闸北两位兄弟正面出击，入室搜捕。大茅蹲守后窗，断其后路。我守在通往前门和后窗的两条小弄堂交叉点，兼顾前后，根据需要机动。

那时还没有像样的通信器材，五人一分开，就各自为战，彼此的情况只能靠互相猜测了。虽然抓人的场面已经经历了不少，但真到了关键时刻，还是有点紧张：大海入室顺利吗？大茅蹲守有事吗？对象会突围冲下楼来与我遭遇吗……

正当我胡思乱想之际，猛然听到大茅方向传来“嗵”的一声巨响，随即见到一个黑影冲着大茅扑去，两人熊抱在一起，像相扑运动员似的摔起跤来。我立即意识到，对象跳后窗了，迅即向大茅那里奔去……令我奇怪的是，两人突然都松开了手，并压低嗓音悄悄地交谈起来。其间有过一阵沉默，随后看到对象突然出手对准大茅脸部猛击一拳，同时用身子凶狠地向大茅冲撞。大茅似乎没有防备，一个踉跄摔倒在地，对象顺势跨过大茅身子企图逃跑。只见大茅轻抬左腿，在对象正在收缩的后腿上轻轻一绊，对象轰然倒地。此时我已赶到，一个猛虎扑食，把对象死死压在身下，然后将其双手反剪，戴上手铐。我恶狠狠地说：反了，小兔崽子，居然拒捕袭警，狗胆包天……

此时大茅已经起身，拍拍我，示意我起来，然后亲手把对象扶了起来，跟我说，手铐太紧了，放松点。

这个时刻大茅关注对象手铐松紧让我大跌眼镜。我说：什么意思？正好啊，很规范啊……大茅打断我说：放松点、放松点，听我的。他的口气听上去像请求，但很坚决。

我极不情愿地掏出钥匙把手铐齿口放宽两格。

大茅问：你都看到了？我说：看到啦！证据确凿，袭警无疑……大茅叹口气说：此事到此为止吧。你什么也没看到，什么也没发生。

我正想问他为什么，但其他人都已赶来。大茅悄悄地说：你先闭嘴，过后我会给你解释的。

闸北兄弟看到大茅脸上有瘀血，问是被对象打了？大茅不屑地说：一个小毛孩子，哪来这么大的胆哪……自己不小心撞的。

抓了对象，车子坐不下了。大茅说，干脆你们直接回去吧。我们离所不远，自己走回去。

闸北兄弟吃了大茅请客的包子，又害他脸上挂彩，极过意不去，临走时给大茅和我都留了电话，说闸北有事，一定要去找他们。

回到所里，已是凌晨3点多了。我问大茅到底是怎么回事。大茅说天都快亮了，明天还要上班，改天再说吧。我说不行，你举止反常，涉嫌“包庇”，不说清楚我晚上睡不着。

大茅在自己的水杯里加了点水，又给我加了点，叹气说：你还记得我曾跟你说过我有过一个女朋友吗？我说我记得，那次守候伏击时跟我说过，因为没有按她父母要求调单位，你们分手了呀。

对，就是她！大茅说：天下哪会有这么巧的事啊？而且让我遇上……你知道今天打我的小子是谁吗？居然是她的弟弟！

啊！我被惊得差点儿从椅子上滑落下来。

大茅说：他当时向我奔来的时候，我就觉得有点眼熟。当我们扭在一起时他认出了我，然后说有人要抓他，让我帮他逃。我问他做了什么事。他说他是跟“油葫芦”去看热闹的。后来对方输了就打起来了。当时他也受到对方攻击，所以还了手，不过后来看到人越来越多，就逃跑了。他说他既没有参与赌博，也没有想去打架，就是去看热闹的。我说既然没做啥坏事，就不要逃了，把事情讲清楚就行了。但他说不行，听说去的人都要抓，抓住了要坐牢的，他不要坐牢……最后你也看到了，一拳把我打翻……

此事确实离奇。但既然大茅已与那个女朋友分手了，这也就成了一件普通的公事了。公事公办呗，缘何“徇私枉法”？

我便说，他究竟有没有事我们也不清楚，这要看闸北那边的“调查”结果。即使如他所说他没事的，但这一拳打出个袭警来，也要吃官司的。

大茅说，所以请你保密……

我疑惑地问：你还想保他？你跟女朋友早就吹了，跟这个小子也没有什么关系了，没有必要这么做吧？

你不知道啊！大茅告诉我，这个小阿弟跟他特别投缘。当初谈朋友时，他就视这个“毛脚姐夫”如亲哥哥一般，哥长哥短地叫得特别亲。每次去他家，他跟大茅的话甚至比他姐姐还多。大茅没有兄弟姐妹，对这个嘴甜的小阿弟也特别喜欢，视若亲弟。据说当初其姐与大茅“分手”时，小阿弟还“坚决反对”，“粗暴干涉”。虽然未能“力挽狂澜”，但他本人对大茅依然“一往情深”，不时地会来找大茅玩，当然也给大茅带来不少有关他姐的动态信息。

大茅说，上次你骂我“不是东西”，说我没有资格“不睬她”，我觉得很有道理。事后我一直尝试着联系她。开始她不接电话，后来接电话了……前几天，在她弟弟的“撮合”下我们还一起看了一场电影……这个小阿弟在家里可是掌上明珠啊，如今我“大义灭亲”，他们全家肯定要恨死我了，那小子也不会再像以前一样对我有好感了……一切化为泡影！

大茅一脸无奈和悲哀。

我说，其实你也不必太过悲观。此事看似“大义灭亲”，其实是“大义救亲”。无论这小子有事无事，公安找他是早晚的事，他迟早要面对今天的场面的……今天落在你手里，算他走了狗屎运。如果是其他人，他的袭警罪名坐得实实的。另外如果当时你放走他，看似救他，那才是真的害了他。因为逃亡中的变数更大，有可能会发生许多想不到的事，后果难以预料……你其实是他家的贵人，他们全家应该感激你才是……

大茅苦笑说，话是这么说，但现实是：人是我抓的，他们家的痛苦是我造成的啊……

我劝慰说，根据“大义救亲”的“理论”，此事既是挑战，也是机遇；看似坏事，也很有可能转为好事，就看你怎么应对了……

当晚我们彻夜未眠，商量对策。

天亮后第一件事，是大茅主动给女朋友打电话，交代自己的“罪行”。对大茅来说，这是很难面对但必须面对的。这个电话的后果跟我们预料的差不多：大茅成了女朋友家的千古罪人。

下午下班前，我给闸北的兄弟去电，询问此案的调查进展。这是我和大茅最牵挂、最担忧的情况。因为这方面的变数，对事态后续走向影响很大。

好消息是，真如那小子所说，他的确是跟去看热闹的，既没有投注赌博，也没有参与群殴。在受到攻击时，他还过几手，然后就逃了，可以认作正当防卫。而那个脾脏破裂的老兄参与进来时，这小子早已逃之夭夭。所以，脾脏破裂与他无关……

闸北兄弟告诉我，他们这边调查差不多了，快要放人了，问我们还有什么事。我请他放人时告知一声，我们去领。

大茅激动地拍大腿：我说嘛，臭小子我了解他，还是个小毛孩，天真、单纯，不会做坏事的！

我哼一声说：不会做坏事？亲眼所见，袭警啊。

大茅笑着拍拍我说：兄弟，不就是个应激反应嘛。一个小毛孩，可以原谅，不要这么较真好吧。

“臭小子”出来时，看到大茅惊喜地叫起来：哥哥你怎么来啦！你怎么知道我在这儿呀……那样子好像昨晚什么事也没发生过一样。

据大茅后来告诉我，当晚他把小阿弟送回去时，他们全家正沉浸在无比悲伤之中。当小阿弟突然出现在他们面前时，如惊雷炸响，地动山摇，全家沸腾起来，其母还出现了短暂晕厥……等逐渐恢复平静后，大家才发现屋内还有个“不速之客”。于是开始探究事件的来龙去脉。

先是小阿弟讲，后来大茅讲。大茅叙述时把“大义救亲”的“理论”贯穿其中。最终，“理论的光辉”照亮了每个人的心，让他们全家认识到，他大茅不是“罪人”，是难得的“贵人”。

这天对大茅来说，人生像坐过山车，阴阳腾挪，祸福翻转。其深远意义是：大茅的姻缘修成正果，女朋友终成警嫂。

“荔王”奇观

一个中年妇女搀扶一个老汉来报案，称其父在菜场被骗子用霉变荔枝冒充“荔王”骗去 200 元钱。

“荔王”案前几天已有人来报过。分管治安的王副所长带着治安警正在走访调查。马路诈骗案必须抓现行。但这些骗子采取速战速决策略，打一枪换一个地方。好几次我们接报后出击，但赶到时总是慢半拍，功亏一篑。

王副所长看了老汉的报案笔录后说，看来我们要调整战术了。于是，治安警上班时间前移，工纠队下班时间挪后。治安警和工纠队员混编成五个小组，在案件多发的早上 6 点到 8 点时段，着便衣开展蹲守，地点主要选择一些人员集聚的易发案场所。

功夫不负有心人。第五天，在菜场蹲守的民警报告发现目标。其他小组闻讯立即赶往菜场，成功合围，将他们一网打尽。

从初步调查情况看，这是一个相对稳定，不同地域人组合，分工明确，作案频繁的诈骗犯罪团伙，足迹跨越好几个区。他们中有充当“货主”的，有专事“敲边”的，有望风保驾的……成员不算多，但作案时配合默契，角色逼真，成功率非常高，危害极大。

嫌疑人到案后，我们发现他们作案累累，但报案的人不多。如果按照我们目前掌握的这几个被害人的材料处理他们，结果肯定是重罪轻罚，放纵犯罪。

所以，最大限度地找到被害人，成了办实此案的关键。

怎么找？我建议借助新闻媒体。在得到所领导同意后，我写了一篇“霉变荔枝冒充‘荔王’，骗财害人终落法网”的“豆腐干”，刊在某报的社会新闻版上。

一石击起千层浪。“豆腐干”刊出的当晚，第一个报案电话打进派出所。之后一直到次日白天，报案电话接连不断，此起彼伏，值班室仅有的两部电话被打爆。

但电话报案只能做简单登记，取证做笔录被害人必须来派出所。于是，电话报案的高潮过后，大量被害人从四面八方涌来。

所有的办公室辟做临时接待室，所有警力（除处理紧急事务）投入接待受理工作。整整三天，派出所门庭若市，人头攒动。

第一次遇到这么“壮阔”的报案场面，十分好奇这些其貌不扬的霉变荔枝何以能“华丽转身”“迷”倒众人？我突然萌生一探究竟的想法，这或许对今后开展防范宣传、减少发案有用。于是，我利用自己情况内勤的“职务之便”，展开了探寻之旅。

某电机厂的一名中年女会计说：当我挤进人堆时，听那位女卖主说，这叫“荔王”，是荔枝之王，一棵树上每年只结一颗，啥病都能吃好，还能延年益寿，返老还童……开始我不信。可边上有好几个女人一面挑选一面说，这东西我们买过，吃了精神老好，从来不生毛病……国营商店这么一袋要卖一百多元。乡下人不领行情，瞎开价钿……我信以为真，便想再杀杀价。就在我讨价还价的时候，边上一个女人把一只装得鼓鼓的马甲袋塞到我手里，神秘地说：你别跟她搞了，我给你装了12袋，你别响，付给她200元。这时卖主突然指着我手里的马甲袋问：你这里几袋？让我点点。边上女人马上接口说：10袋，10袋，我看她装的。又对我说，你快付钱呀，你怎么这么憨的啦，快付呀！一副为我着急的样子。其实，我开始根本没想买这么多，但在那个女人的鼓动下，不知哪根神经搭错了，结果真的掏出200元钱来……

一位脸色苍白的老太在其儿子的搀扶下前来报案。三个月前，她被诊断患了肝癌，经过一段时间的治疗，病情有所缓和。于是，她每天去公园“站桩”，希望自己能早日康复。一天去公园的途中，她被一位女郎拦住：阿婆，“荔王”要伐？什么“荔王”？老太问。“荔王”就是荔枝王呀……女郎眉飞色舞地把“荔王”的“性状”“功效”吹嘘一通。老太见她吹得天花乱坠，便咕哝了句：总不见得生癌都能吃好吧？女郎闻癌“色”变，说：阿婆，这话我本来不敢说的，“戳霉头”的，既然你说了，我倒要告诉你了，这“荔王”清热解毒，是“克癌”杀手噢。我老娘十年前生了胃癌，医生说最多只能活半年，我就给她吃这个。现在十年了还好好的……阿婆，其他人买不买不要紧的，得了这种病，可千万不要错过机会啊。这个平时很难买到，今天你是赶巧了……尽管老太对女郎的话将信将疑，但又希望这是真的。于是咬咬牙，把身上仅有的200元钱掏了出来……啊呀阿婆，200元怎么够？如果是其他毛病，这点也许够了，可你要治的是什么毛病？最起码要吃三个疗程。200元一个疗程都吃不到，还不是白吃？三个疗程1000元钱……你不要嫌贵，1000元钱现在算啥？你看现在小青年穿身衣服要几钿？再说，你这是性命攸关的事，别说1000元，就是 10000 元，该出的还得出……女郎巧舌如簧，说得老太“心服口服”。但她身边只有 200 元，想买“三个疗程”也无能为力。女郎慷慨地说：算了，我好事做到底，药先给你，钱我跟你回去拿。于是，两人一起来到老太家。老太从自己家里取了 300 元，向邻居借了 500 元，再加上原先的 200 元，凑齐 1000 元，千恩万谢地送到了女郎的手里……老太的儿子说，老太发现上当受骗后还瞒着我们，1000 元买来的又舍不得扔，就偷偷地吃了几粒，结果半夜拉得一塌糊涂，差点老命也送了……“你们一定不能放过他们，太恶劣了，要为我们报仇啊……”老太的儿子义愤填膺。

一位 40 岁左右的男子，“健健康康”的也上当受骗。他是某饭店的厨师，胖胖的脸，一副憨厚相。他说他当时站在一边看热闹，突然有一女子对他耳语：这“药”男人吃最好了，补肾壮阳。我就一直给我男人吃这药，效果好得不得了……一个女人在一个素不相识的男人面前披露自己的夫妻“隐私”，其大方、直爽得着实让人吃惊！但也许唯其如此，才能更打动人、迷惑人。厨师当时不语，数分钟后，掏钱买“药”，悄然离去……

报案是这里吗？循声望去，值班室门口站着一位男青年。在受害大军中，中老年人占大多数，男青年凤毛麟角。我陡生好奇：你也买了这东西？我指着他手里的塑料袋问。男青年不快地说：帮帮忙，你看我样子，是买这种东西的人吗？我可不像他们……为了证明自己的“不像”，男青年有声有色地向我叙述了他“上老当”的经过：那天，他们的摊头就摆在我单位门口，我看摊头上这么闹猛，就出来看。啥人晓得一个女的走过来跟我讲，朋友，你看人家乡下人可怜伐，没人买她东西，侬去帮帮忙呀。我讲，关我啥事？侬晓得伊讲啥，讲我“推板”（差劲），跟伊男人一样的，一点“花头”也没有……我想我堂堂男子汉，被一个女人说“推板”，我还有啥“台型”（脸面）？我就问伊怎么个帮法。伊讲“敲敲边”，拿 100 元钱假装买，其他人就会跟着买了。过后，我再叫乡下人把钱还给你。听他这么讲，我想这也没有什么损失，就掏钱了。伊马上表扬我，讲我比伊男人有“魄力”、有“花头”……我这个人是向来不吃“花”的，这天不知怎的碰到鬼了，真的会去做这种“憨事体”的……我付了钱，装了一包，便退到边上等着让她们还钱。啥人晓得眼睛一眨，老母鸡变鸭，人都不晓得跑到啥地方去了……我当天调休一天，到处找她们，到天黑也没找到。回到家里打开一看，原来是这种垃圾……人家说这种垃圾扔在马路上都要罚款的，怎么还会花钞票去买……100 元钱倒是“毛毛雨”，实在太气人了。现在单位里的人都晓得这桩事了，看到我就寻我开心，说我平时“花头”蛮“浓”的，关键辰光倒给人家斩了“冲头”。还有的话更难听啦，说我一看到女的骨头就酥……我“台型”一点也没有了……

一位打扮入时的小姐款款走进值班室，从一只精致的时装包里掏出五袋“荔王”……在报案人中，她算是颜值比较高的了：高挑个儿，白皙皮肤，披肩秀发，大而亮的眼睛。但走近了看，围绕她坚挺的鼻梁，散落着几颗淡淡的雀斑。尽管打了厚厚的粉底，但仔细看，还是依稀可辨。按理说，人无完人，寥若晨星的雀斑充其量不过是大醇小疵，无伤大雅。但她去报考空姐时，那些考官们偏吹毛求疵，为那几颗区区斑点淘汰了她。这大大伤了她的自尊心，从此与这些雀斑较上了劲。她不惜重金动用了许多高级美容霜、护肤膏、去斑灵……千军万马，但在雀斑面前统统败下阵来。这让她伤透了脑筋。一个偶然的机会，她与“荔王”邂逅。当时，一个少妇有的放矢地指着自己的鼻子现身说法：我过去这个地方全是雀斑，就是吃了“荔王”，几天就不见了。我现在想再买一点，下次如果再生再吃。小姐打量这位少妇，那脸果然白玉般光洁无瑕。想想人家这么好的皮肤还要“备货”，自己“美中不足”怎么能错过机会呢？遂毫不犹豫地买了五袋。

探访中有一位老先生主动找我“爆料”：他右眼白内障，几乎已经瞎了。医生说要开刀，他怕，一直拖着。这天看到她们吹得这么神，就问白内障吃得好吗？她们的回复是：新鲜荔枝剥开来水汪汪的，像眼睛，具有“清障明目”功效。这是“荔王”，功效要比普通荔枝强成千上万倍。别说白内障，就是“黑内障”都吃得好。我以为“黑内障”比白内障更严重，也能吃好，那白内障肯定更能吃好，所以买了。后来才知道，根本没有“黑内障”啊……他们吹牛不打草稿啊！

最离奇的大概要数某纺织厂的一名食堂女工了，她仅仅因为看到许多人抢着付钱，抢着装包，还没有搞清楚塑料袋里装的是何物，即跟着盲目争抢起来。当我对她的这种举动感到匪夷所思时，她竟对我的“不理解”颇感委屈：如果你处在当时的情况下，你肯定也会动心的，有这么多人抢着买……而且，当我装好一包时，地摊上已剩下不多了，许多人见我装了一包还在犹豫不决，都抢着说她们要……你想想，在这种情况下，我怎么舍得脱手呢？

……

还有白发想返黑的，秃子想长毛的，高血压想降压的，胖子想减肥的，“排骨”想长膘的，爷爷想早点抱孙子的……只要你想得出，“荔王”都有“对症下药”的“奇效”。

30多年过去了，这种老套的诈骗手段早已退出了历史舞台。但骗子从来没有退场。不但没有退场，而且随着社会发展，科技进步，骗术也在不断地升级。当年的街头坑蒙与当今的电信“轰炸”相比，简直是小巫见大巫。当年骗的只是你口袋里的一点“零花钱”，现在骗的是你银行里的存款，甚至是你一生的积蓄，要榨干你“最后一滴血”，危害有时是致命的。

有人说骗子固然可恶、狡猾，但被骗的自己也有软肋，比如贪小、无知、迷信、心虚，等等。其实，是人都有“软肋”。如果能认识自己的“软肋”并加以克服当然最好。但一时难以克服，也不是无药可救。

请保持冷静，冷静是守护“软肋”的最好的铠甲。可惜好多人等到受伤后再披上它，为时晚矣！

其实，凡事都需冷静，何止是防诈骗呢？

惊天动地多半是影视剧里的情节。惊心动魄是有的，心惊肉跳也不鲜见，更多地是属于刑警的日常，是危险、疲惫，还有在家人与职业之间的两难纠结，以及在接触太多丑恶之后的痛与无奈……

刑警的故事

■ 程 华

▷ 作者程华

嫌犯归案老母送进养老院

田奇这几天特别烦。父亲中风住院，母亲也是多年老糖尿病号，累不得熬不得，身为家中独子，该他多跑跑腿了。偏偏手头案子多，他只好托老婆多照应。老婆公司事情杂考勤严，下班还要带读小学的儿子，里里外外两头跑，忙得头发都没得时间梳两把。

马上要过年了，别个儿啊女啊从祖国四面八方往家赶，你倒好，过个年连个人影儿都看不到。父母倒没吭气，老婆有怨言。田奇晓得亏道理，一点喷嚏都打不出来。父母年逾七旬体弱多病，他田奇何尝不想床前尽孝。唉，先忙完这几天吧。

大年初一，案子又来了。刑警支队接报警，光棍村孤寡老头刘二伯死了。报警人是刘二伯的远房侄女。侄女家住城区，一年过去探望他两三次。眼看快过春节了，侄女带了点腊肉香肠上去，结果发现他死在了鸡圈里。

这光棍村地处离城区几十公里的山上，前不巴村后不着店，穷得叮当响。村里女人多出去了，要么远嫁，要么打工。村里男人娶不上老婆，以光棍居多，故得名光棍村。

刘二伯家住半山腰，不通车，派出所和刑警支队得徒步翻上山。法医现场勘查，毫无疑问是他杀，机械性窒息死亡。警戒线外，看热闹的村人议论纷纷，说刘二伯鸡圈里喂了十几只肥鸡，啷个一只都没有了呢?

田奇听了，正与派出所片警小陶嘀咕这事，就见一个60来岁的老头歪靠在警戒带边，满脸通红摇摇晃晃，显是喝了不少酒。

大上午灌啥子酒哟？田奇顺口问老头。老头眼神有点躲，答非所问："这人……啷个遭卡死了吔？"田奇心头一凛，不动声色半开玩笑："莫不是你干的哟？"老头眼神又闪，表情复杂，竟不住点头，而后晃晃悠悠走了。田奇盯着他背影，半天没说话。

暗中向村长打听得知，这老头姓邹，也是村里老光棍，今年59岁，家里还有个80岁老母亲，早年得病两眼失明了。邹老头年近六旬但身强体壮，自己喂了一头牛，有时帮村里人犁犁田换顿酒喝，有时跑城区当"棒棒"挣点辛苦钱，但瞎眼老娘在家，他不敢跑远了。邹老头是村里出名的老实人，对老娘也孝顺，有一口吃的都要先尽着她。还有村民说，邹老头和死了的刘老头关系不错，高兴了还一起喝点小酒。

当晚，田奇他们去到邹老头家，先从刘二伯家失踪的十几只鸡聊起，再心平气和问他："隔现场恁远，你啷个晓得他是遭卡死的呢？"邹老头语塞，只聊了十几分钟，啥都交代了。

邹老头一直想带他老娘去一趟城里开开洋荤。老娘自从瞎了以后二十几年没出过屋，天天念叨想吃点城里头的好东西。邹老头看她也没几年好活，就想给她了个心愿，但摸遍身上也没几个钢镚。他想来想去也想不出个办法。

正好刘二伯酒瘾又犯了，邀他去家里喝酒。晚上，两个老头坐土屋里就着一盘花生米喝得满脸红霞飞。刘二伯兴奋了，吹起他那十几只肥鸡，说这两天打算把鸡都卖了，找点钱办点年货好过年。有时候人就是鬼迷心窍，正缺钱花的邹老头一听，脑壳瞬间发热，一股酒劲逼上来，花花绿绿的票子就在眼前晃动。他借口上厕所，起身从背后把刘二伯摁在地上。刘二伯没反应过来，连喊莫开玩笑莫开玩笑。邹老头力大，两只手卡住他颈子不松手，卡着卡着对方不动了。邹老头把人拖到鸡圈里，把鸡分次全部顺走，第二天拿到街上低价卖了400多块钱。"就为了十几只鸡……"

案子破得轻松，意想不到的轻松。田奇他们把邹老头送进了看守所。邹老头一直伤心地哭，说老太婆没得人管了，会饿死啊，牛没得人喂了，也要饿死啊。

第二天，田奇和小陶又爬山去了村里。他们事先征求了邹老头意见，然后找到村长说了情况，委托帮忙卖掉邹老头的牛。"牛倒好办。他说把老太婆送养老院。其他还有啥办法没得？"田奇问。村长想了一阵，很无奈："他屋里头确实没得人了，只有送养老院了。""那只有恁个了。这两天麻烦村上照顾她一下。要尽快，不然她啷个活？"田奇叹口气。

"呜……啊……"路过邹老头那间土屋时，屋里传出老太婆凄凉的哭号声，与风拂过竹林的“沙沙”声混织一起，让人心头发瘆。田奇停步，犹豫了一下，最终没有进去。

看看已到中午了，村长留饭：“这个地儿没得馆子，你们哪里整伙食？不嫌弃的话，就去我屋将就刨两口嘛。”

谢了，不了。田奇闷头答。随后头都不回和小陶下山去了。

当天晚上，田奇去了医院，柔声对老婆说辛苦了，你快回去休息嘛，这里我来。“无事献殷勤……”老婆临走还有点狐疑地瞄了他几眼。这一晚，他是在父亲病床边搭的凉板上囫囵睡的。虽然硬邦邦硌得腰杆生痛，但他心头前所未有的踏实。

两天后，村长来电话说牛已经帮忙卖了，村里找了个车，把他老娘送就近的养老院了，生活都安排好了，不会挨饿受冻的。田奇去看守所给邹老头转告了这事。邹老头听了，又哭，一边哭一边不停地说谢谢，声音小得像蚊子。

刑警们辛苦破了案子，没有人不关心最后结果。但至今快一年了，关于邹老头一案的判决结果，田奇没有问过一个字。包括小陶，还有其他办案民警都不问，就像案子从来没发生过一样。

出神入化“叫花子”智擒嫌疑人

辖区发了凶案。因为价钱没谈拢，卖瓜的李四和买瓜的张三越骂越凶。牛高马大的李四本来就是个横人，一听张三满口问候自己老母，大怒，操起西瓜刀一刀捅去，张三吭都没吭便一头倒在血泊中。

围观人等吓木了，半天才想起打110。待刑警队何大壮他们赶到现场，李四早已不知去向。

几天后，刑警队掌握了可靠线索：李四已逃往合肥某县一个边远小镇上，藏在朋友王二毛的小餐馆里。队长马上打电话叫人。

此时周六，何大壮窝在小家里，正和未婚妻娟娟热火朝天盘算选哪天去扯结婚证的事情。至于细节，足以细化到打哪条领带、梳啥子发型，登记完了去哪家西餐厅吃烛光晚餐，等等。毕业于警察学院的何大壮个子不高体格壮，虽然貌不出众眼小嘴阔，但人家是个讲究人，一向注重自我形象，其口头禅是“头可断，发型绝对不能乱；血可流，皮鞋不可不擦油”。

眉飞色舞间，队长一个电话追来。娟娟是小学老师，知书明理，也非常了解未婚夫的工作性质。一看何大壮脸色凝重，娟娟也不多话，打开柜子就开始帮他找换洗衣物。何大壮默默看她轻车熟路收拾停当，上前用力搂搂她，又摸摸她的卷卷头，然后提起包包就出门了。

何大壮和丁勇四个人到了合肥，马不停蹄直奔县城小镇。一到目的地，立即在王二毛的小餐馆周围开始蹲点布控。

情况比预想的要复杂些。小餐馆地段相对偏僻，四周没装监控，一条土路对对直直经过，门前大片空坝子，坐门口一望，周围两三百米动静一览无余，飞只麻雀过去都瞧得清清楚楚。

这种情况稍有不慎就会打草惊蛇。刑警们不敢贸然接近，只能分成几拨，或坐车里或扮成等人的过客，远远地望着。在一处待久了也麻烦，对方照样易起疑心。盯得太累了，几个人就分批在附近一家小旅馆里打个盹。

连续盯了几天，连李四的影子都没看到。换班回到小旅馆，丁勇眨着一双熊猫眼叹气："守得近嘛，怕他闻到味道了；守得远嘛，视线不好又怕他跑了。线索有误不哦，他会不会根本就不在这里？"何大壮不语，靠床头一支接一支抽烟，连续抽完将近半盒烟，翻身起来，出去了。

隔了一阵，何大壮提一只黑色背心袋进来，抓出一套不知从哪里捡来的烂衣服，一股酸臭味熏得丁勇差点背气。何大壮脱下身上"鳄鱼"T恤，啧啧了几声，皱起鼻子套上烂衣服，又耍魔术样摸出一支旧牙膏，挤出牙膏抹头发上，再拿杯子蘸点冷水又抹又抓，本来有款有型的发式马上成了烂鸡窝。对镜端详一番，他好像不太满意，小眼四下瞅瞅，跑到窗台边伸手"哗哗"拂一手灰，照脸上左一下右一下，一番捯饬后一个"叫花子"新鲜出炉了。

何大壮冲丁勇咧嘴一笑："如何，这款'华子良'造型，去餐馆上个班应该不成问题噻？"丁勇目瞪口呆。

衣衫褴褛的何"叫花"抓顶破草帽扣在乱蓬蓬的脑壳上，摇摇摆摆往小餐馆附近一躺，就算是安营扎寨了。丁勇和其他人撤到稍远处隐蔽观察，随时准备出手接应。

何"叫花"颇为敬业，一会儿眯眼似在小憩，一会儿半疯不傻冲过往行人讪笑，更多时候小眼半睁斜睨着进出餐馆的每个人，吓得过路女子绕道而行。餐馆老板王二毛也发现了这个有碍观瞻的叫花子，跑出来驱他走。叫花子不情愿地挪到几米开外，又躺下了，这一躺就怎么也不肯挪窝了。王二毛无奈，看他也没怎么影响生意，就懒得搭理了。

这一躺就是三天。除中途溜出去吃点东西，其余时间都守在那里。

第四天晚上，一个身影鬼魅样从街角踱来，左顾右盼一番后溜进小餐馆。身高体壮，满腮胡楂，落魄相掩不住凶悍之气。李四！

何大壮发现了目标，小眼精光一闪，马上恢复了疯疯傻傻的模样。他慢慢爬起来，捡起破帽子歪戴上，端一只豁了几道口的破碗，一脸惨相进了餐馆，操一口不知从何处学来的北方口音，追着李四央求"大爷，大爷，赏几个饭钱啊——"毫无戒备的李四操重庆话大骂："龟儿子找死啊，滚滚滚！"

何大壮两眼迷离叽叽歪歪上前，索性一把扯住李四的袖子。李四遭一股恶臭熏得火起，左手一甩一刨，右手一拳照何大壮面门擂过来。何大壮轻轻闪过，一个抱头摔肩直接将高出半头的李四"啪嗒"撂倒在地。几乎与此同时，几条人影扑身而上，七手八脚将李四牢牢按在地上。

李四起先又扳又踹，正给他上铐的丁勇怒了，喝令："警察，不许扳！"一听"警察"，又是重庆口音，李四瞬间石化。当然闻声出来看热闹的王二毛也没跑脱，一并被收。

一路辛苦把人带回重庆，办完手续，已是掌灯时分。何大壮收拾得人模人样从洗手间出来，招呼都没打，火烧眉毛般往门外蹿。

丁勇几个忙喊："哪儿去？该吃饭了噻！"

"吃啥子饭啰，出来十几天了，该落屋了！"

"不是说好晚上都去小郡肝吗？"

“小郡肝重要还是老婆重要？”

“还没扯证呢，要不要恁个贱……”丁勇话音未落，何大壮一溜烟早已闪得无影无踪。

母子互瞒只为彼此那份爱

刘妈一会儿替刘钢掖掖被角，一会儿迅速上下打量他几眼，磨磨叽叽不肯起身：“莫催嘛，我再坐一阵，陪你摆哈龙门阵嘛。”

刘钢越发不耐烦，一张黑脸拉得多长：“啰里啰嗦！走走走，瞌睡来了睡觉了！”一把拉起被子遮住脸。

刘妈木了一下，慢慢起身：“好好好，我走我走，那你好生将息哟，记得按时吃药，牛奶给你放床头柜里面了，明天我给你炖个药膳鸡送过来，还有……”

刘钢一动不动。

刘妈叹口气，一步三回头蹭出病房。

听脚步声远去，刘钢轻轻揭开被子一角，问旁边队友老李和小季：“快看，走了没得？”小季去走廊上扫了一眼，回头对刘钢点点头。刘钢长吁一口气，大声呻唤：“哎哟，痛死老子了！”

刘钢左腿摔断了，部分断开的骨渣刺进肉里，伤势严重。局里第一时间联系了绿色通道，派专人来慰问看望并对接医院做了先期处理，接下来就等手术了。

今早上，刘钢和老李、小季奉命抓捕一名重案嫌疑人。对方嗅觉比狗鼻子还灵，老远一看势头不对，退后两步掉头就跑。“站住，警察！”嫌疑人一听脚板翻得更快，一般人显然不是对手，但他很不幸遇到了刘钢。刘钢当年在警院是长跑冠军且速度惊人，和兔子有得一拼。

一前一后冲过两条巷子后，嫌疑人慌不择路拐进一栋旧板房，刘钢死死“咬”住不放，老李、小季动作稍慢点，跟在后面一阵猛追。

嫌疑人狂奔到二楼，走投无路，回头刘钢已经迫近，便一头翻过楼道窗口跳了下去。听到下面一连串雨棚碎裂声夹杂重物落地的闷响，原路返回追下去恐怕来不及，刘钢毫不犹豫紧跟着翻窗跳下去。就在双脚落地瞬间，刘钢的身子猛地倾斜了一下，一股钻心剧痛袭遍全身。他站不起来了。

老李、小季刚好赶到，一个冲上去制服了一跛一跛欲逃走的嫌疑人，一个扶起面无人色的刘钢，再抬头一看头顶上，他俩惊出一头冷汗：一楼顶棚上挂了好几只大铁钩，就是用来挂猪肉那种，生锈的钩子犬牙般向上龇着，如果跳下时正巧撞到任何一只铁钩的话，用刘钢后头的话说，那就可能真的“挂”了！

刘钢马上被送往医院。小季嘴快，路上就打电话通知了刘钢妈妈。

刘妈一听差点晕过去。刘钢爸爸也是警察，在刘钢很小的时候，刘爸爸在一次执行任务时牺牲了。虽然刘钢从小调皮捣蛋没少让刘妈操心，但她从来舍不得动这根独苗苗一指头。六年前刘钢要报考警院，母子俩大吵一架，她绝对不想独子将来再吃这碗饭。刘钢冒火了，威胁要离家出走。她晓得拦不住，只好哭着由了他。警院毕业后，各方面都出色的刘钢本可留校或去分局机关，但他偏要申请去刑警支队，说当警察就要当刑警，是男人就该上一线。

刑警是个又危险又吃力的活儿，经常会面对亡命徒，刘妈没少担惊受怕。儿子出差几天，她就几天吃不下睡不着，直到他好手好脚地回来，她一颗心才哐地落地。好在儿子次次都有惊无险。“你儿命硬，能有啥子事？”每次听到妈妈碎碎念，刘钢就嬉皮笑脸打断她。

“你是啷个搞的嘛我的儿吔！”一听儿子伤得这么重，正在买菜的刘妈丢下菜篮子，心急火燎就往医院赶。

刘钢躺床上痛得龇牙咧嘴，一听他妈妈要来，劈头把小季一通臭骂：“过河过水喊我妈来干啥子？她有高血压晓不晓得！你生怕事情闹不大，还不快点打整干净，快点！”他恶狠狠指地上。哦哦。小季答应着，找来一把拖把，三下五除二将地上一摊血拖了个干净。老李扯了几张纸巾，轻轻擦去刘钢一脸冷汗。刚刚忙活完，刘妈就旋风样进来了。

“今天居然没约楼脚袁孃孃跳坝坝舞啊？”刘钢强笑。

刘妈不开腔，望着儿子苍白的脸，泪水在眼眶里打转转。她闷坐片刻，想掀开被子查看伤情，刘钢死命不让，于是出现了文章开头的一幕。刘钢强撑一阵，痛得实在熬不住了，看他妈妈还没得要走的意思，终于发火了。他吃准了，在他面前她属吃硬不吃软一类，只要他一冒火，她必定事事依他。

目送刘妈一脸苦相走了，小季皱起眉毛不无责备：“刘哥，你未免太刚了嘛？”

刘钢叹口气，声音低了八度：“你不懂。”然后一声不吭了。

过一会儿，小季准备出去给大家买几瓶水喝。穿过楼下花园时，他看到一个老妇人的背影。她孤独地对着花台在抽噎，声音低低地压抑着，薄薄的双肩一抽一抽。

“刘妈，刘妈？”小季停步，有些迟疑地唤她。

刘妈身子抖了一下。她慌忙抬手擦擦眼睛，慢慢回过头来，憔悴的脸上用力浮起几丝笑意。

“您莫伤心呵，钢哥受伤了是病人，病人嘛心情肯定不大好。不过您也不用太担心，他伤得不重……”小季劝慰。

刘妈安静地望着小季。

小季垂下眼帘，声若蚊吟：“真的，伤得不重。放心嘛，养几天就好了……”

刘妈眼里又浮起泪花。她眼泪越聚越多，终于一滴一滴落在衣襟上：“你们还在打伙骗我。”她带着哭腔，一只手慢慢伸进衣兜掏出一张纸摊开：“我来的时候就找了医生。医生说他要动手术，还不晓得能不能完全恢复……”

小季无言以对。那是一张检查报告单。

“这娃儿，从小就是个犟拐拐，不管吃了好大苦都不吭气，他是不想我担心……”刘妈青筋暴突的手捋捋几丝纷乱的白发，抬头努力冲小季笑笑，“你走嘛，千万莫给他说我晓得，免得他又担心我……”■

乘警老徐

■ 张卫民

◁ 作者张卫民

一

途经徐州而直达昆明的普通列车，只有这一趟，是由昆明至济南的K491次。经验告诉我，长途旅行，千万不能坐高铁，超过六个小时的高铁，堪比受刑；还是普客的卧铺舒服些，可以躺着睡觉。网上或手机订票，一星期之内的硬卧全无，软卧就更别提了。这年头，出门旅游，谁都不差钱。同事老冯，找人直接把我们送进站，说上车补票吧。老冯告诉我一个手机号码，是本次列车的乘警长老徐，通过电话联系，约好停车时去七号餐车找他。

火车进站后，还没停稳，我便拨通了老徐的电话：是徐警长吗？你好，我是徐州老冯介绍的。哦、哦，你好，老徐利索地说道，你到餐车门口稍等，我马上过来。等了大约一分钟，徐警长过来了。他个头不高，有1米75左右，白白净净，40多岁的年纪，不胖不瘦的身材，不卑不亢的神态，显得很干练。他看了我一眼，说：老冯介绍的？我点点头。两位？是的，两位。他提起我面前的行李箱，说道：先上餐车歇会儿，开车了再补票。我要提箱子，被他甩手挡开了。

8月，车厢外火烧火燎般，餐车里的空调却凉爽极了。老徐招呼我俩坐下，便径直下车去了。我和太太对视了一眼，觉得这开头挺顺当的，不由得长嘘了一口气。退休后，一直打算陪太太去趟云南。我虽去过两次，也只在昆明附近转转，丽江、大理、香格里拉、西双版纳都没去过，这能算是去过云南？我们商量着，不跟团，先联系旅行社，到了昆明再定行程，玩到哪儿算哪儿。这才有了这趟长途之旅。

火车启动不久，老徐回到餐车，他后面还跟了一位年轻的乘务长。老徐示意那乘务长，抓紧给我们补票，餐车总不是久留之处。从老徐的口气中，我觉得老冯在电话里大概介绍过我的身份，有了一种同行之间的亲切感。后来，老徐告诉我：其实，老冯和我一样，也是别人介绍，只坐了一趟去昆明的车，就熟了。

补完票，老徐似无离开的意思，他让后续进来的年轻乘警用纸杯给我们端了两杯水，不凉不热，喝了两口，心情格外地放松。我看了一眼，老徐的警服，已然湿透了半衿。退休前，除了去支队开会和执行公务外，我尽量避免穿警服。特别是在公共场所，穿警服限制了我的行为举止；你不能随意地擤鼻涕吐痰打哈欠抽烟，你不能有任何不雅的举动包括背手、抄袖、敞怀，你不能用冷漠、斜视、夸张、轻佻的眼神和表情对待周围的群众或是潜在的嫌疑人。警服的威严，超过了这世界上所有的服装，包括军装。

但是，奇怪得很，看到穿警服的同行时，内心既不会有所谓的安全感，也不会产生什么恐惧心理；那种眼神的交流，只有干过警察的才能体会到：确认身份，并亲切地希望，让对方也确认。

也是无话找话，我看了徐警长的警衔，随口说道：你是二督，最少也是副科级啦。他听了一愣，呵呵地笑了两声：哪有啊，连个副主任科员都没有。我说：不应该呀，警衔是对应职务的。他自嘲道：那是你们正规军，铁路公安还没收编呢，警衔主要按工龄算，各唱各调。

好像一开始就有了点共同语言，但我能感觉到，老徐不是那种善于言辞的人，但他肯定是个有故事的人。我接着问他工资情况，他说了个数，比我在职时，少了近一半。我问他还有其他收入吗？他说：五天出一趟勤，一个月跑三趟，每个月加起来出勤补助一千多元吧。我安慰道：铁路、森林和民航，都快收编了，转为公务员序列，待遇会大大改善的。他点点头：张哥你说得对，估计快了。看得出，他虽不善聊天，但性格挺质朴的。

水也喝完了，他引领着我们，去了最后一节车厢。这是乘务人员休息的地方，叫通勤车厢。空出了大半个车厢的卧铺，空调比餐车还足，凉得要穿上长袖。安顿好行李，老徐对我讲：晚上去餐车吃饭吧，我让他们多炒两个菜。我说不用了，我带了不少的下酒菜，天热，不吃就坏了。我拍了他肩膀一下，接着说：晚上过来，一起喝两杯？他摇摇头，说：不敢喝，工作时间喝酒，这个月就白干了。离开前，他再次叮嘱：有什么需要的，尽管讲。我点头示谢。没想到，他的热情，超乎我所料。印象中的乘警，大都是冷漠、机警、不苟言笑。老徐有点另类，给人平和、亲切的感觉。晚饭时，老徐果然来邀我去餐车，被我坚决地婉拒了。我从箱包里拿出几袋卤菜，有盐水鸭、夫妻肺片等，给他看，并且拿出一瓶白酒在他面前晃了晃。

他笑了：张哥喜欢喝酒？我说：以前喝得猛，身体出了点毛病，现在每天喝一点，不多喝。太太一旁瞪了一眼说：三天一瓶，还不多喝？不多喝能找到感觉吗？我劝老徐道：交接班时，你也过来少喝点。他摇摇头：真不行，一旦被举报或投诉，这个月白干了不说，处分是跑不掉的。张哥有兴趣，到了昆明我请你吃过桥米线。这句话也可以理解为：到了成都，请你吃重庆火锅。都明白，这就是互相客气着罢了。

喝点小酒，一觉睡到天亮。早晨洗漱时，才发现，除了我们这隔档外，其他的卧铺基本上都满了。老徐再次过来，邀我们去餐厅吃早餐。我让太太去吃，我看着行李。我不知道这一夜，这趟列车上都发生了什么事，但从老徐那平静的、略带疲倦的表情中，我感觉应该没有什么大事。

很多群众不理解，甚至误解公共场合的警察，总是板着面孔，好像谁欠他二百吊似的。没人去体会身着警服时的心理压力，警察也是人，也有喜怒悲欢，不定哪一会儿，遇上个突发情况，你要毫不犹豫地第一个冲上前去，那是警察的责任，也是贴上警服标签时的唯一选择。公安部门经常组织民警进行心理疏导，其实，给几天放松不羁的休假，就基本上都能解决了。

太太吃完回来后，我问她：你吃的什么？她说：一碗西红柿面，两个荷包蛋。我说那我就不去餐车了，非常讨厌面条。太太说：还有小花卷、小米粥、什锦酱菜、茶叶蛋，而且免费。我忙问：老徐还在吗？太太说：他在餐车等你呢。这真是一次美好的旅行，有一种“宾至如归”的感觉，如果没有那个电话。

吃罢早餐，出了餐车，我在过道处点了支烟，老徐跟了过来，问道：昨晚休息得还好吧？非常好，我由衷地表示着感谢。说了几句客气话，他上衣口袋里的手机响了。他掏出来，看了一眼，似乎不想接，犹豫了一下，还是接通了，并示意了我一眼，开始接听。通话时间挺长，有七八分钟，他专注地听着，一言不发。我关注他的脸色，慢慢地变得难看起来，直至非常难看。最后，他说了一句：回去再说吧，我正在值勤，便挂了电话。

这时候，从情理上讲，我不能不表示一种关切，便问道：家里的电话？他点点头。出了什么情况了吗？我进一步问，并尽量问得婉转些。他想了十几秒，深呼吸，叹了口气，脸上呈现出一种想与人交流的欲望，却又拿不准，我是否具备与之倾诉的条件。与熟人交流，有些家事不便外扬；与生人交流，又没有那种精神需求和依赖；反倒是我这种才认识十个小时不到的半陌生人，容易让他敞开心扉。

心理学告诉我们，当一个人遇到问题而陷入困境时，会本能地产生渴望倾诉的念头，以排解内心的烦躁和局促。老徐能例外吗？而我在旅途中，得到他的种种关照，却什么忙也帮不了他。唯一能做的，就是静下心来，聆听他的倾诉，让他缓解一下内心的困扰和焦虑。他调整了一下情绪，对我强笑了笑：我去前面转转，交接一下，回来找你聊。这出乎我的意料，他会愿意和我聊聊？回到铺位，我把这事告诉了太太。她提醒我，只听不问，别让他陷入尴尬。我们从那个电话开始聊起，他告诉我，那电话是他爱人打过来的，内容就一个：离婚。出勤前，两人已经僵持了十多天了。

这让我始料不及，这种话题，不知轻重，没法聊。我硬着头皮问：什么原因呢？感情问题？老徐摇摇头：不是感情问题，是钱的问题，我拿了20万元去参加集资，结果打了水漂了。听到这儿，我看了太太一眼，轻轻地笑了声，对老徐道：20万元，不至于吧。老徐苦笑着：关键是这钱投出去，我没跟她讲，后来事闹大了，才被她发现。我还是觉得，因为20万元，闹到离婚的地步，有点小题大做，便说道：这20万元要是连本带利都回来了，不就投对了嘛，投资有风险，好比股市一样。问题是，老徐顿了一下：这钱不是我的，是她的，是她这几年工作的积蓄和那笔抚恤金。什么抚恤金，我没明白，也不好问。怪不得，我有点好奇：你们家谁管钱啊？他不好意思地笑着：我们家是我管账。我说：你一个男人，管什么钱啊，这不是没事找事嘛，那你的钱呢？他说：我的积蓄刚买了房，还有车。离一次婚就伤筋动骨了，大女儿高中上完就要上大学，老人那里多少也要帮衬些，所以，她始终怀疑我把她的钱给转移了，这就给自己挖了个坑。等一等，把我闹糊涂了，伤筋动骨，大女儿，你这是？

二

长话短说，老徐和爱人，都是二婚。他对我讲这些，除了要鼓足勇气，也与我们之间不是熟人有关。老徐和前妻为何离的婚，他没说，我也没问。只说有个女儿，刚上高中，跟前妻过。前妻组合新家后，他每月给女儿生活费。他现在这个爱人，小程，比他小十岁，在铁路医院的辅助科室搞 CT 影像。前夫是个军人，刚结婚不久，就出了车祸，算因公牺牲，没孩子。（噢，抚恤金的由来在这里。）老徐和她有一个两岁多的女儿。因为孩子小，怕吃放射线，便顺势就延了产假，两年多没上班，每月拿基本工资 2000 元。这点收入，在医院的热门科室，可以忽略不计了。老徐进一步解释道：20 世纪 90 年代中期，高中毕业，参军入伍，当了三年兵，入了党，没提干也没转士官。退伍回来后，接了父亲的班，在车辆段搞检修，正赶上铁路内部招警，老徐诸条件不错，被录取干上了铁路公安。开始在处里办公室打杂，后来进了乘警队，一干就是十多年。他尽力讲得简约，我尽量理解得宽泛。融资者就是他在部队时的战友，也是太相信战友了，他有些懊悔，天天唱着战友啊战友，亲如兄弟……

听到这儿，我觉得可以细问一下了：你那战友人呢？跑路了，找不到了？他说，人倒在，账也认，该抵押的都抵押完了，反正现在就是没钱了。我说：那你这不能叫打水漂，完全可以通过其他途径，想办法把钱追回来的，人不死，债不烂嘛。另外，你也应当和爱人解释清楚，求得她的谅解嘛。他说：问题就在这儿，她没讲这钱该不该去投，她只是说没跟她商量，太不尊重她了，怀疑我是别有用心。二婚真麻烦呀，互相猜忌，越解释越说不清楚。这时，我太太插了一句：这事儿换作谁，心理都不会平衡的，毫无疑问，这责任全部在你；但也不至于离婚吧，起码感情还在嘛。回去承认个错，好好沟通一下，这不算啥大事。老徐说了一句：她带着孩子回娘家了，我找了几次都不见我。我忙说：那这次，是她主动给你打电话的吧，别管是不是谈离婚的事，这说明你们的沟通渠道并没断嘛。老徐啊，回去抓紧找到她，当面谈，这种矛盾应该及时化解，不能拖，拖疲塌了，夜长梦多。我以老大哥的口吻，劝说着他。我知道这无济于事，家家都有本难念的经。

我证实了自己前面的判断，老徐这人看起来温文尔雅，实际上性格内敛、不善言辞，接了七八分钟的电话，居然只听，而不解释，真要沟通起来也未必会有效果。这就让我产生了疑惑，我们之间的交谈，不是非常顺畅嘛，也很容易达成互相理解，为什么对自己的爱人却完全变了个人呢？难道真有什么再婚障碍综合征？我想起了那个段子：像对待领导一样，去对待自己的亲人。

其实，我也忽略了，越是亲近的人，越缺少耐心和尊重，换谁都一样。这时，我心里有了点想法，为了感谢他这一路上的热情关照，只要时间允许，到了昆明，一定请他带着爱人一起吃顿饭。看来，吃顿过桥米线，还真不是挂在嘴上的客气。和我们倾诉了一场，老徐的情绪好像也调整过来了。人呀，只要有沟通渠道，其实也是很容易相互理解的。

白天一整天，也没见老徐过来招呼，估计列车上鸡毛蒜皮的事不会少。每个停靠站，总能发现他的身影。有时，在不显眼的角落，环视着周边；有时在车厢门口，帮衬着上下旅客，搀扶一下，倒把行李。这情景，我很少见。老徐和我见过的其他乘警都不同，倒有点像乘务员了。他干分外的事，习惯而自然，脸上充满了真诚。这让我想起上车前，他帮我提箱子的细节，并非随意之举。老徐绝对是个尽职尽责、认真勤勉又热爱生活的好警察。问题是，好警察不等于好丈夫、好儿子、好父亲。表面上看，满脸的沉稳、机警和严肃，他不说，谁也看不出他内心深处的焦头烂额。

晚上八点，火车停靠在本次终点前的最后一个大站贵阳，停车12分钟。我和太太抓紧下车，透透气，活动活动筋骨。站台上，习习清风拂过，不时地提醒我，这凉都的舒爽，真不是浪得虚名。气温好，情绪就好；情绪好，心态就好；心态好，干什么都舒服。老徐过来了，他解下腰间的“六四”，交给接班的年轻乘警，与我交谈起昆明的气候与云南的旅游景点。我把我们的打算和行程告诉了他，并提示了必去的几处景点。他听了，点点头说：没错，你这安排很合理，时间也不紧凑。又问：为什么不去腾冲？我解释道：腾冲不通火车，长途汽车要十多个小时，太累；支线飞机要提前订票，又怕误了其他行程，留个念想吧。他说：我有车，可以送你们过去，小程的妹夫在那边开了个客栈，吃住都方便，不需要任何花费。这话听起来，绝不像是在客套，让我猜不透他的动机。我们之间就是那种萍水相逢的关系，没熟到这份上。

背靠着车站那霓虹闪烁的大厦，我提议和他合个影，他愉快地接受了。我说：这趟旅行结束了，我会把你写进我的游记里。他笑道：你会写文章？我说：不是文章，写着玩儿，发在战友同事群里，大家开心。他笑了：你不会拿我去开心吧？上车前，他又说了句：普者黑听说过吗？那可是个世外桃源呀，值得一去。普者黑？这是个什么地方，去云南旅游的人，知道的不多吧？我没把这当回事儿，客气地应允着。

回到车厢，我把剩余的半斤酒，一股脑儿地灌进肚里，美美地睡了一觉。车到昆明，早上五点还不到，天还是黑蒙蒙的。下车后，我对太太说，你等我一会儿，我去和老徐打个招呼。站台上，发现下雨了，下的还不小，找了几个车厢，也没发现老徐的身影，我便与太太随着人群出了站。车站出口，旅行社的小导游举着牌子和两把雨伞，热情地迎接我们。他急切地问：叔叔阿姨在车上休息好了吗？咱们去宾馆稍歇一下，商量这几天的行程。白天，你们在市内逛逛，西山龙门、大观楼等处，晚上八点，回来坐车去丽江，如何？我们同意了。吃罢早餐，冒着时断时续的雨，我们在昆明市内转悠。坐上龙门的缆车，手机响了。老徐打来的，他表示太忙，不好意思，连个招呼都没打。我听着怪怪的，这客套话，应该是我来讲啊。我告诉他：晚上火车去丽江，回来后再联系你，遂挂了电话。

刚上火车，在去往丽江的卧铺上，老徐又打过来电话，说急匆匆地也没来得及讲清楚，应该在昆明多休息一天，去西山龙门转转，然后再去丽江、大理。其实已经去过了，我骗他说：没关系，我们还要返回昆明的，到时候，咱们一起吃顿饭。他听完，忙提高了声音，说：我也正是这个意思，找个理由，把小程叫上一起聊聊，帮着我劝劝呢。我忙问：还没搭上腔吗？他说：没有，连面都不见，这事儿，有点闹大了。我安慰道：别急，待我们回昆明时，帮你一起做做工作，你觉得我们行吗？他说：张哥的口才，我觉得行。我这才恍然大悟，老徐这是把我们当成他调解家庭矛盾的“救命稻草”了。

回到昆明，在宾馆稍歇几个小时，匆匆吃了午饭，我们便直奔版纳了。又是在车上，接了老徐电话，问回到昆明了吗，晚上想安排我们去吃过桥米线。

真不好意思，一路上玩儿得太爽了，忘了这茬儿，连昆明的两位学员都没通知，老徐的事，早忘到爪哇国去了。我告知他，正在去版纳的路上，后天回来再联系。他说：没事，你们玩得开心就好。我问：见到小程了吗？他说：小程回家了，在收拾东西呢。我听了一惊，这是要动真格的呀，忙说道：老徐你嘴巴就不能甜点，好好地哄哄她？他电话那头“嘿嘿”两声：我要会哄，还能拖到今天？好吧，老徐你听着，后天上午回到昆明，我会马上联系你的。他说，把班调了，等我们回来。看来，这真是天将降大任于斯人啦。不同的情况，不同的感受。在他，可能是天塌了；在我，好像是小插曲。一路想着，做小程的工作，从哪儿着手呢？我的优势是：不是熟人，真有什么家丑，也不怕对我讲；我也不算生人，都是同行，小程未必猜疑我这退休老头儿会有什么偏心。一句话，晓之以理！

三

回到昆明，并没有马上联系老徐，我想再抽点时间带太太去会会阿诗玛，用了大半天时间。直到下午 5 点了，在车站附近找了个像样点的酒店，才给老徐打过去电话，让他带小程抓紧过来。老徐在电话那头，装着若无其事地说：好的，好的，我问问小程。片刻，接着又说：小程说她不愿意去，怎么办？我说：你把手机交给小程，我对她讲。电话中，小程慵懒无力地说了句：你好。我听力虽很差，但还是发现她鼻音很重，忙问：小程你好，就叫我张哥吧，你是不是感冒了？她顿时提高了声音：张哥你怎么知道的？中午吹空调吹的。我说：我猜的，你吃药了吗？她说正准备吃呢。太好了，我告诉她，千万别吃药，什么药也别吃，抓紧和老徐赶过来。我有点故弄玄虚，她听得有些莫名其妙，猜不出我的意思，犹豫了半分钟。我说：你过来，我告诉你。她好奇地勉强同意了。

我让太太抓紧点菜，不要多点，精致些，有特色，够吃就行。我则去商场买酒。车站附近的商场很奇怪，见不到任何一种川贵名酒，只有一种礼品茅台，我是肯定不舍得买的。那就买一瓶最贵的杨林肥酒吧。

当我拿着酒回到酒店时，看到老徐正在门口停放摩托车，小程在一旁站立着。这正合我意，就怕他开汽车过来。我上前打个招呼，仔细地看了一眼小程。小程的模样，比我预想的要漂亮得多得多，身材也极标致。怎么形容呢？有点像香港歌星张德兰，就是在春晚上唱《春光美》的那位，一笑一颦颇为神似，且满口的牙齿比歌星要整齐洁白多了。唯一看着不顺眼的地方，我想喝酒时再当面向她指出。

太太已把菜点好，老徐看了一眼，说：今晚我来做东，再多点几个菜。太太说：你要能吃完，随时可以再点。做东，你就免了吧，应该感谢你和小程才是。我对小程介绍：这是我爱人，你叫田姐就行，她和你是同行，可是干整容外科的哟，你们肯定有话可说。太太笑道：小程非常美，没有需要整容的地方。我卖了个关子，接道：话说得早了点，我就不信挑不出毛病来。这一句，顿时把小程的情绪调动了起来。见她想问，我便说：不急，咱边喝边聊。小程说：我感冒了，不能喝酒。我说：这也正是我反复强调的，你既没挂水，也没吃药，喝点酒，睡一觉，肯定好！老徐在一旁配合着：你平时能喝点酒，可以陪张哥喝两杯。小程瞪他一眼：我喝不喝，与你何干？你拉我来，就是让我陪酒的吗？

见此情景，我有点尴尬，忙打趣道：小程你一笑，两个酒窝，不喝岂不浪费？这种氛围，太适合调解矛盾了。太太却瞪我一眼，嫌我讲话太贫。老徐只半两的量，且开着摩托车，我给他和我太太各倒了浅浅的小半杯，意思一下。对小程说：剩下的，咱俩平分。她用手掌压住杯子，说：张哥你还没告诉我，哪儿有毛病呢？我笑着：喝完第一杯，我就说。太太怕我胡说八道，在桌下使劲儿踩我的脚。

喝完第一杯，我感叹道：这酒太淡，不值那个价。小程也一口喝完杯中的酒，从表情上看，老徐说得没错，有点酒量。小程紧盯着我那句话呢，她没动筷子，却眼盯着我。我笑笑：我要说对了，你应当接受；要说错了呢，你就当作是酒话。我把她的好奇心理吊得高高的。行，她颔首认可。

我又给她倒满杯子，说道：你留的这种发型，中长尺寸，又没扎起来，和你的年龄、脸型及身材，极不般配。知道"文化大革命"中的样板戏吗？有一种柯湘头，时髦过一阵，你比那种发型还长一些，既不披肩，又不扎起来，也不吹烫，就显得有些土气了；更为关键的是，你把刘海剪得齐刷刷的，像小学生一样，与脸型极不相衬，这就破坏了你的整体形象。老徐在一旁说道：张哥你说得太对了。结果又遭小程一顿白眼。

我太太取下两枚发卡，把小程的刘海向两边分开卡住，站起来后撤了两步，端详道：还真的不一样呢，精神多了。又瞪了我一眼：一看到美女，眼睛都不会打转了。我笑了笑，对小程说：审美，异性的视角更专业。小程对着窗户玻璃看了看，认同了我的观点，端起酒杯对我说：张哥我敬你一杯。

接下来，气氛就融洽了。我直接对小程说：我们从徐州来云南旅游，通过关系找到老徐，这一路上，他对我们格外关照，很意外地就交了个朋友。所以呢，就想找个时间一块儿坐坐，吃顿饭，表示一下我们的感激之情。没想到，老徐对我讲了你们现在的这种状况，我都不知道该怎么办了，怕请不动你。小程说：这种家庭事情，他怎么好意思对你们讲呢？我说：这不怪他，你打电话时，我刚吃完早餐，就在他身边站着呢，所以就多问了一句。我认为，你们之间的矛盾，没到分手的地步，完全可以把事情讲清楚的，不是感情问题，就是因为集资嘛。小程说：不是感情问题，也不是钱的问题，是缺乏信任的问题，他总骗我，这日子就没法过下去了。对、对，我同意你的观点，应该把问题上升到思想品德的高度来认识。但是，分手是解决问题的唯一办法吗？还有没有其他办法呢？

太太给小程夹菜，我抽空又和她碰了一杯。三杯下肚，小程有些絮叨了，开始痛诉起老徐的种种"劣迹"。既要让她讲，又不能任她信马由缰，每到关键节点，我就插上一句，点评一下。她厌恶和老徐不咸不淡的日常生活，每天都充满了说谎和欺骗。我问：那你羡慕什么样的生活呢？她说：像你们这样多好啊，相伴着外出旅游，开开心心的。我说：旅游，开开心心，也只是偶尔为之，哪个家庭也不能天天去旅游。而你所厌恶的，正是我们所羡慕的。你还那么年轻，年轻得让人妒忌。太太插话道：是啊是啊，年轻，比什么都好，都珍贵。我接着说：你羡慕我们，可你知道吗？我们从结婚的第一天就开始吵架，几乎天天吵，吵了快四十年了。

她似乎不信。我让她看看我鞋面上被太太踩的脚印，说：天天防着我，像防贼一样，生怕我说错话。至于说谎、欺骗，你说说看，这世上，哪个人没说过谎呢？小程争辩道：夫妻之间，就不应该说谎。恰恰相反，我反驳她，这世上说谎最多的，就是夫妻之间。说完，我看看太太，太太说：对，没有不说谎的夫妻，男人说谎，顺口就来。

女人也一样，我强调，说谎是不分性别的。如果就这么聊下去，再吃十顿饭，也解决不了问题。我对小程说：如果不是恰好碰上你那个电话，我也看不出老徐满肚子的心思和焦虑的情绪。所以说嘛，人哪，不能只看表面的光鲜。夫妻之间争吵，有矛盾，这是常态，反倒是不吵架的夫妻，长久不了。我接着说：小程你羡慕我们的生活吗？她点点头，说：挺好的，互相客气、尊重。我说：我要是告诉你，你田姐是个癌症患者，半年前刚做完手术，并且，我们所损失的投资，要超过你和老徐的十倍，你信吗？小程突然愣了一下，老徐也疑惑地看着我，怎么把话题给转移啦？

我对太太说：你对他们讲，我说的是不是实话？太太点点头，说：你张哥陪我出来旅游，就是一种调剂。心情不好，就容易得病，得病了心情更遭，就容易加重病情。她同时把脖颈上的刀痕侧给两人看。我对小程说：我们都是退休的人了，没必要在你们面前卖惨。说真话，你们才是值得我羡慕的，年轻，多好啊。你觉得老徐整天和你说谎，日子过得不咸不淡。可你知道他在执勤中的表情和心理压力吗？他当然不能让旅客们看出来，带着情绪工作。我也是警察，我也遇到过各种难事，也碰到过老徐这种心态。你应该理解和体谅他。生活没规律，工作压力大，精神高度紧张，收入不算高，还有各种负担……说着说着就说滑了嘴，太太用九分的尖锐眼神刺了我一瞥，我马上明白了，负担是个敏感词。

但既然说了，就打开天窗。我坚持说下去：老徐还有个女儿，需要他抚养，这是他的法律责任，你们都有各自的老人，这不算是负担？我看出来了，老徐是个有责任心的男人，他接你电话时，一句没辩解，心里却是五味杂陈，他实在没有可以倾诉的人了，才对我们讲的。他那种焦虑，对你和家庭而言，难道不是一种爱？你怀疑什么呢？

我点了支烟，说：老徐不抽烟，也基本不喝酒，工作性质也不允许他有什么风流韵事，就因为这投资的事，就导致离婚，这就是一而再、再而三了。离了两次婚的男人，十有八九是破罐子破摔了，这对你们的孩子，有什么好处吗？我知道，我讲这些，句句都戳在小程的软肋，老徐的表情，就舒缓多了，他端起酒杯敬了我们一杯。我没再给他倒酒。

我接着说：小程你最大的问题在哪儿，你自己知道吗？她愣了一下，警惕地看着我。我说：你应该上班去，孩子两三岁了，你完全可以上班了，上班一忙，你就没有胡思乱想的时间了。据我了解，辅助科室，工资加绩效，你每月起码能上万元，收入增加了，心情愉快了，哪还有什么烦心事？至于那些投资失误，又不是你一家一户，全国多了去了。只能慢慢想办法，尽量挽回损失吧。有个穿警服的丈夫，你应该一辈子感到骄傲。还讲了什么，我记不住了。但酒瓶的酒在不停地减少。老徐站起来，被我一把摁住，说：讲好了，今天是我们请客的。老徐摊开手，说：那我去方便一下。我指着吧台对太太说：你先把账结了。

他俩同时离开，我对小程说：有个建议，老徐的工作性质便利，你们可以去江苏转转，只要一出门，就开心了。去徐州，我陪你们游览一下古城。这次，她主动给我倒了酒，也把自己的杯子斟满，说了句：张哥你在单位是干啥的？我说：卖嘴皮子的。两人都笑了。我估计，吵架还会继续；婚，可能离不了了。老徐回来后，把两包“大重九”塞进我口袋里，我想往外掏，被他死死地按住，我知道那是一百元一包的，我没舍得买。

结束前，老徐说：张哥我调了班的，你再多玩两天，我和小程开车陪你去腾冲或普者黑转转如何？太太说：不行，出来十天了，家里还有老人呢。不过，你明天无论如何把我们送进站，又没抢到票。老徐发动了摩托车，小程坐好后，冲我们摆摆手，下意识地搂住了老徐的腰。我和太太相视一笑。唉，谁知道一个乘警生活中的酸甜苦辣呢？■

儿歌大王潘振声创作的《一分钱》儿歌，滋润和启迪了几代儿童的心灵。二十多年前，他将《一分钱》手稿无偿地捐献给了上海公安博物馆，他的义举令征集作品的民警深为感动，也赢得了民警的敬重。

我在马路边捡到一分钱

■ 齐 军

△ 儿歌大王潘振声

▷ 警察朋友孙浩

中央电视台《艺术人生》栏目为纪念故去的儿歌大王潘振声老师，特意邀请了几位儿歌作曲家和上海公安博物馆的退休民警孙浩等人做节目。主持人采访孙浩时，他说起自己与潘振声的交往，颇为动情，声泪俱下。我被潘振声老师的高风亮节和孙浩的真诚待人深深打动，翌晨，找到了孙浩家的电话，下午应约来到了孙浩家采访。

寻觅《一分钱》儿歌的词曲作者

房门打开的一瞬，见站立眼前的白发男子竟然就是孙浩，令我感慨万分。几年不见，他似乎变了一个人，真让人感叹岁月无情。寒暄几句后，我便切入正题，好奇地问："儿歌大王潘振声的《一分钱》儿歌手稿，你是怎么征集来的？"说起潘振声老人，孙浩直感叹："他真是一个好人！"感叹后，孙浩向我娓娓道来。

1998年，孙浩在参与筹备上海公安博物馆展品时，第一任馆长俞烈对孙浩说："'我在马路边捡到一分钱'，是描写警民关系的经典音乐作品，我们都是听着这首儿歌长大的，这首儿歌脍炙人口，并家喻户晓，而且诞生在上海。你是文艺界出来的，想办法找到作者，向他征集这首儿歌的手稿。"

孙浩过去虽然从事过音乐研究，但中国之大，作曲家之多，他不可能都认识，一时没了方向。为难之际，孙浩想起了南市区原区委书记李伦新时任上海市文联党组书记，找找他可能有戏。孙浩冒昧地给李书记打电话说明了缘由，李书记爽快地说："这个没问题，两天后给你回音。"

两天后果然有位上海音乐家协会的同志给孙浩来了电话："文联的李书记让我找《一分钱》的词曲作者告诉你，他叫潘振声，是我们上海人，原在上海人民广播电台工作，但是50年代他被调到宁夏去了，听说现在是宁夏文联的副主席。"

孙浩得知《一分钱》词曲作者的名字后，喜不自禁，感到有姓有名后就有了方向。他一个电话挂到宁夏文联，对方热情地告知，此人80年代已调入江苏文联任副主席。孙浩马上又打电话到江苏文联，对方却警惕地说："电话里又看不到介绍信，怎么知道你是上海公安局的呢？"孙浩解释说："我告诉你电话号码，你查一下就知道我打的是公安局的内线电话。"对方果然打来了电话，证明无误后，才告知潘振声家的电话。

孙浩激动地打电话到潘振声的家，接电话的正是潘老师，他好奇地问："你是哪位？"孙浩解释说："我是上海市公安局的，我们现在正在筹备公安博物馆，大家都认为你创作的儿歌《一分钱》家喻户晓，是警民关系的代表作，我们想征集这首儿歌的手稿，不知潘老师是否愿意捐献出来？"潘老师听后毫不犹豫地说："你们上海公安筹建博物馆，我赞成，我一定支持，我决定把《一分钱》儿歌手稿捐给你们。"孙浩激动难抑地说："真是太感激了，我马上到南京来取。"没想到潘老师却说："你们不要来南京，我亲自给你们送来。"孙浩有点不相信自己的耳朵，再次得到潘老师证实后才挂了电话。

老人深情地回忆《一分钱》的创作过程

1998年12月21日，一个宁静的冬天，下午4时，俞烈馆长与孙浩来到上海新客站接潘振声老师，他们站在午后的阳光下举着大牌子，潘老师走过来自报家门。俞馆长与孙浩激动地将老人接到大沪饭店，时任政治部副主任应根宝特意赶来为潘老师接风洗尘。饭毕，应副主任对孙浩交代说："你与潘老师谈一下，如果对方提出知识产权问题，我们也应该予以适当的经济补偿。"

孙浩陪着老人来到客房，热情地为老人沏茶，等潘老师一切安排妥帖后，他便与潘老师聊了起来。老人深情地向新认识的警察朋友聊起了自己的身世和当年创作《一分钱》的经过。

潘振声是上海人，1933年生于青浦县，自幼酷爱音乐，在小学念书时就担任学校合唱队的指挥，抗日战争时期，他小小年纪就上台指挥过《卖报歌》《大刀进行曲》《只怕不抵抗》等抗日救亡歌曲。后因家境贫寒，他只能辍学去当童工和报童。解放后，因为喜欢音乐，潘振声考进了上海现代影剧演员学校。1950年毕业后，为了报党恩，他报名参加了中国人民解放军，当了一名炮兵，春节期间新兵连举行文艺演出，潘振声吹拉弹唱，样样都会，一场下来赢得满堂喝彩。结果因他的文艺特长当上了师部的文艺兵。

1955年潘振声复员后，民政局的同志见他是个文艺兵，便分配他到上海市徐汇区漕溪路小学任音乐老师兼少先队大队辅导员。这年春天，潘振声尝试地创作了儿歌《我们来到了花园里》，歌声很快飞出了校园，传遍了上海。随着他的儿歌创作的出名，1957年，潘振声被调入上海人民广播电台任音乐制作人。这时，他情绪高昂，正逢创作高峰期。1958年，潘振声又创作了儿歌《小鸭子》，歌词里有一句："再见吧，小鸭子，太阳下山了。"有人指责他："太阳下山是影射伟大领袖。"就这样，潘振声莫名其妙地被发配到边区宁夏人民广播电台。

1965年，中央人民广播电台"小喇叭"节目组写信给潘振声向他约稿，请他创作一首表扬"好孩子"的歌。潘振声一接到约稿信，马上沉浸在了当年任音乐老师的往事回忆中。

潘振声任少先队大队辅导员时，经常给孩子们上道德教育课，教育孩子们要爱祖国、爱社会、爱学习、爱劳动，要做个诚实的孩子。那时，他放在办公桌上的大头针小盒内，经常堆满了孩子们交来的一分、两分硬币，孩子们拾金不昧的行为，常常拨动着他心弦。虽是一两分钱，但折射出孩子们美好纯洁的童心。而当年在漕溪路口有位交通民警，不管是刮风下雨，还是酷暑严寒，他每天都护送孩子们过马路。到了路口的另一边时，懂事的孩子们总是回过头来挥着小手，稚声稚气地叫一声："叔叔，再见！"并回头目送着警察叔叔远去的背影。这情景深深地印在了潘振声的脑海里。

潘振声创作好孩子儿歌时，这一幕幕真实感人的情景又浮现在了眼前，他感到这是真切的往事，不能虚假，也不能成人化，曲调一定要让孩子们易学易唱，那就要跳跃、优美。他白天冥思苦想，就是没感觉。晚上躺在床上夜不能寐，望着皎洁的月亮，突然家乡的沪剧紫竹调旋律跳入脑海，他立即爬起来拧亮台灯，紫竹调的旋律旋即幻化成带有城市色彩的明快旋律，经典儿歌《一分钱》就这样诞生了。

儿歌一经中央人民广播电台播放，就像插上了翅膀，迅即飞向了大江南北，孩子们唱着儿歌去上学、去劳动、做好事。几代儿童的心灵都受到了这首儿歌的滋润和启迪。

往事如烟也动情，孙浩听着老人讲述的故事，激动不已，但是他心里还在担心怎么与老人谈判。孙浩战战兢兢地对老人提出："潘老师，关于《一分钱》手稿的知识产权问题，你看怎么办？"老人反应极快，他挥着手坚决地说："孙警官，我是一个受过磨难的老共产党员，我知道我的社会责任在哪里，我是共产党的艺术家，上海要建共和国首座公安博物馆，我举双手赞成，我坚决支持，我决定无偿地捐献给你们！"

孙浩听罢心头一热，眼睛有点湿润。他竖起大拇指动情地说："潘老师，我从心眼里敬重您老人家，不仅是因为您创作了一千多首儿歌，更是因为您老共产党员的人品！"

儿歌大王与警察成了忘年交

有了这次特殊的工作联系，孙浩认定了要交这位德艺双馨的儿歌大王为朋友，每年他都会到南京买些礼品去探望这位令人敬重的老人。那年的夏天，孙浩去南京探望潘老师时，他们就在潘老师家楼下的饭馆里吃饭，潘老师走路背有点驼，孙浩搀扶着他过了马路。

吃饭时，孙浩向老人开玩笑："您的儿歌是警察叔叔搀扶孩子们过马路，现在却是警察叔叔搀扶老人过马路。"老人听了没有笑，讲起了自己辛酸的往事。他被发配到宁夏后，娶了一位女工，没有生育，领养了一个女孩，“文化大革命”时妻子离他而去，真是祸不单行。这顿饭吃得有点沉闷，老人说着说着念起了自己写的打油诗，孙浩感到挺有意思，便让潘老师写下来。潘老师顺手取出了自己的名片，在背面写上了那首当年涂鸦的打油诗：

我不哭

童年家劳皮包骨，少年岁寒当学徒。

青年得志遭厄运，壮年有家不幸福。

老来伏案何所求，一生无愧大丈夫。

潘振声作于1990年8月10日凌晨

孙浩接过写在名片背面的打油诗，读罢心里是五味杂陈，为老人的坎坷一生而唏嘘不已，也为老人的豁达大度而心服。一来二往，儿歌大王与孙警官熟了，也认了这个知情重义的警察朋友。他们成了忘年交，老人每次来上海探望姐姐，也会给孙浩打来电话，接到潘老师的电话，孙浩都会去看望他。有次，孙浩去他姐姐家告知《一分钱》的手稿被国家文物局评定为现代一级文物，老人听罢脸上露出了孩子般天真的笑容。

有次，老人来上海，孙浩去看望他，这天他心情很好，聊起了自己晚年的幸福生活。粉碎“四人帮”后，潘老师又恢复了名誉，当上了宁夏文联副主席和音乐家协会主席，后来调到了江苏任省文联副主席，不久，又任中国音乐家协会理事。潘老师的晚年生活总算安定了下来，他整天沉浸在儿歌创作中，形单影只，无暇顾及自己的生活，有热心人为潘老师介绍了一位幼儿园的老师，他们一见钟情，交往了几次就结了婚；老人还有了两个继女，都对他很孝顺，晚年的潘老师生活得很幸福。

但他没有放下手中的笔，依然热心地为孩子们写歌。他花了多年时间呕心沥血写成的56首各民族的儿歌，充满信心地送到音乐出版社，人家却要收费，而且是几万元。老人纳闷地感叹：“博物馆出20万元收我的手稿，我都不要一分钱，我为孩子们写歌，为啥这么难？”潘老师有点想不通，便找到中国音乐家协会主席、著名作曲家徐沛东，徐主席曾给潘振声颁发过音乐特别贡献奖；潘老师还获得过“五个一”文化工程奖，并且是唯一获得过金唱片奖的儿歌作曲家，但是这些对于市场经济、流行歌曲的大潮来说都无济于事，这成了潘老师终生的憾事。

但是潘老师的歌毕竟滋润了几代人的心灵。不管潘老师走到哪里，只要提起《一分钱》《春天在哪里》《小鸭子》等儿歌，30岁以上的人都耳熟能详，都会哼唱几句，这让潘老师感到欣慰。

潘老师晚年过着幸福的生活，孙浩每次去南京都会去探望他，见一对老夫妻相濡以沫，举案齐眉，感到欣慰。未料，2009年2月，潘老师的妻子突然被查出胃癌，且已是晚期，老人的精神被猛地一击。他每天去医院照顾老伴儿，由于身心疲惫，老人于3月突发脑溢血倒下了。孙浩闻悉潘老师倒下后，一个月里去了三次南京探望病中的潘老师。第一次和第二次潘老师脑子还算清楚，5月8日，孙浩第三次去探望潘老师时，他已深度昏迷，不能言语。孙浩在他的耳旁大声说道：“潘老师，你要坚强，全国3000万的儿童还等着听你的儿歌呢！”潘老师慢慢地跷起大拇指，眼泪从他的眼角缓缓地流了下来。

2009年5月14日，潘振声老人不幸与世长辞，享年77岁。潘老师虽已远去，但他写的儿歌永远留在了孩子和警察的心里，并会一代代传唱下去。■

剑胆琴心

这次和十几位作家，在建党100周年前夕，终于有机会走进中华史前神话传说的发源地，历来为兵家必争之地的太行山上党地区，即八路军总部所在地。

太行行

■叶 辛

深深的武乡情

我曾写过一篇小文《静静的黄花塘》，写的是瞻仰参观过新四军军部之后我的感受。不料就是这篇一千余字的小文，发表之后不仅被编进了书里，很快又被电台作了朗诵诗般的广播。播音主持人声情并茂的朗诵，引起了听众的兴趣。有听众向我打听，你知道当年新四军的军部在安徽和江苏交界处的黄花塘，那你知道八路军的总部在哪里吗?

我说，知道啊，在太行山深处。

太行山纵横800里，你知道八路军总部具体在哪个方位吗?

我真的不知道，只得坦率承认。当年的八路军总部，具体在太行山腹地的哪个县、哪个乡、哪一个小村庄?

于是，我就存了一个心思，有机会走进太行山，一定要去看看当年的八路军总部设在哪个位置。

这一次和十几位作家，在建党 100 周年前夕，终于有机会走进中华史前神话传说的发源地，历来为兵家必争之地的太行山上党地区，也即今天的山西省长治市所辖各县。当地文人介绍说："这里与天为党，地势险要，素有'得上党而望中原之称'。"我连忙问："抗战时期的八路军总部，是不是设在这里？"对方答曰："就是在这里长期驻扎。"我追着问："具体在哪个乡？""武乡。"

我笑了，终于知道了八路军总部当年设在武乡。我转身问陪同的工作人员，我们要去武乡吗？答说去，我心里说，这回可以了却心愿了。

等到我真正地走进武乡，才知道，武乡并不是我脑子里想象的一个乡，而是一个县。当地人简称武乡。

而当年八路军的总部，并不只是像黄花塘那样在一个静静的水村里，而是有好几处。其中驻扎时间最长的，是一个叫王家峪的小村庄。由于是烽火连天的战时岁月，日寇的"扫荡"频繁，故而总部机关得视战情流动。除了王家峪，还有距武乡县城 47 公里处的小山村砖壁。这里的地势更为险峻，南、西、北三面临崖，仅有一条狭窄的峡谷小道连通里外。东面呢，靠着山，前面是两道天然壕沟。越过壕沟，则能进入崇山峻岭之中。恰是天然的易守难攻隐蔽之地。

著名的"百团大战"，就是时任八路军副总司令的彭德怀和副总参谋长左权在这里指挥的。除了这两处，还有石北乡的义门村、涌泉乡的寨上村，都曾是八路军总部所在地。

这几处总部机关的地址，全在武乡县境内，故而当地的人们习惯地说，八路军总部设在武乡。

位于山西东南部的上党，本来就是群山环抱起来的高地，东部依太行山和华北平原接界，西部依大岳山和中条山与河东为邻，地势险要，群峰壁立。从大处说，太行山雄伟壮丽，北据长城要塞，南扼黄河天险，东出阳关可览幽燕，西邻太岳虎视同蒲。从小处说呢，八路军总部所在的武乡县几个小山村，是上党腹地中的腹地，相对来说隐蔽而又安全。不但八路军总部在此，中共中央北方局也设在这个地方。朱德、彭德怀、左权和刘伯承、邓小平等将领，曾长期生活、战斗在此，指挥了敌后抗日根据地的游击战争和政治斗争，抗战中粉碎了日寇无数次的疯狂"扫荡"和进攻，以太行山为支点，缔造了全国十九块抗日根据地中最大的晋、冀、鲁、豫解放区，解放了华北一亿同胞。

我走进王家峪朱总司令居住过的农家院，当年房东大娘的孙女，说起一个小细节。奶奶告诉她，一开始，有人对她讲，住在她家简陋小屋里的这个衣着朴素的老头儿，就是指挥千军万马打鬼子的八路军总司令，她怎么也不相信！奶奶说，这一片是兵家必争之地，她不是没见过那些当官的，别说总司令了，一般的军官，不是衣着笔挺、趾高气扬，就是吆五喝六、目空一切，一大帮随从簇拥着。而这老头儿，穿一身和普通八路军没啥两样的军服，衣服上打着补丁，手臂抬起来时，还露出棉袄上的破棉絮。空来还种树锄地，和人说话笑眯眯的，哪有这样的总司令啊，直到远近各路八路军的军官来院子里开会了，院门

▷ 作者在八路军总部旧址前

外拴满了马匹，那些进来的官员，个个向老头儿敬礼，问候。开会时，宣布总司令讲话，朱总司令往起一站，顿时全场肃静，听着总司令说话。奶奶这才相信了，这真是八路军的总司令！

房东大娘孙辈回忆的情况，是一件小而又小的真实往事，却在我的心里激起阵阵涟漪和联想。事情确实很小，但就是这样的一件件小事，凸显出八路军和老百姓的鱼水之情。太行山的老百姓，就是从不断传来的打击日寇的捷报，从每一个八路军的言行中，从心里由衷地感激道：这是老百姓自己的队伍，是一心为国为民的队伍。老百姓拥护八路军，支持八路军，热爱八路军。而八路军也正因如此受到人民群众的爱戴，才会从 1937 年 9 月由一一五师、一二〇师、一二九师不足四万人的兵力，经过三年的浴血奋战，到 1940 年发展到了四十万人。而到了五年后的 1945 年抗战胜利时，八路军正规军已有了一百二十万人的总兵力。

我们的党和军队，就是依靠英明的决策领导，和百姓血肉相连的群众路线，以及广泛团结社会各界的统一战线这三大法宝，从小到大，从弱到强，取得了一个又一个的胜利。

武乡当时全县才十三万五千人，有九万多人参加了抗日人民自卫队和工、农、青、妇等抗日群众团体，三千多青年直接参加了八路军。八路军总部无论驻扎在武乡的哪一个小村庄，都会受到人民群众的拥戴，淹没在一片深深的武乡情之中。正如流传至今的歌谣民谚中所唱所说的：

“母亲叫儿打东洋，妻子送郎上战场。”

“村村像军营，人人都是兵，抗日根据地，一片练武声。”

“千山万壑、铜墙铁壁，抗日的烽火燃烧在太行山上。”

不只武乡是这样，扩大到太行山武乡的周边，十一个县的县委书记，都是中共党员。如此好的群众基础，如此受到百姓衷心爱戴的军队，才能在打击日寇的一次次大小战斗中，取得无往而不胜的辉煌战绩。

参观武乡的一个个八路军总部驻地，瞻仰着那一间间老乡们腾出来的简陋朴素的小屋，目光扫过那一个个耳熟能详的名字：朱德、彭德怀、左权、刘伯承、邓小平、徐向前、陈锡联……我的心久久地不能平静。

黄崖洞前的塑像

黄崖洞是八百里太行山里的一个山洞，是中外人士向往而争相不远千里万里赶来一睹其面貌的革命圣地。

只因这里曾经是八路军的黄崖洞兵工厂。

黄崖洞兵工厂自诞生的那天起，就使日本侵略者感到恐惧。为啥呢？日寇打进中原大地时，刚同中国军队交锋，就发现了中国军队的一个短处，枪械炮弹不足，打着打着，一阵密集的枪声响过之后，射击过来的枪弹就稀疏下来了。守卫八路军兵工厂的特务团，全团只有两门炮，12 发炮弹。打一发炮弹，都得经八路军总部批准。这一细节就充分说明了八路军的枪支弹药十分有限。

八路军兵工厂在黄崖洞一投产，不但朱总司令高兴，彭德怀副总司令还把兵工厂视为“八路军总部的掌上明珠”。

当日寇在战场上遭到狠揍之后，气势汹汹地集中起装备精良的 5000 多日军主力，分成几路，强攻黄崖洞。守卫在黄崖洞所有的八路军指战员，只有不足一个团的兵力，进行了英勇抗击。连打了八天八夜，最终以敌我伤亡 6：1 的辉煌战绩，开创了中日战史上敌我伤亡对比空前未有之纪录。

正因如此，黄崖洞保卫战不仅被写入了八路军军史，还是世界军事史上的著名战例，被搬上了中外军校的课堂。

小平同志专为位于山西省长治市黎城县城北 45 公里之远深山之中的兵工厂旧址，题写了“黄崖洞”三个大字。我站在今天的黄崖洞景区门前，端详着小平同志的题词，又细细地眺望着这深山峡谷之中的景色，陡然发现，这里不仅是一个著名的红色景点，而且还是太行山深处一个风景绝美壮丽的自然景区。首先举目壁立千仞的悬崖陡壁，全都呈黄色，故而称那东崖半空之中的天然石洞为黄崖洞。其次陡峭的黄崖巨石之间，形成的深深长长的峡谷，是天然的易守难攻的要塞。

景区门前广场上，醒目地竖立着一尊年轻司号员的八路军战士塑像。走近前去一看，原来这司号员正是黄崖洞保卫战的英雄崔振芳。他牺牲的时候年仅 17 岁。

在平时的战斗中，崔振芳是没有机会冲锋陷阵直接打击日寇的，但是保卫黄崖洞的战斗打得太过激烈，钻进了峡谷的日军步兵不顾死活地往断桥前冲来。连长带着通讯员和司号员一起上阵杀敌。好不容易逮着这一机会的崔振芳，兴奋地一口气往死命地冲上前来的日本士兵扔出了 120 枚手榴弹。他每掷出一枚手榴弹，看见手榴弹在敌群中炸响，就大叫一声计着数。一旁的通讯员和连长都听见了。

日军的气焰被打下去了，连长一鼓作气地从陡崖上往下掷手榴弹，把手榴弹扔完了，当即命令崔振芳到掩蔽部扛手榴弹上来，以防日军的又一次疯狂进攻。

恰在这时，日军的一颗冷炮弹在陡崖的附近爆炸，炮弹的一片飞石击中崔振芳，割断了他的喉咙。

年轻的八路军司号员牺牲在黄崖洞战斗的最前线。

我伫立在崔振芳英姿勃发地呈吹号形象的铜塑跟前，为牺牲于 1941 年 11 月 11 日黄崖洞保卫战中的年轻英雄默哀。

他的英名，会和太行山巍峨挺拔的巨峰险谷一样永存。

夜宿岳家寨

夜宿岳家寨是一个特别的体验，也是一个难忘的体验。

过去好些天了，那一夜的体验，那一夜的思考、想象和揣摩，仍久久地留在我的记忆里。

我们去往岳家寨之前，就被告知，那是岳飞的后裔隐居的偏僻村寨，不但离平顺县城有足足 80 公里盘山公路，而且整个村寨建在高高的太行山腹地的山脊上。

还有人顺便说，岳家寨前年刚刚脱贫，过去是很穷的。

似乎是为了证明东道主的介绍，散文写得十分出色的河南作家王剑冰，讲了一段他和天津作家投宿岳家寨的往事。他说，为他和天津作家肖克凡带路的小孩，把他俩带到屋子里，就跑没了影子，跑开时留下一句话：你们就在屋里的炕上睡吧。

屋里漆黑一团，什么都看不见。王剑冰只得伸手慢慢地摸，摸到炕上一个空位置便招呼：“老肖你躺这儿吧。”之后他又继续摸索，摸索到另一处空位置，随即便放平身子躺下了。白天颠簸得累了，两人感慨几句，就睡着了。第二天一大早，王剑冰睁开眼，就看见门缝里不断地泻进来一缕缕一股股的冷雾……

也许是这段经历太令人印象深刻，事后他写下一篇散文《暮投石壕村》，刊登在《人民日报》上。

他讲得太生动，我听过一遍就追着他问："不是岳家寨吗，怎么变石壕村了？"王剑冰用他的河南普通话道："岳家寨又名下石壕。"

我联想到他登在《人民日报》上的《暮投石壕村》，便问他："这石壕村是不是杜甫写的石壕村？"

王剑冰不置可否。我连忙翻阅发给每位作家的行程简介，否定了自己的问题。其一，这个曾经叫作石壕村的岳家寨，地处晋、冀、豫三省交界的大山旮旯里，四周群山环绕，植被茂盛，远避尘嚣的烦扰，多少年来处于自给自足、独立封闭的生态单元，顽劣们不会走那么远难行的山道来抓人。其二，简介上明明写着，岳家寨建村于清代，而杜甫写的是唐朝的事情。看来此石壕不是杜甫所写的"有吏夜捉人"的石壕村了。

不过，这又冒出了一个新问题，建村于清朝的寨子，被迫害的岳飞后裔是南宋人，怎么会在清朝来此隐匿避祸呢？南宋及以后的元、明二朝代几百年，这地方还没有建村庄呢！

当地人给我的解释是这样的：岳飞第三个儿子岳霖及其后人，是逐渐避难逃命到这一带来的。这地方之所以在 2010 年最终更名为岳家寨，是因为村寨上 38 户人家，全都姓岳，家家自称是岳飞的后代，而且不少人家还珍藏着自岳霖以来三十几代人的家谱呢！

当我们在璀璨的灯光下踏着弯弯拐拐的石板路走进岳家寨时，只见家家户户的屋门和院坝里都悬挂着红灯笼，开着各具太行特色的农家乐。这是一座完全用石头建起的村寨，石板盖的房，石头铺的路、砌起的坝墙，院子里的石桌、石凳、石水缸，还有石磨、石碾、石槽，这些大大小小形态不一的石头，全是由太行山中就地取材而垒砌起来的。和我熟悉的贵州安顺屯堡的石头寨风格不一样，却另有一种美感。

我和军旅作家柳建伟同住在一座叫"桃源居"的农家乐里。站在院子里，昂首望天，深邃墨蓝的夜空中，繁星点点；建村时栽下的那一棵百年老树，张开的树冠给人的感觉如同伸进了天幕之中。自从 2013 年年末，岳家寨入选了首批中国传统村落保护名录，岳家寨人就以祖祖辈辈传下来的朴素勤劳，加快了脱贫攻坚的步伐。如今，它已成为昔日"天高皇帝远"的太行山巅上一个远近闻名的打卡地。我们这一拨作家，如若不是早在半个月之前就预订了农家乐，还住不进来呢。

回想着一路走进来的曲折回环的石头路，眺望着夜色里连绵无尽、群山环峙、巍峨壮观的太行山，不知为什么，我宁愿相信，岳家寨世代栖居在这里的农户，确实是曾经颠沛流离，在太行山里垦荒种地，艰难地繁衍生存下来的岳飞后代。

如今，他们终于又和外面的世界融合在一起了。既可以让外面的人通过盘山公路走进这曾经的世外桃源，又可以从太行山脊上的 35 公里天路疾驶而去。

抚今追昔，我久久地不能入眠。总是不能想象曾经与世隔绝的一代又一代岳家人，是如何在这里消磨和打发人世间的岁月的。■

“长清之光”，如此铁血而难忘

■ 蓝 茹

△ 济南第一个县级党支部旧址

一

当那块刻有金色镰刀、斧头和白色“长清之光——济南第一个县级党支部诞生地”字符的展标，如一面迎风飘扬的旗帜似的扑入我的眼帘时，我情不自禁地放慢了拾级而上的脚步，心潮起伏地仰望着——

仰望着前方历尽沧桑仍坚实如初的墙壁上，那面鲜红如血、那面从南湖红船上升起后就插在我们灵魂高地上的旗帜！用热得发烫的目光，一遍遍凝视着、抚摸着旗帜上挺立似脊梁的金镰、金斧和四个洁白如雪、遒劲如钢的大字“长清之光”，让久违的震撼、感动如久旱的甘霖，一滴滴从我的骨缝里滴答下来，让一个个或匍匐，或冲锋，或倒下，再从血泊里站起来的先烈和革命前辈，从耀眼的金黄、浓烈的红艳中，一点点清晰、鲜活、生动起来……

魏金三、张耀南、庄东晓、房栋泽……这些长清大地上走来的先烈或革命前辈，如熠熠闪光的星辰，汇成了铁血而耀眼的“长清之光”，令人敬仰和感怀。

虽然他们中的大多数，并没有浓墨重彩地走进县志、英烈榜等史书史册，但今天静好的岁月里，却处处闪现着他们默默挥洒的热血与激情；今天无恙的山河里，更处处闪耀着他们前仆后继、铁血担当的精神和品格。他们与日月同辉，成为我们世代仰望的不朽丰碑和永远传承的血脉之源。

在长清房庄村就有这样一位寻常而非凡的烈士——房栋泽，原名叫房殿臣，1912 年出生，长清房庄人。他曾在济南读书期间，认识了魏金三，在其影响下读了一些马列书籍，深信共产党才能救中国，于是，参加了共产党，并在村里以小学教员身份为掩护，发展了许多党员，身兼村党支部书记。1938 年，他与魏金三参与策划了被誉为“山东抗日武装起义的一个重要组成部分”的长清大峰山抗日武装起义；曾任鲁西南八路军六支队独立营扩军办事处主任。1940 年夏，因汉奸出卖，他不幸落入日寇的魔爪，次日英勇牺牲于长清四台山。

房栋泽牺牲之后，他的家人和后代的际遇与选择，将“信仰如山，一心为民，不怕牺牲，勇往直前”的长清大峰山精神和“国家兴亡，匹夫有责”的民族精神与气节演绎得淋漓尽致，坚守、传承得荡气回肠，令人感慨而深思。

也许是他所受到的酷刑太过惨烈，也许是当时艰难复杂的斗争环境的影响，房栋泽的家属很少对后代提起他的革命生涯和壮烈牺牲的经过，但后辈们却默默而坚定地选择了“像他那样，参加队伍，将抗战、将革命进行到底”的信仰和道路；甚至他不曾见过面的女婿李其辰（后改名为李昕），亦受如火如荼的革命活动的影响，年仅 13 岁就毅然走进了抗日救国的行列；他同样不曾谋面的外孙李动，也如祖辈、父辈一样，不满 18 岁就参军报国，从济南航空兵退役后，又义无反顾地加入到为百姓守护平安的公安队伍中，把“一家三代从军报国”的红色基因和血脉朴实而执着地赓续和传承着。

21 世纪初深秋的一天，烈士不曾谋面的外孙李动去北京看望 90 多岁高龄的外婆，几经追问，这位因丈夫的牺牲而饱受苦难，甚至是历经九死一生的老人，才平静而和缓地向其后代讲述起了埋在心里 60 年，那段血雨腥风又令人敬仰的丈夫牺牲的经过。

那天是 1940 年农历 7 月 14 日深夜，房栋泽趁着夜色悄然回到房庄家中办事和筹款，见到了许久未见面的妻子和三个孩子，叮嘱妻子照顾好自己和最大仅 8 岁、最小刚满 1 岁的孩子，让她一定要坚信：分别是暂时的，抗日战争最后的胜利，必定属于中国人民，日寇早晚会有被赶出中国的那一天。

翌日，天刚蒙蒙亮，房栋泽怀揣着妻子给他和其战友们煮的一兜热鸡蛋，摸着紧紧拽着他的衣角不愿放手的长子的头，悄声叮嘱道：快快长大，然后参加八路军打鬼子去。

正在这时，院门外突然传来了猛烈的砸门声和叽里呱啦的吼叫声，房栋泽意识到情况不妙，立刻躲到隔壁房世昌的家里。

十多个鬼子用枪托砸不开门，就蹿至屋顶跳进院内，然后呜里哇啦地叫嚣着冲进屋里，东砸砸、西挑挑地搜索起来。

三个孩子吓得号啕大哭起来，房栋泽的妻子陈光贞立即如老鹰护小鸡般把两个大的孩子拉在身后，然后抱起最小的仅 1 岁的小女儿，紧咬着嘴唇，强忍着愤怒和恐惧注视着疯狗般乱捅、乱刺的鬼子，期待着逃到隔壁的丈夫能平安逃过这一劫。

然后，不幸的事还是发生了，得到汉奸密报的日寇最终在邻家的蚊帐后面，发现了“专门负责招兵买马对付他们的八路军”房栋泽。

日本士兵一边泄愤似的用“三八大盖”野蛮地砸向手无寸铁的房栋泽，一边用拇指般粗的绳子五花大绑地捆着他和犯有“窝藏罪”的房世昌，耀武扬威地押向他们的据点四台山。

漫长难挨的白天终于过去了，三个年幼的儿女也都哄睡着了，陈光贞心头的不安却如黑沉沉的夜色一样越来越浓。

“砰砰——砰”，门外突然传来了轻轻的叩门声，她警觉地听了一下，感觉是自己人，便迈着小脚疾步来到院里拉开门闩，见是丈夫的姐姐和姐夫。

大姑姐悲愤地告诉她说，弟弟已被日本士兵打死了。日本士兵太可恨了，用各种酷刑严刑拷打弟弟，他被折磨得嗷嗷直叫，痛苦、凄惨的叫声在四台山据点里整整响了一天，让悄悄躲在不远处的姐夫心如刀绞。

当晚回到牢房后，被打得奄奄一息的房栋泽有气无力地对身边的房世昌说：“好兄弟，快帮我解开绳子，如果我跑不出去的话，记着告诉我的儿子，长大后一定要当八路军，一定要把鬼子赶出去。”

虽然一动就疼得浑身发抖，但为了能逃出魔窟，能继续打鬼子，房栋泽咬紧牙关挣扎着爬起来，艰难而迅疾地逃出牢房，钻进了如倒扣的锅底一般漆黑的夜幕里。但他没跑出多远，就惊动了日本狼犬。几个鬼子鸣着枪、牵着狼犬，大呼小叫地向他追了过来。

遍体鳞伤的房栋泽，此时已踉踉跄跄力不从心，他望着远处眼睛闪着绿光的狼犬和呼叫的日本士兵，猛然翻身向山下滚去。听着越来越近的狼犬声和日本士兵的喊叫声，房栋泽深知逃生无望，他再也不想忍受鬼子的酷刑了，望着繁星闪烁的苍穹，抱着壮士一去不返的悲壮，蹒跚地爬到旁边的一口古井边，纵身跳进了黑洞洞的深井里。

追踪而来的狼犬蹿至井边狂吠，几个日本士兵对着深井一阵吼叫，不见有回声，便向井里开枪射击。日本士兵捞出遗体后，又向房栋泽的头颅开了两枪。凄厉的枪声，撕破了宁静的黑幕，在四台山漆黑如墨的夜空里久久回响着。

日本士兵回到据点后，对房世昌就是一顿毒打，但他坚称与房栋泽只是邻居，不知道他是八路军，躲过了一劫。其实，房世昌不但知道房栋泽是村里地下党支部书记，他自己也是房栋泽介绍入党的。房世昌顺利脱险后，飞奔回家，向陈光贞哭述了房栋泽被害的经过，日本士兵想得到有关大峰山根据地和鲁西南八路军驻地、人数、装备等情报，房栋泽宁死不屈，没吐露一丝一毫相关的情报，气急败坏的日本士兵就变本加厉地换着花样、一刻不停地拷打他、折磨他：皮鞭抽、坐老虎凳、往血淋淋的伤口上灌辣椒水……”

最后房世昌对她说：“大姐，我马上去把房大哥的尸骨拉回来，让他能入土为安。另外，你们抓紧准备一下快跑吧，鬼子不会罢休的，可能回来报复家属。”

过了约一个时辰，房栋泽的尸骨被拉回来了。其大儿子房毓生来到离房庄三里多路的四台山，见一路都是鲜血，这一幕对他的刺激可谓是刻骨铭心，让他记住了日本士兵的凶残，也记住了国破民苦的悲惨。

陈光贞看着丈夫被鞭子抽得皮开肉绽的身体，摸着他腿上被皮鞭抽得青一块紫一块的伤疤，悲痛欲绝地扑倒在丈夫的身上号啕大哭起来。

大姑姐抱住她，冷静地说：“小声点，当心被汉奸发现了，快收拾一下，带着孩子早点离开这里吧。”

她立即清醒过来止住了痛哭，从箱子里翻出丈夫心爱的小白褂，用清水轻轻擦净丈夫血肉模糊的身子，然后小心翼翼地给他穿上衣裤，让他能像生前一样干干净净地离去。

房栋泽牺牲时年仅 28 岁。妻子陈光贞那年 29 岁。她送走牺牲的丈夫后，立即收拾起简单的行囊，背上仅 1 岁的小女儿，拖儿带女，逃进了茫茫的大山里。

二

长清县双泉地区起伏不平的青山，虽是泰山余脉，可山里能充饥的东西似乎没有，嗷嗷待哺的孩子们常常饿得哇哇直哭。她不得不爬出山洞，摸黑潜回家中蒸上些窝头等食物，然后带上山给孩子们充饥。一天傍晚，冒出的炊烟被汉奸发现追了过来，她迅疾闪进邻家的院子，见院内有一卷席子，便不顾一切地钻了进去，屏住呼吸，一动不动地朝外张望着。只见两只黑鞋大脚在院子里转了转，又匆匆进屋出屋，之后自言自语地说着“明明看见了炊烟，却找不到人，真是奇了怪了”离去了。她近乎瘫软地喘了半天气，才心有余悸地慢慢爬出来，蹑手蹑脚地返回家中，用蓝粗布头巾兜上那锅好不容易才蒸熟的窝头，迈开小脚，跌跌撞撞地赶回山洞。看到饿得连哭声都细弱得时有时无的孩子们狼吞虎咽的样子，她却为今后如何活命而犯起了愁。

后来，在亲友的帮助下，她迈着小脚，携儿带女逃离了长清，跋山涉水，历尽千辛万苦，逃到了江苏省沛县鹿湾村，看见河边有间破房子，便暂时住了下来。一个目不识丁的小脚妇人，带着三个 1 岁至 8 岁的孩子，其艰辛坎坷，难以言喻。但无论多么艰难，哪怕讨饭、挖野菜为生，哪怕靠给别人洗衣、做饭、打些零工等为生，都丝毫动摇不了她泰山般坚定的决心：不忘丈夫的嘱托，把孩子们养大送进八路军队伍抗日，报仇雪恨。

一年多之后，陈光贞听说老家山东长清四台山上的日军撤走了，她立即兴奋地带着三个孩子返回故里。

部队首长得知他们是房栋泽烈士的妻儿后，立刻把两个大点儿的孩子送到八路军抗日小学读书，陈光贞则到军工厂做军鞋支援前线，那种担惊受怕、朝不保夕的苦难日子才算熬到了头。

三年后，陈光贞毅然送唯一的儿子、年仅 13 岁的房毓生参加了八路军，走上了抗日的战场。

烈士的外孙李动曾问过外婆：“外公早早牺牲了，小舅舅也不幸病故，怎么还舍得送唯一的儿子参加八路军？何况他当时只有 13 岁，还是个孩子啊！”外婆坚定地说：“一是完成你外公的遗愿，为国报仇；二是完成我的心愿，为家雪恨。”

外婆还如孩童般幸福地回忆起前委员长万里等革命老前辈在老家房庄一带活动的情景。说有次他们在外婆家开会，外婆就在外望风，听屋里唱“弹棉花”的歌，这次开会被称为“房庄会议”。后来万里与长清的姑娘边涛结了秦晋之好。

房栋泽烈士幸存下来的三个儿女，都没有辜负他的期盼。唯一的儿子房毓生（当兵后改名为方杰）少年参加八路军，在残酷的战斗中，目睹了身边许多战友为国捐躯，磨砺了坚定的意志。因他读过几年私塾，肚子里有点墨水，遂成了连队通讯员，写了不少战士立功的事迹，被长清县大队调来的营长看中，培养其成为文化干事。没想到一次部队打了胜仗，转移时这位营长不幸被流弹击中，方杰目睹这位同学的父亲闭上了眼睛，流泪满面。后来，方杰调入冀鲁豫军区战友剧社。淮海战役结束后，剧社来到单县演出，他见下面仅坐了指导员和一名战士，下台一问，指导员说："就剩下我们两人了。"一个连队100多人，仅剩下两人，方杰听罢顿时号啕大哭。

新中国成立后，方杰先是任八一电影制片厂编剧，之后调任《大众电影》编辑部负责人，根据电影协会领导黄钢的建议，具体负责组织创办了由群众投票的"百花奖"。首届"百花奖"颁奖时，周总理亲自参加了颁奖仪式，足见当时"百花奖"的影响力。20世纪80年代，方杰调任《戏剧报》主编，又创办了戏剧"梅花奖"，在戏剧界引起了巨大的波澜，被誉为戏剧界的"奥斯卡奖"。改革开放后，长清县走出来的小八路成长为文化部艺术局局长，为新中国的文化事业做出了突出的贡献。时至今日，这两个文化奖项在中国的电影界和戏剧界，仍具有广泛而不可替代的影响力。

房栋泽烈士的长女房慧敏，即公安作家李动的母亲，曾在肥城抗日小学任教，也继承父亲的遗志，17岁就加入了中国共产党。后来在革命工作中，与长清县第八区区长李其辰（后改名为李昕）相识相恋，分别南下到了上海。她始终不忘初心，勤恳工作，教育子女有方，先后被评为上海市五好职工和先进党员，以及"十佳好妈妈"等荣誉称号。

房栋泽烈士也许不会想到，他不曾见面的这位女婿，也是在13岁那年就勇敢地投身到抗日战争的洪流之中，从一名在日军据点帮师傅烧火、洗碗的小伙计，成长为一名以做饭为掩护、以侦察敌情为主的抗日小战士，成长为中国最大的工商城市上海化工系统大型化工厂的领导。2015年，李老荣获了"中国人民抗日战争胜利70周年纪念章"，2019年又荣获"庆祝中华人民共和国成立70周年"纪念章。

著名作家、革命烈士郁达夫曾说："一个没有英雄的民族是不幸的，一个有英雄却不知敬重爱惜的民族是不可救药的。"感谢"红遍济南"采风活动，让我知道近在咫尺的长清大地上，竟有这么多如此铁血而难忘的"长清之光"！

当年民族危亡之时，它"如黑夜中的一缕光芒，照亮了前行的方向"；如今岁月静好、高铁飞奔的年代，它依然是温暖过去、照亮未来的灯塔，是我们接续奋斗、幸福生活必不可少的血中之钙。

从今以后，长清摇曳在我心中的高光影像，不只有东依泰山、西邻黄河的刚柔之美和山水之韵，有境内保存较长的齐长城遗迹，有春秋时代修筑的唐王山寨、黄巢山寨、卧牛山寨等十几处浸透着历史烟云的山寨和位列"海内四大名刹"之首的济南灵岩寺等网红旅游打卡名景，更有在山东抗战中具有独特战略地位和意义的长清大峰山抗日根据地遗址，有被誉为长清的"狼牙山"——卧牛寨战斗地等红色遗址，有魏金三、张耀南、庄东晓、房栋泽等革命烈士或前辈用"铁誓、铁肩、铁血"精神铸就、传承的"国家兴亡，匹夫有责"的民族精神与英雄气节……

今年春天，曾任《人民警察》杂志总编辑的李动回济南长清老家为外公外婆扫墓时，与我一起参观了李清照纪念馆。他感慨地说："感慨外公的刚烈，更感佩外婆忍受的寂寞和默默的付出。她老人家虽一字不认，但她却真正明白'有国才有家'的至理名言，只有那些'捐躯赴国难'和默默付出的人，才是我们民族的脊梁。"

化工大院那些人和事

■ 李 力

△ 作者儿时居住的天原新村

一

我生长在上海西南角天山路上的天原新村。天原新村是 20 世纪 50 年代初，上海天原化工厂和上海化工研究院两单位合建的职工家属宿舍。小区有 8 幢三层尖顶的楼房，共 16 个门牌号，居住 200 多户居民。新村大院四边有围墙围绕，中央道路两旁是高大浓密的法国梧桐树遮光蔽日。夏日，小道上总有几堆下棋、打牌、乘凉的人和玩耍的孩子。用林荫小道来形容它最恰如其分。

“文化大革命”前，新村大院两扇大门是绿色的，旁边的传达室又是值班室。大门两旁还种着两棵松柏树，围墙外有一条长长的水沟，像是护城河。记得在小学时，我和小伙伴启勇放学后，经常在水沟里拦河抓鱼摸虾。我们仅用一小时就能将一段小沟的水排干，抓到不少小鱼和泥鳅。

新村大院西北角有两所小学。楼上是天原化工厂职工子弟小学，操场在校舍的南边。楼下是上海化工研究院职工子弟小学，操场在校舍北边。学校的老师大都是20岁左右的女教师，青春靓丽，给人一种温馨而又亲切的感觉。我们这些调皮蛋在学校里总是努力表现自己，就为得到美女老师的表扬，我的功课在班里常常是名列前茅。

我们两所子弟小学的孩子来自五湖四海，有四川、湖南、广东、河北、安徽、山东、江苏、浙江等。大家语言很杂，说话都带有地方口音。我说话常夹带些山东语音。记得我上小学二年级时，学校放学后设立兴趣活动小组，项目有乒乓球、足球、射击、美术、音乐、朗诵等，我报名参加了朗诵小组。有一次活动，我朗诵完诗词，惹得全体同学哄堂大笑。当时我蒙了，不知何故。只见语文老师去办公室拿了一本小册子来让我朗读。我看着老师的脸色，他满怀期待，我接手一看是山东快书，一下子恍然大悟，我把山东话当成了普通话。

二

天原新村大院大致分为三类群体。首先是干部，有红军和抗日、解放战争的干部二三十位。“文化大革命”初期干部子弟最风流，身穿父辈的军大衣、呢军装。那时军帽、军皮带都是那个时代高贵的象征。我们的邻居，延安干部化工院书记兼院长刘斌、长征干部化工院邹副书记、红军刘志丹部下化工学校郝校长，他们都是穿呢子军服的高级干部，上下班可以小车接送。但他们都很低调，平时不坐小车，外出开会办事才坐车，衣着朴素，平易近人没有官气。然而，他们的孩子比较顽皮，穿着呢军服，像孩子王似的带着一批孩子非常热闹，别人都敬而远之。1969年、1970年军队内部招兵，很多干部子弟刚满15岁就去参军了，同龄人皆羡慕不已。

老干部总是以身作则，国家困难时主动减薪，还带头去贵州、安徽、陕西等内地建设大型化工厂，抛家舍妻几十年，直到离休解甲团聚。

“文化大革命”时老干部大多被打倒，到车间分三班劳动改造。他们和工人打成一片，有些干部还被揪斗和殴打。我亲眼目睹一位挨斗的山东籍老干部及他两个儿子和造反队对打的情景，最后吃亏的当然是孤单的“走资派”。但敢于反抗毕竟是老革命的骨气，我当年幼小，握紧小拳头敢怒不敢言。“文化大革命”后，老干部重新出来工作，他们没有打击报复。他们选拔的接班人大多是知识分子，也有工人。后来老干部离休了，老红军邹书记整天下象棋，对手悔棋他坚决不让，有时输棋脸憋得通红，像孩子似的很可爱。有位老红军的儿子在部队，当年中越战争有些人怕自己的孩子牺牲在战场。老红军就说，当兵就要有牺牲，不能只牺牲人家的孩子，活着自己的孩子。自己的孩子保卫国家牺牲了就是国家的光荣，全家的光荣。这些道理让人听了感觉红军就是不一样，几十年的战争生涯，到晚年和平时代，他依然支持孩子保家卫国。身传重于言教，不愧为老红军。

那时的老干部非常清廉，没听说他们有受贿贪污、挥霍浪费的，两袖清风几十年。我父亲看见我们拿单位的信纸信封回来，就说公家的东西不能随便拿回家，国家的财产要爱惜。

三

天原化工厂是1930年民族企业家吴蕴初创办的中国第一家氯碱化工厂。吴蕴初是我国氯碱工业的创始人、味精的发明人、陶瓷工业的奠基人。他创立了誉满天下的天原、天利、天厨、天盛四大品牌。解放后，天原化工厂的研究所分出去，升格为化工部上海化工研究院。化工院的职工大都是知识分子，他们是来自全国各地的化学界老前辈、工程师，也有全国各大院校化学系毕业的大学生。

△ 20世纪80年代的天原化工厂

新村大院的鲁布、孙继商、蒋兰荪等美国归来的化学硕士生都是全国人大代表，新中国化学工业的开拓者、奠基人。

“文化大革命”伊始，我小学四年级，不上学了。有天我从草坪走过，发现一个信封。打开一看，有价值95元的国债，信封角上有蒋兰荪的名字。蒋总是天原化工厂的总工程师，我想蒋总家前几天刚被抄完家，这信封莫非是他太太倒垃圾时不小心遗失的？当晚，我上门将钱交给蒋总，他见我拾金不昧，非常感激。

化工院的老工程师大都是解放前读大学的，家境不仅殷实，还大都是书香门第。我曾在化工研究所工作，我的师父、室主任李爱华先生早年在圣约翰大学毕业，其哥哥结婚时，父亲给他的礼物是一家上海牙膏厂。她结婚时，父亲把上海染料化工十厂作为嫁妆给她。这些民族化学工业的先驱，可谓是品学兼优、才高八斗、学富五车。他们大都在海外学习化学，学成后归国创办化工厂。解放后也少有人士去中国香港和美国，他们大多留下来参加新中国的化学工业建设，工作和研发的劲头都很强。我去过李先生的家，他们夫妇都是高级工程师，他们的科研成果推广后成立了新的化工车间或化工厂。他们家有化学实验室，两个儿子在“文化大革命”结束恢复高考时，一个被录取为中科院有机所研究生，一个从贵州考进上海化工研究院。真可谓化工之家，世代相传。我结婚时李先生送给我的美国被套，不单面料好，那色彩非常悦目。至今三十多年过去了，我们在商店里没见过比它更好看的被套。

我们新村大院的中年工程师有德国留学归来的化学女博士，有中国化肥工业的“四大金刚”刘先生、王先生等。我的邻居吴先生是化工设备公司的总工，他喜欢书法，家里挂满名人的书法。吴太太是医院的护士，大户人家出身，跟着吴先生相夫教子，包揽家里所有的活。吴先生只会烧开水，吴太太腿骨折了，还扶着凳子拖地板、做饭、洗衣服。吴家三个孩子，大女儿在崇明农场，小儿子没考上本科。吴太太的姐妹都在美国，她早在20世纪80年代就把两个孩子送到美国。吴太太真是贤妻良母，有文化长得也漂亮。她成了我们当年找对象的楷模，可我们始终没遇上。她20世纪30年代出身于书香门第，受传统教育，又有现代文化和海外关系。但她在家又像劳动妇女，起早摸黑，忙里忙外，无怨无悔。

四

不少工人技术高超，他们中有八级电工和八级技工。他们勤劳朴实，劳动模范年年上红榜。许多普通工人都有一技之长，热情生产，大显身手，做人也本分，乐于助人。

记得当时唯成分论，当兵、读大学和找工作都讲成分。资产阶级出身的知识分子都想和工人阶级老大哥结成秦晋之好。我们大院一位出身富豪的高级工程师，他的女儿是知识分子，与工人恋爱。毛脚女婿上门那天，此君身穿绿军装，背上语录包，一看就“根正苗红”。可在饭桌上，他表现有失君子风度，竟然用汤勺直接从大砂锅里喝汤。那个岁月，文化修养、价值观念完全颠倒。高工一家为了红五类的下一代，委曲求全，默认了这门亲事。十几年后这对鸳鸯终于走到头，离了婚。还有一个家庭已有三个孩子，男的是司机，平时养鱼还喜欢喝酒，女的是技术员，喜欢音乐和文艺。他们没有共同语言，结果女方红杏出墙，被丈夫打得鲜血直流，最后她跳河自尽，成为悲剧。

天原化工厂、上海化工研究院给化工系统输送大量的人才。如天原厂的顾传训、周冠明分别担任金山石化总厂厂长和上海氯碱总厂的总裁。但我们新村大院更多的干部、工程技术人员、工人奔赴四川、贵州、陕西、安徽等内地大型化工厂支援建设。天原化工厂的朱副书记和王副厂长等20世纪50年代末去了贵州，80年代中期离休后才回沪。化工院的高工刘先生携带妻儿去了陕西某大型化工厂，家里留下读初中的女儿，直到退休才回来。老干部闵厂长去安徽几十年，回家团聚已是花甲之年。我们大院向全国、全市的化工行业输送了大量的干部、工程技术人员、技术工人。可以说，这里聚集了上海化工人才的半壁江山。他们中有的远离妻儿，每年春节回家一次，天各一方，夫妻分居整整30年，委实不易。这样的家庭在我们大院有十几户之多，他们的太太独守空房，还要拖儿带女操持家务，每户这样的家庭都有一言难尽的辛酸故事。

记得曾经有位40多岁的“不速之客”时常光临寒舍，要求我父亲为其解决工作。他是大学生，作为技术员被分配到宜兴帮助筹建化工厂，由于不服从组织分配，在家待了十几年，靠哥哥抚养，一直没工作，自顾不暇，遑论娶妻。我父亲当年是处理此事的负责人，但那时早已调离化工厂，但他固执地认为父亲可以解决此事，经常来要工作，父亲除了同情劝慰他，也无能为力。

20世纪80年代末，老干部、老工程师大都相继离退休了，但孙继商、蒋兰荪70多岁高龄还在工作岗位上奉献余热。前者是上海化工研究院的总工程师，后者是市化工局的总工程师，他们的孩子也成了“化二代”。我们新村第二代、第三代有不少学化学的，继承父辈的事业，进入化工行业。这些都是受家庭的影响。我原来是读化学工程的，在上海某化工研究所工作。我的几次工作安排和化工名家带教都得到孙继商、蒋兰荪总工程师的特别关照和推荐。

我们邻居也有干部、工人家庭的子女报考上海化工学院。他们有的在化工厂或化工研究所工作，也有留校做老师的，还有一位去了世界500强外资化工集团公司。天原新村其实就是化工大院，就是化工事业的“根据地”。我生在斯，长在斯，以后的读书、工作以及投资、贷款给化工行业，这些都和天原新村的化工大院有着千丝万缕的联系，有着血浓于水的化工情结。

五

至今，我仍为离开化工系统，没有坚守这份事业心存遗憾，但中国的改革开放，金融是化学工业的血脉。我在中国银行信托咨询公司投资部工作十几年，投资、贷款化工行业，应该说是弥补了这种遗憾。记得有次我给某大型化工厂贷款，讲起该厂的生产环节、销售渠道，那位厂长惊叹我对化工行业的熟稔超过他。他不知我是化工研究所出来的，误以为信托公司投资部的人对化工的精通是我们的专业。其实他不了解当年信托公司投资、贷款大多是宾馆、中外合资先进行业。这里的贷款是我对化学工业的一种情结，也是对老本行的一种支持吧。

21世纪初，随着天原化工厂的搬迁，天原新村也列入拆迁的范围。我们住在这里半个世纪，每家每户都是彼此熟悉，息息相关。有小学、中学、大学同学，有化工研究所的同事，谁家的孩子在哪儿上班，谁家孩子结婚，谁家老人去世，都有一种老邻居惦念关心的情愫。天原新村其实是我们的故乡，化工大院是我们生命中的根基。如今拆迁了，几百户人家在

◁ 如饥似渴的
莘莘学子

不到两年中全部各奔东西，不见踪影，令人唏嘘，更使人怀念。

现在我住在高层楼房里，邻里陌生，家里电脑出故障了、搬个东西，找人聊天、帮忙都没有一个相识的人。这不是早先听说在美国社会发生的事吗？怎么这么快在上海重演？天原新村几百户人家，每家每户几代人的故事都是我们生命中难以忘怀和牵挂的。天原新村的拆除，化工大院的消失，我们这些人好像失去了故乡，失去了生命的根基，成了四处漂泊的流浪者。

有次，我参加了老邻居聚餐，见到小学和中学的同学，都已两鬓斑白、满脸皱纹，讲起当年的往事，恍如昨天。那时的邻居犹如亲戚，可以背着书包在同学家里做功课；端着饭碗串门，随意捡别人家碗里的菜；烧菜时，油盐酱醋没了，可以随意去要；需要钳子扳手，可以上门去借，诸如此类，不一而足。

有天我去化工大院拆迁原地，看到豪华高楼林立。我想在故地买房，一打听每平方米的价格，令人咋舌。老楼不见了，老邻居也都不见踪影了。为了妻子工作方便，我们购房选择了静安区。化工大院虽然消失了十多年，我无法再回到故地重游，但我的魂却时常回到那里重温旧梦。■

从军十三四年，挥之不去的情结、召之即来的记忆，如果陪伴一生，一定会其乐无穷。

梦回吹角连营

（往事拾零之三）

■ 徐 麟

◁ 1979 年作者（右）与战友李动一起逛大明湖

穿在兵营

1976 年的 2 月 25 日，我接到了入伍通知书。不几天，又在上海市长宁区人民武装部领到了第一套军装。

那些年，军人服装的标志色是草绿色，所以，这一大包衣装除了蓝色的裤子和白色的包袱皮之外，其余都是绿的——连同栽绒帽。我当的是空军，军装是绿色上衣蓝色裤子，这套军服的美感，比海军的蓝白配要差点儿，可比陆军的一身绿要好看得多。三军的军裤都是大裤裆、大裤腿、大裤腰——离谱的大、出奇的大、不可容忍的大！真的没一丁点儿的美感，兵小伙、兵姑娘们当然很不乐意穿！于是，偷偷摸摸地替裤子减肥，成了每次服装发放后的必修课。瘦身后的裤子用水杯装满开水熨出笔直的裤线，穿起来可是神气不小。不过，在例行的军容风纪检查中，这种瘦腿裤会得到军务科的特别“关照”……被子、衬裤、裤衩什么的，用的是同一种说黄不黄、说绿不绿的纯棉面料。男兵们的青春期生理遗漏物，和布料上的某种化学成分亲密接触后，会留下一块块再也洗不掉的斑痕，俗称“地图”，晒被子晾衣服时，机密“地图”在光天化日下一览无遗，好生难堪哟！

空军地勤人员的夏季工作服是深蓝色的全棉夹克，机坪上的汗“蒸”，会在它的后背上留下白花花的盐渍，这种痕迹，倒让小伙子们多了几分军人的自豪感。冬季工作服是黑色细帆布面，白花花厚实的羊皮里，特能抵挡风寒；工作鞋是羊毛翻毛皮鞋，长得傻大笨粗，和冰天雪地倒是蛮搭的。北方籍的官兵，常常会把它们带回家去孝敬男性长辈。不过，能弄件飞行夹克穿在身上那谱就摆大了！飞行夹克分冬春夏三季，咖啡色的冬装最有腔调，这款棉皮夹克的亮点是毛茸茸的衣领，宽宽大大、细细软软……因为极其热门，所以军需部门对它的管控特别严格，连我这个有“腔调”的人也不曾得手过。不过，鹿皮的飞行手套倒是弄了几副，其中的一副在亚布力滑雪场给磨坏了，挺心疼的。飞行夏装也是全棉的，式样很酷，我有过两件，穿着上街挺赚眼球。

《中国人民解放军内务条令》规定，军官非因公外出应当着便装，这条军规，时不时地给草绿色的营区抹上了点赤、橙、蓝、紫……一到星期天，不管外不外出，小军官们都会换上自己的衣服时髦一把。我的便装以夹克为主，最喜欢的是那件米黄色细灯芯绒面料的，在青岛疗养时，我穿它在海边自拍了很多照片，挺帅挺艺术的。我的第一件 T 恤是在天山百货商店里买的，颜色是我最喜欢的天蓝色，化纤面料，这一把时髦，用去了我一个半月的军饷。

20 世纪 80 年代中期，海陆空三军整体换装，红色五角星帽徽改成了圆形的八一帽徽，上面有各军兵种的标志性颜色，领章的底色也随之更改并缀上了一颗金星；军官上装的纽扣是镀铜的，肩上还佩有同质同色的布肩牌，缀着一颗带飞翼的八一红五星……这种八五式军服，据说是为重启军衔制准备的。几年后，全军的服装随着军衔制的恢复总算摆脱了八路军、新四军军服的“土”味儿：礼服、常服、作战服……胸章、肩章、臂章……林林总总的一大堆，遗憾的是我没能赶上！

办公室的大衣柜里，还留着一件棉质军大衣，当然是草绿色、镀铜纽扣的；在一个小纸盒里，还留着红领章、红帽徽和八五式领章、帽徽，每当看到它们，我仿佛又回到了军营、又回到了戎装岁月……近几年来，中国周边的火药味此消彼长，我不止一次地幻想能重穿军装。当然，穿尉官、校官服老了点，穿将官服正好！

食在军营

民以食为天。兵，当然也是以食为天——古话为证：兵马未动，粮草先行。

军队的伙食标准，有太多的层级，分别以“灶”命名。比如我当的是空军，在新兵连训练的那一个月，执行的是陆军野战军的标准，每天 0.47 元；转入机务教导队学习后，执行的是空军地勤标准，叫地勤灶，每天 0.92 元；飞行员的空勤灶每天高达 2.70 元，但这又比海军的潜艇灶低了点——现在看这一两块的伙食费绝对是小钱，可在那个年代铁定是大尺度的，下馆子摆上丰盛的一桌都用不了十块钱！

我吃了两年半的九毛二：早餐是稀饭馒头咸菜为主，间或，还会有豆浆油条面饼和自制的糕饼；中、晚餐两菜一汤；每周六的晚饭或是四菜一汤，或是水饺、肉包、油饼什么的，这叫“改善生活”；逢年过节的前一天晚上一定是会餐，至少有八个凉菜、十来个热菜，还有从酒厂里买来的生啤；训练飞行日，是在机坪上用餐的；夜航结束后，一定是有夜宵伺候的……

我们师有个农场，每年都有几次把白条猪肉配送到各类伙房，这天，官兵每人都会有一大块带了很多瘦肉的猪骨，可爽了！农场还有一个磨坊，自制卤水豆腐。家禽类的菜肴，也常常出现在餐桌上，不过，河鲜基本上是以鲤鱼为主，不怎么好吃……有段时间，农场的奶牛产奶量过剩，早晨会在家属院的门口售卖，让我天天都能喝到一大杯鲜奶。二十来岁，正是特别能吃的年纪，挺高规格的餐食，既解了馋又补了身子骨……

每个地勤中队都有一个能容纳八九十号人的饭堂，桌椅板凳电扇齐全，也怪，只要天气适合，不管是农村兵还是城市兵，都喜欢蹲在饭堂门外的空地上用餐，右手拿筷，左手托着两个不小的搪瓷碗，三五扎堆，好不热闹！遇到哪个中队包水饺、摊油饼、做肉包什么的，暗度陈仓、快递闪送是必需的，这个时候，司务长、炊事班长就像FBI的警探一样，来回巡视，盯着自家灶上的美食不要飞到别人的碗里去……

兵哥哥对于提高进食的数量和质量，还有不少实用的技巧。比如，从大桶里盛汤，勺子一定要贴着桶边“轻捞慢提”，这样才会干货满满；再比如，第一波的取食，一定不要满负荷，这样才会在第一时间进入第二波……关于吃饺子，还有一个真实的笑话，说的是一位老兄一碗水饺下肚后，挤进人堆里去盛第二碗，不小心掉地一个被踩破，低头看去，惊叫：呀，还是韭菜馅的呢！一碗下肚居然还不知道什么馅。会餐的特色是典型的大块吃肉、大碗喝酒——当然是啤酒。啤酒是放在大号保温桶里的，一开始，官兵们还是很斯文地打开龙头用大海碗来盛，后半段，一定是直接用碗在桶里舀，我的一个老乡，常常会拖着保温桶到处找人拼酒……

进到机关工作后，几乎就没了抢着捞面条、争着盛饺子的热闹了。机关人员用餐的时间跨度比较大，单兵作战的概率更高些；另外，机关灶不享受空、地勤补贴，军官们要自己掏钱买饭菜票，不少人会悄然心疼。可我和那个单身汉团政委，一水的不在乎，每餐都要任性地买他四五个菜堆在面前慢慢地享用；当然，“节俭”的时日也不少，电炉上自制鸡蛋面条配白菜，对付一顿是一顿。我的屋子里油盐酱醋齐备、锅碗瓢勺全有。鸡蛋是用粮票换来的，山东省粮票十斤换九个到十个，全国粮票十斤换十二三个；蔬菜，主要是白菜，是兵兄兵弟们从伙房里替我“顺”来的。说起“顺”，我们几个还有过一两次这样的经历，半夜三更跑到家属院，把军嫂们挂在窗户外的干鱼腊肉弄了回来当“灶”审判……

我们几个上海兵中不乏烹调高手，一年当中总有那么几次聚在一起DIY吃的。从采买、杀生、择菜、切配、上灶到酒足饭饱后的洗刷刷，科学分工，合理搭档，弄出来的本帮菜，色香味还蛮全。除了本帮菜，中华各菜系以及它们的部队版我经常有得吃——春夏秋冬，总有甲乙丙丁的家眷从东西南北来到部队探亲，酒宴二三回是必需的。来时叫接风、走时叫送行，中间有标题无标题，随意更酣畅；节日假日，总有上上下下的家宴要我去品菜、“评”菜，从师团长政委主任，到飞行员机械师志愿兵……我上百家座、吃百家饭。去得最多的，是飞行三大队大队长的家，他媳妇儿是四川姑娘，自然，川菜做得相当的正点……

转业后曾两次回老部队，吃吃喝喝自然是大戏，碗盏中装的是往事、旧情，还有一丝丝风流不再的惆怅……

学在军营

我服役的虽说是技术兵种，可官兵的学历普遍都不高，那时的一个整编空军师，最多只有三五个正宗的大学毕业生，即便是从上海、北京和其他省会城市来当兵的，最高学历大多也只是山寨版的高中。

不过，那时的军营，学习的氛围真的很浓、很浓。记得曾有两波“热”，一波是恢复高考后带来的文凭热，另一波是国家开放后带来的外语热。我们都是二十来岁的年轻人，很容易从众、跟风，当然，部分的也为了生计、前途，所以，一时间，学这学那的好不热闹，部队成了名副其实的大学校……

恢复高考的第二年，军委批复同意现役军人可以参加全国统一高考。有我在内的十二三个军队“考生”，突击补习了几个月的数理化，最终还是全军覆没。记得那时有一套很抢手的高考自学丛书，父亲左求右告地把它们凑齐了邮寄到部队，不过，一次性地使用后就再也没去翻开过，公式、定理、方程式、语法、修辞什么的，差不多也都还给了这些书。

学外语主要是兴趣使然。刚当兵没几天，我不知哪根神经搭错了，突然就喜欢上了英语。于是，每天背单词、攻语法、做习题，时不时地还听听广播……一开始学的是《英语900句》，用的书是国语简略版，后来用的书是杨姓女同学送给我的英语完整版。晚上10点还是10点半，我会偷偷摸摸在边边角角里收听《美国之音》的《900句》教学节目，听力长进不多，口音也有点美利坚了。后来又自学了《新概念英语》一套六册和诸多国产教材，多年后，不管是德州音伦敦腔，还是马来调泰国味，我应付得还有点小模小样儿……在济南人民广播电台的日语班，我还缴了一个学年的学费，不过，才上了十来堂课就拜拜了。

军营中，我还大补了中国近、现代文学和世界经典名著。在这儿，我一定要感谢李姓上海籍战友和张姓徐州籍战友，他俩又爱看又能写还出口成章。是他们，引荐我结识了托尔斯泰、普希金、巴尔扎克、雨果、莫泊桑、莎士比亚……是他们，陪着我和巴金、茅盾、冰心、沈从文、钱锺书“闲聊”……是他们，指点我在唐诗宋词中平平仄仄、仄仄平平……

和飞机维护维修有关的学习，主要有空气动力学、机械物理、液压原理、电气基础和材料力学，等等。在当机械员的时候，也有过强化、更新性质的学习，不过也很快就丢在身后了。电脑是在军校里学的，最早的0、1二进制语言。上课时我同样是极不认真，考试时同样是七八十分万岁。后来，电脑发展的历史证明，我的不努力，从没，也不可能“徒伤悲”。

其实，在军营里学的语、数、外，或其他的什么东西，对我来说，于前途后路真的没啥实质性的作用，更多的，只是丰富了生活、充实了内涵、获得了乐趣……当然，在部队这所大学校里学得更多的还是怎样做人处事，这就不是本文的范畴了，不说了。

玩在军营

尽管裹着一身严肃的军装，尽管生活在一派严肃的军营，可我们的玩心，却蹦来蹦去地从没消停过……

玩得最多的当然是足球。某团飞行教室的后院，是个天然的足球场，在这里，经常可以无障碍地观赛、有条件地参赛——友谊赛、锦标赛、对抗赛、排位赛……球员们的装备很随意很简单，比如球鞋，以配发的解放鞋为主，这种鞋，头大、体宽，常常会和足球一道直上蓝天，也会和足球一道直奔球门！不过，裁判还是挺专业的，啦啦队还是挺疯狂的，满场跑下来还是挺开心的。

我们团机关楼前的空地，是约定俗成的排球、羽毛球专用场地。下午三四点，总有做好事的兄弟拎着石灰桶、拉着米尺，或是画排球场，或是画羽毛球场——今天玩大球还是小球，取决于当天的风力。晚饭后，支上球网，又是一片厮杀声……

我军的建制飞行师应该都有一个标准泳池，每天上午 10 点到 11 点是飞行员锻炼的专属时间，晚上对士兵、家属开放。每当夏季，我们十来个上海兵天天都要去打卡。有段时间，我在飞行大队任职，上午也可以进到泳池玩个痛快。不过，说是玩，其实根本没有嬉笑蹦跳日光浴月光浴，也就绕着那个标准池游个十来圈而已。

玩乐器是不少官兵很向往很热衷的，不过，玩的都是些常见的简单乐器，比如笛子、口琴、二胡什么的，最高级的，也就小提琴、单簧管……吹拉弹唱、自娱自乐，倒也蛮开心的。有段时间，军营里风行玩吉他，是那帮鞍山兵带起来的，一时间，文文雅雅的吉他声，弥散在士兵宿舍……

收录机兴起的时候，邓丽君的歌、闽南语的歌还有电子乐队，此起彼伏，不绝于耳。我和另一个上海籍战友，花了差不多四个月的工资，买了一款长得黑乎乎的单卡机赶时髦，没多久，福建沿海一带走私过来了两喇叭四喇叭 N 喇叭，这个黑匣子就被 8080 双卡两喇叭赶跑了。我俩曾拎着收录机、戴着“麦克”镜、大音量的邓丽君在大明湖畔游荡过……

军营里的玩，最多的还是乡野的玩：夏夜，池塘里叉青蛙；雪天，屋檐下掏雀窝；雨后，树根旁挖蝉蛹……还有，在墙根屋后种苦瓜、丝瓜、冬瓜、地瓜，那是一种有点含金量的玩，因为这半亩几分地结出的果实能卖点小钱，小钱可以买小物。秋末冬初，分队的每个官兵都能拿到一只黑色的人造革包包、一个印字的搪瓷水杯……在乡间的小路上散步，是有零食相伴的：花钱的上海奶糖和不花钱的山东大葱……

出差、休假，是周游列“省”的好机会。好多次休探亲假，我先不回上海，而是跑到哪儿去玩上几天再说。有次去广州玩，正逢开广交会，大半天找不到旅馆，我灵机一动，在军分区招待所耍开了无赖，谎称携有重要文书，非此店住不行，末了，所长亲自出面给我送来了客房钥匙。出公差附带的游玩，性价比最高，那些年，我大江南北、塞外关内，独往独来、没牵没挂地玩了好多地方，洒脱又自在。

节假日，市里的标志性景点、人气兴旺的商圈和大大小小的剧场影院，也是我们经常出没的地方。徐州的云龙山、淮海战役纪念塔、彭城路、淮海路……济南的大明湖、趵突泉、千佛山、大观园、百货大楼……一天玩不够的哦！我拍了好多到此一游的照片，其中有一张，是我们 14 个上海籍小军官，集结在大明湖的正门口，灿烂而不失阳刚地笑着……这些还没来得及变黄的照片，是青春不走样的见证，是开心不打折的印记……■

战友，没有血缘的兄弟

■ 李 动

▷四中队机械二组

当年有首颇为流行的歌曲《年轻的朋友来相会》，里面唱道："再过二十年，我们重相会，伟大的祖国，该有多么美……"我在航空兵12师36团机务4中队还教过这首歌。那时是有口无心，以为20年还早着呢，没想到转眼间当兵已40年有余。现在，分别了40年的战友终于在济南又相聚了。

兴致勃勃地走进鲁鹰宾馆报到时，见到多年未曾谋面的战友，已然满脸皱纹、身体发福，当年都是风华正茂的小伙子，但还是一眼能认出，并脱口叫出名字，彼此激动地握手和拥抱。

凌晨4点醒来，梦回吹角连营。脑了里幻化出许多如烟往事：指导员张文东每周日晚上的点名讲评，多次表扬我学习认真，当初真的很在乎口头表扬；杨路成副中队长喊着"一二一"口号，带队去机库维修歼6飞机，机库犹如几个篮球场一般庞大；同寝室的分队长顾文年晚上熄灯后，在床角拉着小灯看报，我借光读书；深夜与北京的王耀华躲在储藏室学英语、做数学题；还有与上海老乡蔡耀一起上街看电影等退票、到新华书店排队抢购名著；以及春节时机组一起包饺子，用脸盆当锅子，每天洗脸洗脚都用一个脸盆、一条毛巾也不嫌脏，大家都是狼吞虎咽，啧啧称香！

同机组的老乡小卢有三个兄弟，都等着他寄军装，那时军装是最时尚的名牌，无奈每人只有两套军服，老实巴交的他被"逼上梁山"，将洗过的军装当着众人晒出去，见无人时悄然收回，随后"谎报军情"说军装丢失，我为之做了"伪证"，他终于如愿以偿补发一件崭新的军装，赶紧进城寄给远在贵州插队的大哥。

上午聚会第一个节目合影留念后，大家三三两两争相合影，都是花甲老人了，还像当年一样呼朋唤友，勾肩搭背，甚至从背后拦腰抱起。

合影后来到会议室，见主席台上挂着醒目的横幅："航空兵12师36团机务4中队老战友聚会。"副中队长杨路成主持会议，为了这次重续前缘大聚会，他像寻觅失散的亲友一般反复联络星散在全国各地的战友，一年多来，打了数百个电话。

指导员张文东首先发言，他动情地说，人类除了血缘之外有五种感情，发小、同学、同事、朋友和战友，其中战友的感情最深。因为那是同住一个屋檐下，同吃一锅饭，同修歼6飞机，朝夕相处，同甘共苦的深厚感情。最后，他喊出了“战友万岁”的口号。

随后大家争先恐后地抢话筒发言，动情地回忆部队里的点滴往事，深情地道出心中的思念之情。我也情不自禁地说出了四个“最”字，军旅生涯是人生经历中最重要的阶段，印象最深，感情最浓，回忆最多。

▷重游趵突泉

望着张指导员疲惫的神色，我想起了几年前赴天津出差，去探望他，见他一脸憔悴，没想到他不幸患上了皮肤癌，不断地坐出租车去医院化疗，又雪上加霜地把尾骨震断了。他躺在床上很久了，听说我要来，才艰难地下了床。临别时他提出了拥抱一下，不苟言笑的指导员，突然提出这个浪漫的举动，令人动容。聚会前，张指导员因心脏不好，一直住院吊针治疗，但为了赶赴这次聚会，他坚决要求停止吊针提前出院，冒着“壮士一去不复还”的心态前来聚会。

午餐将要结束时，一米九的大个子卢安全在妻子的搀扶下，一瘸一拐步履蹒跚地走进餐厅，听说他16年前就中风了，躺在床上多年，靠坚强的毅力每天锻炼才像蹒跚学步的孩子一样学会走路。这次听说战友聚会，他一定要来，妻子拗不过他，只能从徐州陪他前来。他打了一盘菜和馒头，吃了几口，推开盘子说：“吃不下，不吃了。”记得当年他打完篮球，用锅子当碗，一顿能吃十几个馒头。

下午回老部队参观，途中见济南的街景变化巨大，虽繁华许多，却少了特色。大巴来到航空兵12师大门前戛然而止，大家心情激动地走下大巴，见大门高大气派多了。走进大门，里面也变得面目一新，原来的营房没有了，原来的大礼堂也销声匿迹了，唯有当年道路两边的杨树还高高地耸立着，且更加伟岸高大，令我想起了一句古诗：树犹如此，人何以堪？

酒是表达感情最好的方式，晚餐掀起了高潮。各分队一桌，机械分队首先举杯吼叫，分队长老顾举起一大杯白酒，碰杯后一口闷。他昨晚激动得没有睡好，加上一天的活动，已疲惫不堪，空腹就是一大杯白酒，然后再去敬酒，须臾便“酒不醉人人自醉”地趴下了，双手抱头，痛苦不堪。我拍下其狼狈的照片发到了战友微信群，并标上文字调侃：“我被双规，我冤枉！”本想捉弄一下老顾，没想到远在徐州的战友卫民兄误以为我醉了，立刻跟帖：“规定的时间，规定的酒量，你硬装豪迈冤枉你了吗？”自讨没趣，被人嘲弄。

喝酒还不足以宣泄满腔豪情，北京的王耀华和上海的黄剑勇趁着酒兴合唱《为了谁》，声情并茂，珠联璧合，引来了阵阵掌声。山东的小胡子宫树君满脸通红地唱起了当年流行的歌曲《大刀向鬼子们的头上砍去》，姜达华对着他的脖子做了一个砍头的动作，于是乎，几十人一起跟着吼叫，歌声犹如开盖的啤酒，欲将房顶掀去。蓄积了几十年的感情，借着白酒和歌声，飞流直下三千尺，激情奔涌。一直闹到深夜，才酒尽人散。

翌日清晨，来自福建南安农村的机械老兵黄金斗最先离去，这位年近古稀的高个儿老兵，满头华发，一脸褶皱，皮肤黝黑。他在大堂里拉着指导员的手告别时，动情地说：“接到聚会的消息很兴奋，但一打听一张高铁车票650元，我在乡下没有退休金，决定卖掉家里的一头猪，今年猪肉涨价，14.6元一斤，一头猪卖了3000多元，我才赶来聚会。”指导员听罢惋惜地说：“你为什么不告诉我？我们来帮你出。”黄老兵听罢，突然抱着指导员失声痛哭：“我想念战友啊！”一米八的高个子，哭得像孩子一般，送他的战友反复劝说：“路上堵车，来不及了，快走吧。”三四人拉着他，他才恋恋不舍地离去。

中午，郑副师长自己掏钱请几位尚未离去的战友小聚。几杯白酒下肚，说起当年“金戈铁马，气吞万里如虎”的激情岁月，如今却“廉颇老矣，尚能饭否”，郑副师长禁不住潸然泪下，不断地以手擦泪，我赶紧递上餐巾纸。

郑副师长当年身着棕色飞行服，头戴飞行帽，驾驶银燕直插蓝天，多么英俊潇洒！没想到如今变得老态龙钟、头发稀疏，右脖子下面长了一个很大的瘤，与二十多年前身着飞行服、剑眉星目、英武帅气的师长判若两人。

1993年深秋，我去山东烟台开会，特意前往济南老部队探望，可心热血涌地来到中队，当年一起的战友早已各奔东西，没有一个认识的。我问起36团的老兵还有谁在？一位年轻的战士告诉我，36团团长郑彼佳还在，现在是副师长了。我对他印象深刻，心想他不一定记得我这个无名的小兵，但我还是请小战士带我去找了郑副师长。他听说我是当年机务中队的上海兵，热情地请我喝酒，并叫来了场站的政治处主任王荣国，他曾接替张文东当过我们中队的指导员。那天中午，从不喝酒的我，开戒喝了几杯白酒，我对郑副师长礼贤下士热情接待回家的老兵，甚为感动，铭记在心。印象中，郑副师长神情坚毅，没想到老来感情却如此脆弱。

坐在身边的王指导员，三天下来已是疲惫不堪，一脸倦容，脸上布满了老年斑。听说他因颈椎病开刀，留下了走路一瘸一拐的后遗症。这次聚会住宾馆、租会议室、订餐桌，甚至合影、打印通信录等具体事务，繁杂琐碎，都是他与济南老兵在背后默默地操心。他步履蹒跚地四处奔波，缘何乐此不疲，全在一个“情”字，战友之情。

张指导员和北京的王耀华先离席赶车，我们一起送到宾馆大门口，上车时，彼此紧紧拥抱告别，剑勇突然失声痛哭。我被其伤感感染，也泪流满面。

天下没有不散的宴席。我与济南的战友一一拥抱告别，泪花闪闪。坐上高铁，耳边响起了离开部队时的歌声：“战友啊，战友，亲爱的弟兄……”心里思忖：战友啊，战友，你是没有血缘的兄弟，不是亲戚的亲人！

向光荣父辈致敬

——谨以此文纪念上海铁路局赴朝支前员工参加抗美援朝 70 周年

■ 宋彬云

△ 上海铁路局首批支前火车司机奔赴抗美援朝前线

这是一段跨越 70 年的遥远记忆。

1951 年夏日，母亲一手抱着襁褓中的大妹，一手搀着刚懂事的我，到上海火车站送别参加抗美援朝支前的上海铁路机务段副司机、我年方三十的父亲宋谒宝。

人潮涌动的火车站广场上，身穿统一支前“戎装”、胸戴大红花的铁路员工们，在主席台上一位阿姨的指挥下，齐声高唱《中国人民志愿军战歌》：“雄赳赳，气昂昂，跨过鸭绿江，保和平，卫祖国，就是保家乡……”众多送行家属和广场旅客同声唱和。昂扬激越的歌声，直冲云天，在火车站上空，久久回荡。

这段记忆是如此刻骨铭心，致我此生，只要观看《上甘岭》《英雄儿女》《烽火列车》等抗美援朝影片，脑海中就会浮现出幼年时所亲历的难忘一幕。

长大以后，通过革命传统教育和父辈们的追忆，特别是阅读了有关抗美援朝备忘录等史志资料，我逐渐知晓了儿时烙刻在脑海深处的记忆片段，竟是刚站起来的中国人民为捍卫新中国山河无恙、家国安宁，响应党中央和毛主席的号召，以赴汤蹈火的胆气奔赴抗美援朝战场，誓与以美国为首的“联合国军”血战到底出征场景的其中一幕！

1950年6月，美国乘朝鲜内战之机，悍然派兵进行武装干涉，并不顾中国政府多次警告，越过“三八线”，把战火烧到鸭绿江边，还出动飞机轰炸我国东北边境城市和乡村，对新中国的安全构成了严重威胁。党中央和毛主席根据朝鲜劳动党和朝鲜民主主义人民共和国政府的请求以及中国人民的意志，作出“抗美援朝，保家卫国”的战略决策。

1950年10月，中国人民志愿军开赴朝鲜，多地铁路支前队伍紧随奔赴战场。

据《上海铁路局志》记载：1950年10月，上海铁路局首批援朝的工程团1688人出发赴朝；11月11日，上海铁路局首批支前职工22人乘车北上。截至1951年2月28日，上海铁路局职工自愿报名援朝人数达28620人，占全局职工总数50%；机、车、工、辆、电和局属医院、公安等各单位普遍成立了抗美援朝预备大队。

1951年8月至1952年6月，美军凭借其“空中优势”，以朝鲜北部的铁路线、铁路枢纽及运输线为重点目标，实施了称为“空中封锁交通线战役”的“绞杀战”，仅在以新安州、西浦和价川为三个端点的“三角地区”就投下3.8万枚炸弹，平均每半米铁路线上落弹一枚，中朝军队前线与后方的补给线一时遭受严重损毁，急需增遣铁路支前人员。

我父亲就是在前线最需要的时候，响应党和祖国的召唤，告别妻子和一双年幼的儿女，跟随上海铁路局第九批（上海机务段第三批）援朝支前队伍，义无反顾奔赴抗美援朝战场的。

△父亲“抗美援朝纪念”照

△父亲荣获“抗美援朝纪念章”

父亲入朝，经受的最大考验是生死考验。

彼时，美军的“空中绞杀战”正疯狂肆虐，成群结队的美机一批批轮番轰炸铁路运输线、车站、桥梁、隧道等处，跑在铁路运输线上的列车更是重点被轰炸的目标。铁路支前职工包括机车乘务员牺牲的消息时有所闻。父亲毫不畏惧，挺身而出：“反正我儿女双全，我死了没关系。”接受出乘任务时，他坚定地表示：“任务派送到哪里，我们就开到哪里！”在他的档案里，对参加抗美援朝，组织上给予的鉴定评语是：“该同志在朝工作表现很好，能服从领导。”

父亲入朝，经受的最多考验是艰苦考验。

冬天，冒着零下30多摄氏度的严寒，在白雪皑皑的崇山峻岭中驾驶机车，遇到故障需下车排除时手脚被冻得僵硬疼痛；夏天更难受，为防止敌机轰炸，夜间行车机车都要挂上防控帘，向外瞭望只能从布帘子孔眼中把头伸出去，在火车上就像在蒸笼里干活。由于没地方洗澡，又无法常换衣服，身上爬满了虱子，轮班休息时只能光着身子睡。

父亲入朝，还经受了驾驶机车技能的考验。

在“空中绞杀战”与“反绞杀战”博弈期间，朝鲜铁路几乎每天上演“敌机白天炸，线路晚上修，火车连夜开”，“敌机来，火车躲山洞；敌机走，火车再上道”的“躲猫猫”生死“游戏”。一次，满载军用物资的列车刚从山洞开出，狡猾的敌机突然折返，父亲所在乘务组在司机长的沉着指挥下，协力操作，迅速将列车重新拉回山洞，机智地躲避了敌机“杀回马枪”的图谋。

父亲入朝当年，母亲为了表达对父亲参加抗美援朝的坚决支持，特地带着我和大妹到照相馆，拍了一张以“向光荣爸爸致敬”为题的照片，委托机务段赴朝慰问的领导转交父亲，让父亲出乘执行任务时带在身边，给他加油鼓劲。

第二年（1952年），上海铁路地区解放后新建的第一个职工家属宿舍共和路199弄住宅区落成，作为抗美援朝“光荣之家”，我家和其他参加援朝支前职工家庭一起，获优先照顾分得住房。机务段支前援朝优抚组派人帮母亲和我们兄妹俩从华兴坊“二层阁”的蜗居（4平方米、1.5米高）乔迁入共和路铁路新公房。母亲当即请人写信，把这一喜讯报给在朝鲜支前的父亲，嘱咐父亲铭记党恩，安心工作，为国争光。

请缨赴朝的铁路支前职工都是像父亲这样解放后翻身做主人的产业工人，他们抱着对共产党的感恩和保家卫国的信念走向抗美援朝战场。

在战火纷飞的前线，他们不畏美军飞机的狂轰滥炸，和志愿军铁道兵一起，用自己的智慧、技能和血肉之躯，筑起了一条铁路与公路运输相结合的“炸不断、打不烂的钢铁运输线”，源源不断地把武器弹药、粮食药品等大批物资运往前方，把志愿军重伤员等运回国内，创造了现代战争中军事运输的奇迹。美国空军也无不感叹：“在差不多一年来，美国、南非、澳大利亚和其他盟国飞机一直在轰炸共产党的运输系统，但北朝鲜仍有火车在行驶。”“共产党以‘不屈不挠的努力’设法使供应品继续在铁路上运送。”

上海机务段王禹包乘组（9人）是闻名于抗美援朝钢铁运输线的杰出典范。他们在同美军飞机斗智斗勇的实践中摸索出一套与之“捉迷藏”的技巧，能冒着敌机的围追、扫射，机智勇敢地完成任务，被评为“一等典型机车”，荣记集体大功1次、集体小功4次，通令表扬 8 次；司机长王禹荣记大功 1 次，并被授予抗美援朝“英雄司机”称号和朝鲜民主主义人民共和国军功章，出席全国劳模大会，当选第一届全国人民代表大会代表。

上海机务段指导司机裘根宝，曾多次冒着敌机扫射轰炸的危险，带领乘务人员多拉快跑，在朝鲜战场上创造了添乘走行、超轴运输的新纪录。1953 年 1 月 11 日晚，他从朝鲜渔波添乘到新安州车站时，遭遇美机轰炸不幸牺牲，年仅 29 岁，被中国人民志愿军铁道军管局追记三等功。

我的初中同班同学严华生，其父严秀明，是上海货修段检车工，1951 年 7 月参加抗美援朝，曾立集体三等功 1 次，1952 年 3 月 26 日在朝鲜渔波车站抢修时壮烈牺牲，年仅 24 岁。

上海铁路局公安处警士史元厚，1953 年 3 月参加抗美援朝，同年 12 月 1 日完成护送中国人民赴朝慰问团任务后途经朝鲜平安南道安州火车站附近龙潭池时，见滑冰的朝鲜儿童赵元弘掉入冰窟，他跳入冰水抢救，接连三次钻入深水，始将儿童救出，而他自己却因在冰水中时间太久，冻僵后沉入水底，英勇牺牲，年仅 24 岁。中国人民志愿军领导机关发布决定，追授史元厚一等功臣和二级爱民模范称号。朝鲜人民将史元厚的遗体葬于龙潭岭上。为纪念这位“罗盛教式的国际主义战士”，将龙潭岭改为“史元厚岭”，龙潭池改为“史元厚池”。

▷ 铁路施工人员为修复被美军炸毁的线路而欢呼

自 1950 年 10 月抗美援朝开始至 1953 年 7 月 27 日签订朝鲜停战协定为止，上海铁路局分批赴朝支前的员工合计有 4367 人，在前方立功者 613 人，立小功者 1410 人次，其中 58 名支前员工英勇牺牲，被追认为抗美援朝烈士，至今仍长眠在朝鲜的土地上。

1952 年 8 月，母亲和邻居陈阿姨等一行铁路职工家属带着我、大妹和陈阿姨的儿子荣荣等几个孩子，乘坐火车前往安东（现名丹东）探望援朝支前的父亲们。列车快到安东站前，四周突然响起一阵阵刺耳的防空警报声，车厢里的灯刹那间全灭了，孩子们吓得哭叫起来。妈妈们把我们拢在怀里，悄声斥止："覅声响！美国飞机来了，要掼炸弹格！"

斗转星移。

抗美援朝胜利后近 70 年，我们和我们的儿孙辈在岁月静好的成长中，安享着不再忧

△ 抗美援朝胜利后，上海铁路局员工敲锣打鼓欢迎支前职工凯旋

惧敌机侵袭、没有硝烟炮火的和平生活。

落其实者思其树，饮其流者怀其源。

我们感恩党中央和毛主席，在新中国百废待兴、百业待举之时，果断决策了抗美援朝这场"打得一拳开，免得百拳来"的立信之战、立国之战，让新中国站稳了脚跟，也让世界对中国刮目相看！

我们敬仰赴朝参战的百万志愿军将士，在武器、装备、战力处于绝对劣势的情况下，不怕牺牲、殊死拼搏，以令敌人胆寒、让天地动容的民族血性，塑造出"最可爱的人"的伟岸形象。

我们致敬养育和护佑我们成长的父辈们，在党和祖国需要的危难时刻，坚决响应征召，以舍生忘死、保家卫国的英雄气概，锻造了"打不烂、炸不断钢铁运输线"的抗美援朝铁路精神。

习近平总书记在纪念中国人民志愿军抗美援朝出国作战 70 周年大会上发表重要讲话时指出："伟大抗美援朝精神跨越时空、历久弥新，必须永续传承、世代发扬。"作为曾参加过抗美援朝父辈们的后代，我们以及我们的儿孙和后代们，这一红色基因，一定会永世弘扬和传承下去的！是的，永远！一定！■

父 亲

■ 叶振环

◁ 作者与父亲的合影

今天是父亲仙逝29周年的忌日。此时此刻，作为未能很好尽孝的儿子，我心情十分沉重……因从军参警45年的久远经历，使我与父亲实际生活在一起的时间竟然不到20年，但父亲的音容笑貌却时常出现在我的脑际和梦里。

记得29年前的这一天的凌晨6点，我被一阵急促的电话铃声惊醒，被告知父亲突然犯病不省人事，正在送往医院的途中……驾驶员开足马力将我和妻子送往堡镇医院。父亲双眼紧闭，胸脯不规则地起伏，生命已进入了倒计时，任我们扯着嗓子拼命地呼唤，仍紧闭双眼一声不吭……忽见父亲的嘴巴微微有点颤动，几滴眼泪清晰地从他眼眶流出，我想那是父亲弥留之际的最后的意识反应……

尽管经医生的全力抢救，严重的大面积的脑溢血还是夺走了慈父的生命。让我们始料不及的是，在父亲弥留之际，上苍留给我们陪伴父亲的最后时光，仅仅一个小时十分钟。任凭我们泪如雨下、心如刀绞，不停地哭喊，也唤不醒已经仙逝的父亲。1992年10月15日上午10点11分，父亲那颗疲惫的心脏永远停止了跳动，享年69岁。从此父子阴阳两隔，我永远失去了亲爱的父亲，但父亲生前那点点滴滴的往事常常浮现在我眼前。

记得1969年3月8日那天上午，我作为参军入伍的新兵，随新兵连即将离开崇明家乡。父亲在堂兄振赢哥的陪伴下，前往南门港码头为我送别。因锣鼓喧天，我听不清父亲叮嘱我的话，但看得出，父亲脸上的笑容是强装出来的，那双眼显然还噙着泪水。随着队伍开拔的哨声响起，我们一个个新兵肩扛手拿着行李跨上了海军登陆舰的舷梯，我下意识地回过头去，只见父亲的背影渐渐消失在送行的人群之中……

十几年的军旅生涯，与父亲远隔千里，尽管鸿雁传书不断，但父亲依然十分牵挂儿子，先后两次到部队看望我。转业后长期从事繁忙的机关文字工作，我常常加班加点，也很少去乡下探望父母，即使去也是来去匆匆。父亲并不因此责怪于我，相反，希望我安心认真地做好工作。现在想起这些，我既感激父亲，又感到万分的愧疚！这，也算是忠孝难以两全吧！

父亲生于 1928 年 5 月，读过几年私塾。受家族的影响，父亲年轻时会吹笛子、唢呐等民族乐器，跟随长辈从事做道场、拜忏、牡丹亭等道教活动。在幼小的我印象中，父亲在乡下也算得上是一个写算精通的文化人。父亲在外温和谦逊彬彬有礼，是一个与世无争乐善好施的人。父亲的家务活、自留地里的农活可以说样样皆能。父亲很少发脾气，但如果随意改变他的计划，他也会对家人动怒发火，但很快就会雨过天晴，烟消云散。

父亲虽然离开我们29年了，但他的养育之恩、助人为乐、言传身教永远镌刻在儿子脑海里。此刻，我毫无睡意，静静地坐在书房里，用文笔寄托着对父亲深深的哀思，深情怀念父亲生前的点点滴滴。我想，我们对他的无限思念，他在天堂会感受得到的。

在父亲离开人世之后，每每在这个日子的前后，我都会写一些关于父亲的文字来祭奠父亲，怀念父亲。如果我父亲现在还健在，不知道他会有怎样的一个暮年，可是，父亲总是定格在他人生的 69 岁。岁月虽然在他的额头留下一道道皱纹，亦把他的鬓发渐渐染白，但在我的记忆里却是永远那么年轻、有活力……

父亲的人生，在我们儿女的心里，是一部厚重的书，在书的字里行间，我总能不断地读懂父亲生前的点点滴滴。尤其随着时光的流逝和记忆的模糊，许多陈年往事不知道忘在何时何处，但父亲的许多被人称道的闪光点却依然历历在目，貌似刚刚发生。其中有三件事，足以反映出父亲的高尚品行，让我难以忘怀！

父亲先后在村豆腐工场和粮食加工场工作，看到和他一起搭档工作的人年岁大，他总是早出晚归，主动挑重活、累活干，尽量减轻别人的工作量。每次搭档身体不适，他就力劝其休息，把一天所有的活全部揽在自己身上。有几次我看到父亲很晚回家，从头到脚满是粮食粉末，眉毛胡子全是白的，像是一个从风雪中钻出来的雪人。家里人心疼极了，可他却乐呵呵地说，别人家排队等了很长时间，家里等着下米做饭，我晚一点下班是应该的。有几次碾米人粗心大意，将碾好的米袋子忘记在粮食加工场，父亲就一次次背起米袋，逐家送还到失主家。父亲的农活手艺高在周边邻居中有点名气，生产队有几个年老体弱的长辈，每年春夏之交时，父亲总是义务帮他们搭白扁豆棚、西红柿架和西瓜秧窝。周围人家办理婚丧喜事和造房修屋，父亲总是有求必应，甚至不叫自到。因为乐善好施，我父亲在村子里总是被人称赞。

三年自然灾害的困难时期，时兴大办食堂吃大锅饭，还大炼钢铁。大伙儿忙着砸锅卖铁烧小高炉，哪有人力精力去种庄稼，即使农田里粮食丰产，因为没有劳力去收割，许多谷子棉花眼睁睁地烂在地里。粮食紧缺饿肚子是一个普遍现象，大人还挺得过去，小孩呢，有点吃不消了。那几年，我父亲因为有点文化，担任两个食堂的会计。我知道父亲顶真的脾气，平时挨饿忍忍也就过去了，或者到公家地里偷点半生不熟的东西充充饥。但饿得实在吃不消的时候，我想父亲总得管管儿子的身子骨吧！可我想错了。有一天下午学校放学早，我肚子饿得咕咕叫，回家的路边也找不到可吃的瓜果蔬菜，心想，父亲的食堂里说啥总会有点充饥的食物吧？谁知道吃了个闭门羹不算，父亲还铁青着脸把我骂了一通，硬生生地把我赶出了食堂门。我眼泪巴巴地哭着回了家，为此父母在家里大吵了一回。从此，我再也不敢走近父亲担职的那个食堂一步。现在想想，父亲那种公私分明、坚持原则的做法是难能可贵的。

大食堂无疾而终，农村实行人民公社集体生产三级核算制度，乡下除了种粮食以外，还允许种一点西瓜、白菜等经济作物，增加了种田人些许的经济收入。那时我父亲担任一个生产队的会计兼现金出纳。有一年冬天大白菜丰收，在砂锅港满满当当地装了两船大白菜运往上海出售，共获 900 多元人民币。按照财务制度的规定，现金出纳管钱的出入，会计笔笔记账，收支一目了然。可偏偏在分钱的环节上出了问题。农村“四清”运动开始后，一个懂会计业务的“四清”工作队大学生队员发现了这个问题，通过疑点进行追查。一方面，逐家逐户地询问，是否分到这笔大白菜钱，结果，三分之一的人说拿到了，三分之一的人说记不清了，三分之一的人说没拿到。另一方面，工作队马上将我父亲隔离审查，威胁说不老实交代就会戴“贪污分子”的帽子。我父亲反复说，发钱记账是我一个人，这固然不符合财务制度，但钱是按照人口和工分多少清清爽爽发给每户人家了，这一点随便你们怎么处理，我是绝不认账的。父亲气得一连两天没吃一口饭，有点坐立不稳。此时，工作队让我这个学校的少先队大队长出面做父亲的思想工作，父亲笑着对我说：“孩子，爹爹是一个什么样的人，别人不知道，你难道不清楚吗？”后来双方对峙了十天左右，公社派了两位业务顶尖的会计进行反复测算和调查研究，得出的结论是我父亲是清白的，即使缺少财务出纳，违反了财会制度，责任也不应由我父亲承担。因为父亲坚强不屈，从而避免了一场无妄之灾，我们做儿女的成长进步也没有因此受影响。

我的父亲虽是一位极其普通的农民，在人生道路上只走过六十多年的春秋，但在我的记忆里却留下了一道道陪着我前行的光。有人说，父亲是一盏灯。我想，我的父亲无愧于这样的一个比喻。因为在我迷茫的时候，在我迷失自我的时候，在我彷徨的时候，或者在我取得成绩的时候，我总会不自觉地想起父亲，是他曾经的一次次鼓励、安慰和训导，陪着我前行。父亲的严格教育，让我在人生的道路上基本做到了严于律己、宽厚待人，让我懂得善良是做人的本分和基础，善待他人的“爱”字，其内涵是多么的丰富，其分量是多么的沉重！

我的父亲生前不爱说话，可是那种无声的爱总是那么的宽厚实诚。每次回家探望父母，在离开时，他手头无论有多少活，总要腾出空陪着我们，将我们送到村的十字路口，一直到我们乘坐的公共车开远了才离开。父子之间的一次次分别，渐渐让作为儿女的我们感受着离开亲人的那一份份牵挂，那一份份父爱……

多年之后，成为人父的我，每每在教育孩子的时候，总会回想父亲生前的目光，那是一个父亲对儿子的依恋、牵挂和期望！

父亲在我的学习上从没责备过我，每每我做错事情，或成绩不太理想时，父亲恨铁不成钢的目光像针一般会刺疼着我，很小我就懂得父亲的心情。因此，即使遇到一些困顿，我也会像父亲所期望的那样，坚守着自己人生的一份执着，不断地抒写大写的人生。20 世纪 70 年代初，村支书将我在部队入党提干的喜事告诉父亲后，他连续写了几封信，信上没有更多的溢美之词，而是谆谆告诫我要戒骄戒躁，继续努力，不辜负党组织的培养教育。

父爱如山，我们儿女就是父亲这山上的一棵树，我们就在父亲这座山上成长，不断地被父爱滋润着，一代接着一代，在人世间繁衍！

缅怀父亲，延续父爱。谨以此文献给天下的父亲！■